천방지축 악동부부

鴛鴦傳

원앙전

원앙검 1

임신중 新무협 판타지 소설

초판 1쇄 찍은 날 § 2006년 4월 12일
초판 1쇄 펴낸 날 § 2006년 4월 25일

지은이 § 임신중
펴낸이 § 서경석

편집장 § 문혜영
편집책임 § 이재권
편집 § 서지현

펴낸곳 § 도서출판 청어람
등록번호 § 제1081-1-89호
등록일자 § 1999. 5. 31
어람번호 § 제2-0884호

주소 § 경기도 부천시 원미구 심곡1동 350-1 남성B/D 3F (우) 420-011
전화 § 032-656-4452 팩스 § 032-656-4453
http://www.chungeoram.com
E-mail § eoram99@chollian.net

ISBN 89-251-0076-2 04810
ISBN 89-251-0075-4 (세트)

천방지축 악동부부

鴛鴦傳

원앙전

鴛鴦傳 1

임신중 新武俠 판타지 소설

Fantastic Oriental Heroes

도서출판 청어람

목차

오랫동안 무협소설을 재미있게 즐겨 읽던 애독자들 중 한 사람이었습니다. 참으로 우연찮게 글이 시작됐습니다. 당시엔 출판하다는 것은 꿈에도 생각지도 못한 글이었습니다.

어느 날, 문득 재미있는 장면이 머릿속에 떠올랐습니다. 어린 소년 하나가 눈이 퍼붓는 날 어린 신부(新婦)를 등에 업고 산에 오르는 것이었습니다. 그 어린 신부는 어린 남편의 등에 기대어 눈 내리는 산속을 하염없이 쳐다보며 쫑알대고 있었습니다.

여기에 살이 붙고 뼈가 붙었습니다. 줄거리가 만들어지고 애깃거리가 이어졌습니다. 글 몇 편이 모여지자 인터넷 사이트 고무림(http://www.gomufan.com/)에 올렸습니다. 독자들 몇몇 분이 조금 흥미를 느낀 듯 연재를 부탁하시더군요. 그래서 몇 편 더 올렸습니다. 그런데 며칠 후 출판사 여러 곳에서 연락이 왔습니다. 그래서 책으로 출간되게 되었습니다.

글쓰기와 약간의 관련이 있는 직업에 오랫동안 몸을 담아왔습니다. 그러나 이제는 그 직업에서도 물러나 홀가분했습니다. 하지만 엉겁결에 막상 출판 계약을 하고 나니 심한 부담감이 밀려왔습니다. 군데군데 막히는 부분도 많았고 독자들께서 보시기에 어설픈 곳도 있으리라 여겨집니다. 처음 써보는 장편 소설이라 그런지 필력이 따르지 못한다는 것을 스스로 인정하지 않을 수 없었습니다. 거창한 구상도 처음부터 아예 없었습니다. 써나가면서 다듬어진 거친 글임을 고백하지 않을 수 없습니다. 읽어보시면 아시겠지만 이 글들은 작은 단락 하나하나가 마치 소묘하듯이 끼워져 이어진 글들입니다.

이 소설은 기존의 많은 무협소설들처럼 어려운 인생 역정을 속 시원하게 헤쳐 나가는 호쾌한 해결사가 없습니다. 자신을 고통 속에 몰아넣은 철천지 원수인 악당에게 복수하고 위대한 인생을 만들어 나가는 주인공도 눈 씻고 봐도 없습니다.

독자들의 흥미를 끌 만한 재미있는 주제와 요소가 처음부터 아예 없습니다. 나이 어린 두 주인공이 제 하고 싶은 대로 그저 무심하게 저지르고 돌아다니는 황당한 소동들이 연이어 나타날 뿐입니다. 하지만 철없이 보이는 주인공들의 행동 뒤에는 노자(老子)의 무위사상(無爲思想)에서 나타난 '자연(自然)'이라는 개념이 깔려 있습니다. 다른 어떤 것에도 의존하지 않고 스스로 존재하는 대자연처럼 유유자적(悠悠自適) 살아가는 어린 부부의 이야기입니다.

어떤 분들은 진연명(陳連命)과 연추상(燕秋霜)의 말이나 행동들이 눈에 거슬릴 것입니다. 어떤 분들은 또 너무 엉뚱하다고 느낄지도 모릅니다.

상고 시대 이후, 이 땅에도 중국에서 들어온 신선 사상이 삼국 시대에 이르러 도가 사상과 결합해 풍류를 숭상하는 기풍이 나타났습니다. 이것이 고려 시대에는 국가의 재난을 없애고 복을 기원하는 과의(科儀) 도교로 나타났고, 조선 시대에는 산림(山林)을 찾아 신선처럼 살고자 하는 선비들의 정신적 배경이 되기도 했습니다. 그런데 복잡한 현대에 이르러 이러한 기질들은 어느새 우리네 삶에서 거의 잊혀져 버렸습니다. 도가적인 삶이 끼어들 틈이 없을 만큼 복잡다단해진 사회가 됐습니다. 그럴수록 진정으로 향기나는 삶이 어떤 것인지 한 번쯤은 되새겨 보고 싶었습니다.

그래서 불현듯 가슴을 열고 깊은 내면에서 울려오는 목소리에 귀를 열고 싶은 저의 작은 소망이 이 작은 소설을 만들어냈다고 할 수 있습니다.

자신의 마음이 이끄는 대로 살아가는 어린 두 주인공의 삶을 잔잔하게 지켜보는 것이 바로 이 작은 소설의 처음이자 끝이라고 할 수 있습니다.

한 가지만 사족(蛇足)을 덧붙이겠습니다. 이 소설의 기본 구성 요소 중에 도가인 무당파 장문인이 결혼해서 아들을 낳는다는 설정을 두고 몇몇 분이 의의를 제기하시더군요. 그분들 의견에 굳이 반론을 제기하고 싶은 마음은 없습니다. 하지만 이 말만은 드리고 싶습니다.

중국 무협소설의 대가인 작가 김용(金庸)은 현재 홍콩에서 발행되고 있는 명보(明報)의 주필이며 사장을 역임한 저명한 언론인이며 역사학자입니다.

널리 알려진 그의 작품 의천도룡기(倚天屠龍記)에 무당조사 장삼풍의 제자들인 무당칠협(武當七俠)이 등장합니다. 무당칠협의 첫째인 송원교는 장문제자로 다음 대의 장문인 대리역할 맡고 있던 중, 그의 아들인 송청서가 주지약을 흠모해서 주인공인 장무기와 연정싸움을 벌이게 됩니다. 그 과정에서 그의 사숙인 막성곡을 죽이고 끝내 그 사실이 드러나 무당파 조사인 장삼봉에게 죽임을 당하는 장면이 나옵니다. 후에 송원교는 아들의 행위에 책임을 지고 무당파 장문제자의 직위를 넘기지요.

여기에 드러난 것처럼 도가인 무당파에도 초기부터 독신이 의무 규정은 아니라는 반증(反證)입니다. 도교 도사들도 크게는 입산수도하는 출가득도(出家得道) 도사와 속세에서 결혼하고 육식도 하는 화거도사(火居道士)로 나뉩니다. 도사들이 독신을 지키는 가장 큰 이유는 도가삼보(道家三寶)라 불리는 정기신(精氣神)의 인체 에너지를 활성화시키는 데 있습니다. 가정생활을 금기시하는 도덕적 관념이 결코 아닙니다. 독신이라는 의무 규정은 없습니다.

　따라서 무당파 장문인의 아들이라는 설정이 도가적 상황을 무시한 것은 아님을 다시 한 번 설명드립니다. 이 글을 읽으시는 분들께서 오해없으시기 간절히 바랍니다.

序

깊은 산, 일흔두 봉우리 사이로 은하수(銀河水)가 떠올랐다. 맑고 밝은 별들이 하늘 가득 마알간 얼굴들을 봉곳이 드러냈다. 그렇게 저 마다 반짝이는 별들의 이마를 헤집으며 차가운 바람이 허공 속을 유유히 헤집었다. 별들이 허공 속을 이리저리 떠다니는 물고기들처럼 한없이 부유(浮遊)했다.

그때 하늘에서 가장 밝은 빛을 내던 천구(天球) 중앙의 진북(辰北) 자리에 있던 북극성(北極星)이 아기를 낳는 산모(産母)처럼 거세게 진동했다. 북극성이 진동하자 그 주위에 있던 뭇 별이 돌연 소나기처럼 뭉쳐져 지상(地上)으로 한꺼번에 쏟아지기 시작했다.

갑자기 터진 폭죽 같은 별빛들의 향연(饗宴)이었다.

　수많은 무당산(武當山) 봉우리 중 운암봉(雲岩峰) 중턱에 있는 호랑이 머리를 닮은 큰 바위 곁의 동굴에서 늙은 도사가 천천히 걸어나왔다. 그가 별들이 요동치고 있는 하늘을 올려보며 중얼거렸다.

　"허허, 천기(天氣)가 요동을 치는구나. 노도 장삼봉(張三峰)이 이곳에 터를 잡고 무당파를 개파(開派)한 지 어언 반백 년 세월이 흘렀구나. 제자들이 장성하여 노도의 깨우침을 이어받아 후세에 길이 전할 지표(指標)로다. 저리도 맑고 밝은 별들은 그 하나하나가 후일 출현할 후손들을 상징하는 빛이로구나!"

　낡고 얇은 겹 옷 도포 하나만 걸친 소박한 차림새의 늙은 도사였다. 넉넉하게 둥근 눈과 부처처럼 크고 넓은 귀에 우람한 몸을 지니고 있었다.

　그는 바로 먼 훗날 권성(拳聖)으로 불리며 만인(萬人)의 칭송을 받는 무학대종사, 무당파의 시조(始祖)인 장삼봉 진인(眞人)이었다.

　그가 비처럼 쏟아지는 별똥별들을 바라보며 예언했다.

　"노도가 꿈에 신선을 만나뵙고 그 앞에서 뱀과 학(鶴)이 싸우는 형상을 보았도다. 문득 깨달아지는 바가 있어 지극한 무공의 도(道)를 하나의 행법(行法)으로 엮어 세상에 펴내노니 이를 태극권(太極拳)이라 이름하리라. 의성(醫聖) 화타(華陀)께서 창안하신 오금희(五禽戲)의 장생 양생법(長生養生法)을 바탕으로 소림(少林) 선문각도(禪門覺道)의 웅장함과 강맹함을 그 속에 감추었도다. 이유극강(以柔克剛)의 내가기공(內家氣功)으로 천하창생의 이로움을 널리 도모하게 될 것이로다."

　그때 장삼봉 진인의 머리 위로 북극성에서 떨어져 나온 유난히 밝은 쌍둥이 유성이 긴 꼬리를 흘리며 떨어졌다.

　"허허, 노도의 후손들 중 특히 맑고 밝은 기운을 가진 아이들 둘이 출현할 상서로운 길조(吉兆)로다. 어찌 저리도 고운 빛을 내뿜을꼬. 한데 빛이 너무나 과한 것을 보니 제 기운을 이기기가 쉽지 않을 것이로다. 각기 양(陽)과 음(陰)을 가졌으니 부부의 인연(因緣)이구나. 수없는 전생(前生)의 어여쁜 만남들이 얽히고 맺혀 마치 한 송이 꽃 같은 후생(後生)의 만남을 이루었도다. 어렵게 만났으니 한세상 기쁘게 원없이 한바탕 어울려 보거라. 태어나고 사라짐이 한순간에 지나지 않으나 그런 이유로 더욱더 소중하기 그지없는 것임을 세상 사람들이 어찌 알겠느냐."

제1장

무당산의 부부 소악동(夫婦小惡童)

"쯧쯧, 요 괘씸한 것들이 어딜 갔는고? 이 아빌 말려 죽이려 아예 작정한 앙큼한 것들 같으니!"

연남색(軟藍色) 비단 장삼을 입은 호리호리한 오십대 초반의 중년 남자가 이층 창가에 서서 얼굴을 잔뜩 찌푸렸다.

창밖엔 세찬 눈보라가 깎아지른 절벽 아래로 퍼붓듯 쏟아지고 있었다. 그 서슬에 절벽 너머 벌판의 지평선까지 벌써 희미하게 지워지고 있었다.

호북성 양양부 균현(均縣)에서 남쪽으로 백여 리쯤 떨어진 이 일대 산하(山河)가 하얀 비단을 덮어쓴 절경(絶景)으로 뒤바뀐 것은 점심 무렵부터였다. 일흔두 봉우리가 둘러싼 향로(香爐) 모양의 이 산 전체가 순식간에 폭설 속에 휩싸였다.

한때 태화산(太和山)으로도 불린 이 산의 봉우리 중 가장 높이 솟은 천주봉(天柱峰) 아래엔 너른 분지가 자리잡고 있었고 수십 개의 전각이 웅크리고 있었다. 그중 분지 끝 절벽 가장자리에 솟아오르듯 지어진 상청궁(上淸宮) 이층 창가에 중년 남자가 서 있었다.

허리에 찬 송문고검의 손잡이를 잡고 사내가 쉴 새 없이 창가를 서성였다. 손바닥이 땀으로 흠뻑 젖어 있었다.

"어허, 원단을 하루 앞두고 어이 이리도 험한 눈발인가? 혹여 산속에서 길을 잃어 헤매는가? 아닐 게야. 어디 안전한 곳에 피해 숨어 있을 게야. 아비의 애간장을 이토록 태우다니. 고얀 놈들."

무당 장문인 유운일검(流雲一劍) 진휘소(陳揮素)는 저녁 시간이 다가올수록 점점 안절부절못했다.

이 시각, 무당산 높고 낮은 여러 봉우리를 타고 내려온 바람이 원시천존과 태상노군을 모신 우진궁대전(遇眞宮大殿), 개파조사 장삼봉 진인과 역대 조사들의 위패가 봉인된 조사전(祖師殿), 문내(門內)의 대소사를 논의하는 태화대전(太和大殿) 등 무당 본산 여러 전각군(殿閣群)들을 거쳐 무당산으로 오르는 길목인 관문에도 몰아치고 있었다.

차가운 기운을 품고 산에서 불어온 눈바람들은 관문 아래 길 양쪽으로 줄지어 선 수백 년 된 노송들을 밑둥치부터 흔들었다. 굵은 나뭇가지들이 찢어질 듯 비명을 질렀다. 그때마다 관문으로 오르는 산길 위에도 눈덩이들이 퍽퍽 떨어졌다.

무당 장문인 진휘소가 내려다보고 있는 절벽 밑 관문(關門) 현악문(玄嶽門)은 무당산의 북쪽에 면한 산길에 위치해 있었다. 물고기와 학이 정

교하게 조각된 석조 건물로 수형신(獸形神) 장식이 있고 지붕 마룻대에
는 팔선(八仙)의 모습이 웅장하게 조각돼 있었다.

관문 위의 중간 부분에는 각각 거대한 글자로 '치세현악(治世玄岳)'
이라는 네 글자가 우람하게 새겨져 입산하는 이들의 눈길을 끌었다.
이 글자들은 도교에서 숭배하는 사방신 중에서 북쪽 방위를 지배하는
수(水) 기운을 맡은 태음신(太陰神), 거북의 몸과 뱀의 머리를 지닌 현
무(玄武)를 상징했다.

무릎까지 눈이 쌓인 이 관문 아래 산길로 열두어 살쯤 돼 보이는 사
내아이 하나가 열 살쯤 돼 보이는 어린 계집아이를 등에 업고 올라오
고 있었다.

"헥헥, 눈 참 징그럽게 온다. 하마터면 중간에서 오도 가도 못할 뻔
했다."

남자 아이가 말할 때마다 입 주변에서 허연 입김이 솟아났다.

"응. 아까 상춘객잔(常春客棧)에서 홍소육(紅燒肉) 몇 점만 더 먹었음
상공아랑 상아랑 눈밭에서 눈사람 될 뻔했다."

회색 담비 털로 된 모자와 곁옷을 꺼입은 계집아이가 발개진 볼을
남자 아이 등에 비비며 대답했다.

"상아야, 다 왔다. 휴우, 이제 살았다."

"상공아, 힘들지. 미안. 상아가 괜히 홍소육이랑 구운 오리 먹자 해
서. 근데 너무 늦었다. 저녁 먹기 전에 도착해서 입 쓱 닦고 있어야 되
는데. 어른들 뿔나 있겠다."

"그렇겠지. 암 말 없이 산 아래 객잔까지 갔다 왔으니. 엉덩이 또 불

날 것 같다."

"근데 상공아, 혼례식도 올렸고 우리도 이제 어른인데 아버님아하고 어머님아는 왜 자꾸 상공아 엉덩이 때리는데?"

"흐흐. 그거야 상아하고 나하고 귀여워 그러시는 거지. 왜, 내가 엉덩이 맞는 게 싫어?"

"그럼 싫지. 상공아가 엉덩이 맞으면 이상하게 요기 상아 가슴이 콕콕 아프다."

소년의 어깨와 머리에 묻은 눈을 털며 계집아이가 쫑알댔다. 소년이 빙긋 웃으며 말했다.

"히히, 난 괜찮아. 엄마는 아니지만 아빠가 때릴 땐 소리만 크지 살짝살짝 때려. 안 아파."

"이제 내려줘. 관문이네. 만날 상공아 등에 업혀 산다고 누가 몰래 흉보더라."

"엥? 누가 상아 흉을 봐?"

"저번에 현정이 사질이 그랬다 뭐. 배 아파 측간 가다가 보니까 현공이 사질한테 뭐라더라? 음, 상아가 원숭이처럼 상공아 등에 업혀서 산대."

"정말?"

"응."

"에이, 나이 많다고 봐줬더니 현정이 놈이 몰래 그런 말을 했단 말이지?"

"혼내줘, 꼭."

"걱정 마. 그냥 두나 봐라. 내 이놈을 그냥 콱."

"헤헤! 신난다."

소년이 등에 업힌 소녀의 엉덩이를 토닥였다. 틀어 올린 뒷머리를 짙은 옥비녀로 단단히 묶은 소녀가 작은 머리를 좌우로 팔랑거리며 웃었다.

꺄르륵거리는 계집아이 웃음소리가 무당파의 관문을 울렸다.

이 소리에 관문 안쪽에서 눈을 쓸고 있던 십여 명의 무당 제자의 귀가 일제히 쫑긋했다. 고개를 갸우뚱하던 그들 시선에 막 관문 안으로 들어서던 소년과 소녀의 모습이 들어왔다.

순간 멈칫했던 무당 제자들 눈이 왕방울만하게 커졌다. 먹이를 발견한 며칠 굶은 이리 떼처럼 우르르 몰려갔다. 앞장섰던 사십대 초반의 도사가 눈을 부라리며 말했다.

"아니, 두 분 지금 산 아래에서 오시는 겁니까?"

"그래. 시장도 둘러보고 상춘객잔에서 홍소육이랑 구운 오리 먹었다. 근데 눈 와서 얼른 올라왔다. 왜?"

그 소리에 무당 이대제자 현정(玄靜) 도장이 한 손을 이마에 짚고 휘청였다. 오만상을 찡그린 그가 나머지 한 손을 슬쩍 뒤로 흔들었다. 뒤에 있던 제자 둘이 득달같이 안쪽으로 달려갔다. 그걸 본 소년이 말꼬리를 흐리며 천천히 물었다.

"저기… 엄마 아빠 얼마나 화났어?"

"당연히 대단히 진노하셨지요. 간도 크십니다, 두 분. 이 눈발이 무섭지도 않으십니까? 어쨌든 몰래 산을 빠져나갔으면 오늘은 객잔에서 주무시고 내일 일찍 오시지, 눈 속을 헤치고 지금 오시면 어떻게 합니까?"

"그래도 어떻게 객잔에서 잠자고 와? 그랬다간 엄마한테 진짜 맞아 죽을 텐데."

그것도 모르겠느냐는 듯 소년이 투덜거렸다. 업혀 있던 소녀까지 껴들어 소년을 응원했다.

"맞다, 맞다. 추운데도 혼날까 봐 상공아가 상아 업고 겨우 왔다. 그래 왔는데 왜 화내? 흥 별꼴이래."

"사숙과 사숙모께서 사라진 후 문내가 발칵 뒤집혔습니다. 제자들이 지금도 산을 이 잡듯이 뒤지고 있습니다. 아십니까, 두 분?"

"뭘 이런 걸로 제자들까지 시켜 산을 뒤져, 아빠는? 우리 만날 놀러 다니는 거 잘 알면서 그래."

"원시천존이시여! 내일이 원단이라 몸과 마음 단정히 하고 새해를 준비하라는 아버님이신 장문인의 지엄한 명이 어제 내렸잖습니까? 그걸 아시면서 그런 말씀 하십니까?"

"그래, 그런 말 지금 하고 있다. 몸과 마음 단정히 하고 아아주 정결한 마음했다. 그 마음으로 다소곳이 상춘객잔 갔다. 가서 맛있는 팥죽이랑 교자까지 배 터지게 실컷 먹고 왔다. 왜 떫어?"

"허어! 객잔에서 홍소육에 구운 오리, 게다가 팥죽과 교자까지 느긋하게 잡숫고 오셨습니까? 맛있게 드실 때 추운 날씨 걱정은 안 되셨습니까? 그때 두 분 찾아 눈 오는 산속을 헤맸던 이 늙고 불쌍한 사질은 전혀 생각 안 나셨지요?"

"물론이지! 당연한 걸 왜 물어 입 아프게? 나하고 상아 입에서 상춘객잔 요리가 살살 녹았지. 현정 사질이 사흘 전 밤에 몰래 연무장 뒤편 숲에서 구워 먹던 토끼 고기보단 못하겠지만. 흐흐."

소년이 키득거렸다. 화들짝 놀란 현정 도장이 주위를 둘러보며 황급히 소년의 입을 막았다.

"이이, 무슨 말씀입니까? 명색이 도를 닦는 도인에게 토끼 고기라니요?"

"퉤퉤. 이거 왜 이래? 흐흐, 그것뿐 아니지. 사질이 옆구리에 차고 있는 그 호로병에 뱀으로 담근 술도 들어 있었지, 아마. 이걸 어른들이 아시면 뭐라실까?"

"허억. 사숙, 내일 아침에 벌꿀 드실랍니까? 소질이 어제 산에서 좋은 벌꿀을 찾았는데 그게 얼마나 달콤한지 모릅니다. 갔다 드릴까요?"

"흠. 가져와 봐. 설마 맛도 없는 말벌 꿀은 아니겠지?"

"아이고, 사숙, 보통 벌꿀입니다. 두 분 거처인 정심전에 지금 당장 갔다 놓겠습니다. 그러니 지금 빨리 올라가십시오. 장문인께서 일구월심(日久月深)으로 기다리고 계십니다."

현정 도장이 본산 전각들 쪽으로 성큼 돌아서서 한 팔을 앞으로 길게 내밀었다. 가까이 서 있던 다른 제자들이 손으로 입을 막고 끅끅거렸다. 소년에게 업혀가던 소녀가 갑자기 고개를 돌려 뒤를 돌아봤다. 고소하다는 듯 커다란 눈알을 떼구르르 굴리며 말했다.

"현정이 사질아, 며칠 전에 연무장 측간 옆에서 상아보고 원숭이 같다고 했지?"

"헉. 그건 어찌? 아니, 이 사질이 어찌 그런 불경한 말을 입에 올릴 수 있겠습니까? 그런 적 없습니다."

"상아가 측간 가다 현공이 사질한테 하는 소리 다 들었다. 도 닦는 도인이 거짓말까지? 현정이 사질 도는 거짓말하는 도니? 흥이다, 흥!"

소녀가 눈썹을 하늘 높이 치켜들고 한참 노려봤다. 모른 척 그 시선을 외면하던 현정 도장 얼굴이 조금씩 일그러졌다. 그러다 마침내 울상으로 변해 소녀에게 매달렸다.

"아이고, 사숙모, 잘못했습니다. 이 늙고 불쌍한 사질 제발 좀 살려주십시오."

"흥, 앞으로 조심해. 벌꿀 준다니까 지금은 일단 봐준다. 빼돌리지 말고 몽땅 다 갖다 놔. 혹시 숨긴 거 들통나면 알지?"

"네네, 그러겠습니다."

어린 사내아이와 계집애가 히히덕거리며 무당산 제일 관문 현악문을 빠져나갔다. 현악문 뒤로 자리한 수많은 돌계단 위로 계집애를 업은 사내아이의 모습이 올라갔다.

이윽고 둘의 신형이 눈발 속에 사라져 보이지 않게 됐다. 그 뒤 현악문 안에 서 있던 현정 도장이 돌연 설레설레 머리를 흔들었다. 화가 치밀었는지 그가 갑자기 제 머리에 쓰고 있던 일자건을 화악 벗어 들고 바닥에 내팽개쳤다. 이어 상투를 쥐어뜯으며 바닥에 털썩 주저앉았다.

주위에 서 있던 다른 제자들이 이 모습을 보고 또다시 끅끅거렸다. 상투가 풀려 산발한 현정 도장이 고개 들어 귀신같은 몰골로 그들을 째려봤다. 그들이 황급히 손에 든 빗자루를 장창처럼 휘두르며 생사대적을 맞이하듯 눈밭으로 달려갔다.

관문에서 나온 계집애가 사내아이의 귀를 제 쪽으로 쏘옥 당겨 속닥거렸다.

"상공아, 보나마나 지금 대청각 가면 아버님아한테 걸린다. 엉덩이 불난다."

"그렇겠지. 상아야, 일단 소낙비는 피해야겠지?"

"히히, 매원(梅園)으로 가야 안 맞는다. 그리로 가자."

"알았어. 할머니한테 가자."

계집애를 업은 사내아이의 신형이 다시 계단을 오르더니 전각들 사이 뒤편으로 총총히 사라졌다.

*　　　*　　　*

수틀 속에 팽팽하게 당겨진 비단 위로 나비를 뜨고 있던 남궁정(南宮貞)은 자꾸만 창밖으로 눈길이 갔다.

둥근 월동창 종이 벽에 후드득하며 눈발 부딪치는 소리가 계속 들려왔다. 나비를 만들던 손에서 수바늘이 자꾸만 헛돌았다.

눈에 넣어도 아프지 않을 손자와 손자며느리 걱정에 자꾸만 명치끝이 아파왔다.

며칠째 조금씩 눈이 내리자 바깥출입을 못해 답답해진 녀석들이었다. 어젯밤 저희들 거처 정심전에서 자지 않고 매원까지 와서 자신의 침상에 나란히 누워 칭얼댔다. 그러더니 새벽부터 일어나 매원 뒷마당에 모닥불을 피워 밤과 감자를 구워 먹는다며 난리를 피웠다.

아침을 먹는 둥 마는 둥 하더니 이번엔 글씨 연습을 한다며 매원 대청을 온통 먹투성이로 만들었다.

그러던 아이들이 사라진 걸 안 것은 점심때였다. 음식이 차려진 식탁에서 아무리 기다려도 이 녀석들이 감감무소식이었다.

시비 소향(素香)을 불러 찾아보게 했는데 도통 자취가 없다는 대답
이었다. 여느 때라면 어디 또 산속으로 나들이 간 것이니? 하고 웃어넘
기겠지만 오늘은 전혀 아니었다.

오후가 되면서 돌연 강풍을 동반한 폭설이 내리기 시작했다. 한 치
앞도 보이지 않을 정도였다.

당장 아이들을 찾아오라고 장문인인 아들을 다그쳤다. 덕분에 문내
에서 새해 준비에 여념이 없던 제자들이 뿔뿔이 이 산 저 산으로 흩어
져 갔다. 그런데도 지금까지 아무 소식이 없다.

밖은 점점 어두워지고 있었다.

"하아……."

저절로 한숨이 나왔다. 연명과 추상이 어떻게 얻은 손자이고 손자며
느리인가?

안휘성 남궁가의 적손(嫡孫)으로 태어난 그녀가 강남 항주의 진가
장(陳家莊) 소장주 진연남(陳延藍)에게 시집간 것이 벌써 오십여 년 전
이었다.

남편과의 사이에 연소(然素)와 휘소(揮素) 두 아들을 얻었다. 자신이
생각해도 두 아들은 잘 자랐다.

장남 연소는 진가장을 물려받았고, 둘째 휘소는 무당파 태상장문인
경허 도장의 눈에 들어 어린 나이에 속가도 아닌 본산제자가 됐다.

휘소의 재질이 남달랐는지 세월이 흐르자 무당의 맥을 이어받을 장
문제자가 되었다.

그런데 하늘이 시기했는지 더 이상 자손이 나오지 않았다. 장남 연
소는 정실과 화목한 가정을 이뤘지만 지금껏 자식이 없었다.

둘째 휘소는 도문(道門)의 장문제자인지라 혼사를 올릴 생각도 없었다.

남편 진연남이 이십 년 전 세상을 뜬 후 홀로 외로움을 달래던 그녀였다.

그러나 아들들의 나이가 훌쩍 마흔 줄에 이르자 더는 기다릴 수 없었다. 가문을 잇기 위해 소매를 걷고 나섰다.

가망없는 큰아들은 일찌감치 포기했다. 대신 막 무당 장문의 법통을 이어받은 둘째가 있는 이곳 무당파로 달려왔다.

어쩔 줄 모르는 작은 아들을 무작정 윽박질렀다. 아들의 사부인 태상장문인 경허(敬虛) 도장과 그 제자들이며 아들의 사형들인 장로들에게 눈물로 호소했다.

덕분에 어렵사리 현임 장문인의 혼사를 허락받았다. 무당 본산의 출가득도(出家得道) 도사(道士)의 직분(職分)에서 물러나 속세(俗世)에 살며 결혼을 하고 육식을 할 수 있는 화거도사(火居道士)로 신분을 바꾸게 했다. 무당 장문인의 직함은 그대로 가진 채였다. 쉽지 않은 일이었지만 전례(前例)가 없는 것은 아니었다.

무당파의 개파조사인 장삼풍 진인의 직전제자들 중에도 혼사를 올려 후손들을 본 이들이 적지 않았기 때문이다. 비록 후대로 내려오면서 무당파 장문인은 거의 다 일생을 독신으로 보내는 출가득도 도사들이었지만 진가장의 후손이 끊어져 명성 높은 가문이 절멸(絶滅)하는 것을 방지하기 위해선 어쩔 수 없었다. 그래서 전대 장문인인 경허 도장과 자식의 사형제들인 현임 장로들도 굳이 반대하지 않고 선선히 동의해 이뤄진 일이었다. 그리곤 평소 눈여겨보던 무림명가의 재녀(才女)들

중 고르고 고른 사천당가(四川唐家)의 금지옥엽(金枝玉葉) 당약란(唐藥蘭)에게 매파를 넣어 이를 성사시켰다.

비록 당약란에 비해 아들 휘소의 나이가 스무 살이나 많았지만 무당의 현임 장문인을 사천 당가가 마다할 리 없었다.

도사의 자리까지 포기하게 하고 둘째 아들을 혼인시킨 후 일 년 만에 목매어 기다리던 손자가 태어났다. 그녀는 너무도 기뻐 조상들의 위패 앞에 엎드려 손자의 장수를 기원했다.

아명도 아예 연명(連命)으로 지었다. 하지만 만사불여튼튼이라 했다. 그것으로 그치지 않았다. 대대로 손이 귀한 진씨 집안 과거를 잊을 수 없다며 또 고집을 피웠다.

그 결과 손자 진연명이 열한 살 되던 지난해, 아홉 살짜리 어린 여아(女兒)와 혼례를 올리게 했다.

불쌍한 자들에게 인술(仁術)을 베풀어 천산신의(天山神醫), 또는 재세활불(在世活佛)이라고 불리는 연자명(燕自明)의 늦둥이 딸 연추상(燕秋霜)이 그 아이였다.

홀아비 밑에서 어미 없이 혼자 자라는 것을 보고 빼앗다시피 겨우겨우 데려왔다. 동남동녀(童男童女)를 맺어 일치감치 후손을 보려는 욕심에 눈 딱 감고 치렀던 일이었다.

다행히 어린 손자와 손자며느리는 오누이처럼 잘 어울렸다.

천산에서 아비와 단둘이 살던 연추상과 무당산에서 어울릴 또래 하나 변변히 없던 진연명이었다. 둘은 혼례를 올린 이후 한시도 떨어지지 않고 찰싹 붙어 다녔다.

그런데 이것들이 보통 말썽꾼들이 아니었다. 둘 다 세상모르고 하나는 무당산(武當山), 하나는 머나먼 천산산맥(天山山脈)에서 자라난 말 그대로 천진난만(天眞爛漫)하기 그지없는 천둥벌거숭이들이었다.

그런지 하는 짓마다 기상천외(奇想天外)하고 엉뚱한 일들만 도맡아 저지르고 다녔다.

한데 이놈들이 오늘 또 저희들만 바라보는 이 늙은 할미 가슴을 덜 컥하게 만드는 큰일을 벌이고 말았다.

이리도 눈이 심하게 내리는데 어디로 갔는지, 해가 다 떨어진 지금 까지 돌아오지 않았다. 너무도 불안하여 마음이라도 다잡으려 수틀 앞 에 앉아 바늘을 들었지만 도리어 손끝을 찔려 피가 나고 말았다.

그래서 이번만은 돌아오면 크게 혼쭐을 내려 단단히 별렀다.

하나 그 철썩 같은 다짐도 점점 시간이 갈수록 제발 아이들이 몸성 히만 돌아오기만을 비는 간절함으로 바뀌었다.

그런데 전각 밖에서 귀에 익은 아이들의 희미한 목소리가 들리는 것 같았다. 남궁정의 귀가 번쩍했다. 그녀가 시비 소향이 나서기도 전에 벌떡 일어나 전각 밖으로 나갔다.

진연명과 연추상이 야트막한 돌담으로 둘러쌓인 매원의 뜨락으로 뛰어들었다. 곳곳에 심겨진 매화나무들의 앙상한 가지마다 향기로운 매화꽃 대신 차가운 눈꽃들이 피어 있었다. 늘 할머니가 서 있던 매화 숲 중간에 놓인 돌로 깔아 만든 산책길도 눈밭에 파묻혀 보이지 않았 다.

진연명과 연추상은 막상 뛰어들었지만 성큼 전각 쪽으로 다가서진 못하고 한참을 주저했다. 그래선지 마당 앞에 서 있던 커다란 감나무

둥치 뒤에 숨어 빼꼼이 고개만 들이밀며 소리쳤다.

"할머니, 명이 왔다!"

"할머님아, 상아도 왔다."

그 목소리에 항주 진가장 전대 안주인 남궁노대부인(南宮老大婦人) 남궁정이 황급히 뛰어나와 주위를 둘러봤다. 그녀는 감나무 뒤에 숨어 있던 자그마한 두 얼굴을 보고 휴우 하며 가슴을 쓸어내렸다.

손을 흔들어 아이들을 불렀다.

"아이쿠, 이것들아. 할미 속이 다 타서 재가 될 뻔했다. 나무 뒤에 숨어 뭐 하느냐? 어서들 빨리 들어오너라."

"히히히."

"헤헤헤."

진연명과 연추상이 뒷머리를 긁으며 슬금슬금 앞으로 걸어나왔다. 답답해진 남궁정이 솔개가 병아리 채가듯 아이들을 집어 들어 안고 전각 안으로 들어갔다.

전각 안은 청동으로 만든 커다란 화로에 숯불이 발갛게 피어 있어 훈훈했다. 남궁정은 두 아이를 화롯가에 앉히고 젖은 옷을 벗겼다. 마른 무명천을 꺼내 온몸을 닦고 문질렀다.

"이런 온통 눈이구나! 옷도 몸도 다 젖었고. 이놈들아, 대체 어딜 쏘다녔누?"

"히히, 산 아래 상춘객잔 가서 만난 요리도 먹고 시장에서 물건도 샀고……."

진연명이 얼버무렸다. 연추상이 끼어들어 호들갑을 떨었다.

"할머님아 줄려구 여기 교자도 갖고 왔다. 상아가 당혜도 샀다. 이

거 봐! 이거 봐!"

연추상이 보자기를 끌러 다 식은 만두 꾸러미와 당혜를 꺼내 남궁정
에게 건넸다.

"쯧쯧. 이것아, 우선 옷부터 입어야지."

남궁정이 벽에 붙은 옷장 문을 열고 아이들이 입을 자그마한 속곳과
몇 겹으로 덧된 한겨울 옷을 꺼냈다. 어린 손자와 손자며느리가 언제
들이닥칠지 몰라 미리 손수 바느질해 지었던 옷이다. 그사이 옷이 모
두 벗겨진 연추상이 발가숭이로 서서 당혜를 달랑달랑 흔들고 있었다.

"이것아, 이 할미 당혜 사려고 그래 이십여 리나 되는 눈 오는 산길
을 다녀왔단 말이냐?"

"응. 할머님아 신발이 너덜너덜한 거 같았다. 그래서 상아가 샀다.
예쁘지? 안에 짐승 털 수북해서 따뜻하다고 장사꾼 아저씨가 말했다.
은자 반 냥이나 줬다."

몇 배가 넘는 바가지를 쓴 줄도 모르고 헤헤거리는 손자며느리를 보
며 남궁정이 쓴웃음을 지었다. 마침 당혜가 필요하긴 했다. 눈 오는 날
이 많아지면서 발이 시려왔기 때문이다. 그런데 어린 것이 어찌 알고
털이 가득 누벼진 당혜를 사왔을까? 당혜를 받아 든 그녀가 발에 맞춰
보았다. 의외로 발에 딱 맞았다.

그때 발가벗은 손자며느리가 허리를 좌우로 흔들며 느닷없이 춤을
추기 시작했다.

"할머님아, 놀랐지, 놀랐지? 상아가 수놓는 실로 할머님아 발을 재
서 갔다. 그걸로 신발 샀다. 잘했지, 잘했지? 헤헤헤헤. 덩덩당당."

바로 눈앞에서 오동통한 계집애 엉덩이가 사정없이 흔들렸다. 남궁

정이 풋 하고 웃었다.

눈 오는 날 괘씸하게 사라져 혼낼까 하던 마음도 이 참에 사라졌다. 저 먼 관문 아래 저잣거리까지 달려가 신발을 사왔다니 마음 씀씀이가 대견하기도 했다. 옷을 다 입히고 껴안아 이마에 입을 맞추었다.

신이 난 손자며느리가 또 한 번 덩실덩실 춤을 추며 재롱을 피웠다. 혼날 줄 알고 제 꾀를 있는 대로 다 부리는 것이 눈에 선하게 보였다.

"그래 고맙구나. 하나 앞으로는 절대 눈 오는 날엔 산을 내려가면 안 된다."

"예."

"응."

어린 부부가 적당히 건성으로 대답했다. 남궁정이 청동화로 위에 놓인 주담자에서 따뜻한 차를 따라 아이들에게 건넸다. 둘이 호호 불며 마셨다. 적당히 추위와 목마름이 없어진 아이들이 남궁정의 무릎을 베고 누웠다. 오늘 있었던 일들을 한참 조잘대고 있을 때 문밖에 인기척이 있었다. 순간 아이들이 남궁정의 치마 속으로 후다닥 기어들어 갔다.

"어머니, 소자이옵니다. 안에 계시옵니까?"

"장문인이신가. 어서 들어오시게."

상기된 얼굴의 무당 장문 진휘소가 들어왔다. 쓰게 웃고 있는 남궁정의 볼록한 치마가 대번에 그의 눈에 들어왔다. 노모에게 인사를 한 진휘소가 희미한 미소를 짓는가 싶더니 바로 호통 소리가 터져 나왔다.

"네 이놈들 냉큼 나오지 못할까. 아비가 그토록 찾았거늘. 관문에서 이리로 도망쳐 할머니 품에 숨으면 그냥 넘어갈 줄 알았느냐? 오늘 볼기짝을 맞으려고 아예 작정을 했구나!"

치마가 꿈틀하더니 작은 얼굴 두 개가 남궁정의 치마 밖으로 불쑥 튀어나왔다.

"에이, 아빠는 금방 찾아내네."

"상공아, 아버님아한테 가지 마라. 지금 가면 엉덩이 불난다."

"아빠, 상아가 가지 말래. 그러니 그냥 여기 있을래. 할머니, 그래도 되지? 명이는 여기가 따뜻해서 좋아."

진연명이 능청을 떨었다. 기가 막힌 진휘소가 잠시 숨을 멈췄다. 남궁정이 눈을 찡긋하며 진휘소에게 말했다.

"장문인, 아이들이 이 할미 치마 속에서 나가려 하지 않으니 어쩌면 좋을꼬?"

진휘소는 속으로 혀를 찼다. 괘씸한 요것들이 매원에 와 무슨 수단을 부렸는지 노모의 기분이 벌써 풀려 있었다. 저리 웃고 있었다. 아이들도 괜찮은 것 같았다. 적잖이 자신의 조바심도 풀렸다.

눈발 속에 사라져 저녁때가 되어도 돌아오지 않았다. 혹여 산속에서 길을 잃어 헤매는 게 아닌가 얼마나 노심초사(勞心焦思)했는지 모른다. 그런데 방금 제자들이 달려와 관문에서 찾았다고 알려왔다. 몰래 산을 내려가 이십여 리나 떨어진 저잣거리까지 갔다 온 것이다. 제 어미가 지금 화가 머리끝까지 올라 있다. 이대로 두면 녀석들 엉덩이와 종아리가 성치 않을 것 같았다. 그래서 아이들이 숨어들 것 같은 매원으로 단숨에 달려왔다. 그런데 요것들이 노모의 치마 속에 숨어 아비가 불러도 나올 생각도 하지 않았다.

"지금은 할머니 치마 속에 숨어 아비를 피할 수 있겠지만 곧, 네놈

어미가 이리로 달려올 것이다. 그럼 결코 무사하지 못할 터. 지금 나오는 게 여러모로 좋지 않겠느냐?"

"헉. 엄마가 이리로 온다고?"

그제야 놀란 진연명이 남궁정의 등 뒤에서 고개를 길게 빼 들었다.

"그래, 인석아. 네 어미가 너희를 찾느라 자소봉 뒷산 속을 오후 내내 헤맸다. 그런데 네놈들은 상춘객잔에서 홍소육에 구운 오리, 게다가 팥죽과 교자까지 먹고 있었다며? 연로하신 할머니와 아비어미 속을 이리도 썩이면서 요리가 목에 넘어가더냐? 그동안 오냐오냐 감싸줬지만 오늘만은 네 어미가 어찌해도 이 아비는 말릴 생각 없다. 어머님, 그러하지요?"

남궁정이 못 이긴 듯 적당히 맞장구를 쳤다.

"험험, 아비 말을 들어보니 그도 그렇구나. 할미는 이제 모른다. 아비 맘대로 하거라."

어린 부부가 제일 무서워하는 것이 바로 진연명의 생모 당약란이었다. 평소 사소한 일들은 대충대충 넘어가는 털털한 성격이지만 한번 화가 나면 아무도 못 말리는 불뚝 기질이 있었다. 진휘소가 당약란을 거론하자 어린 부부 얼굴이 샛노랗게 변했다.

"히잉! 큰났다. 할 수 없다. 상공아, 나가자."

죽을상을 한 연추상이 먼저 치마 속에서 기어나와 발랑 두 손을 들었다. 진연명도 엉금엉금 따라 나와 두 손 들고 나란히 꿇어앉았다.

"아버님아, 잘못했다. 상춘객잔 홍소육 너무 먹고파서 상아가 어제 잠도 못 잤다. 눈앞에 자꾸자꾸 아른거리는데 어떡해? 그래서 상아가 상공아를 꼬드겼다. 상아가 볼기짝 맞을게. 상공아는 아무 잘못 없다."

연추상이 울먹이며 시아버지 소매를 꼬옥 붙잡고 늘어졌다. 하지만 진휘소가 모른 척했다. 연추상이 커다란 눈망울을 껌뻑이며 외면하는 시아버지 손바닥을 끌어와 통통한 제 볼에 은근슬쩍 비벼댔다.

깜찍한 어린 며느리가 징징대자 무당 장문인 진휘소의 근엄한 얼굴 근육이 웃는 듯 우는 듯 이상하게 비틀어졌다. 번지는 웃음을 참기 위해 한참 애를 쓴 진휘소가 얼굴에 힘을 줘 더욱 험악한 인상으로 바꾸었다.

"그래도 그렇지, 눈 오는 산길에서 배고픈 산군(山君)이라도 만났다면 네놈들은 이미 호환(虎患)을 당해 이 세상 사람이 아닐 터. 오늘 얼마나 크게 잘못한 줄 아느냐, 모르느냐?"

"에이, 아빠, 잘못했다. 명이가 벌 받을게. 자, 볼기짝."

연추상이 제 아비에게 싹싹 비는 모습을 보던 진연명이 안 되겠다는 표정을 지으며 훌렁 바지를 까 내리고 진휘소 앞에 엎드렸다. 희멀건 엉덩이를 드러낸 손자를 보던 남궁정이 고개 돌려 웃었다.

"네놈들이 평소 이 아비를 믿고 무당산에서 무서울 것 없이 안하무인 시건방을 떨더니 일을 벌이곤 이 아비보다 어미가 더 무서워서 이리 살살거리느냐? 요런 괘씸한 놈들. 그래 오늘 크게 혼 좀 나보거라."

철썩 철썩 철썩.

"우왁 우왁 우왁."

"우와앙! 그만 해라. 저러다 상공아 죽는다. 차라리 상아를 때려라!"

진휘소의 커다란 손바닥이 아들의 엉덩이를 두드렸다. 연추상이 닭똥 같은 눈물을 흘리며 진휘소의 바짓가랑이를 흔들었다. 조용하던 남궁정의 거처가 아이들 울음소리로 시끌벅적 난장판이 됐다. 이때 스르르 기척도 없이 전각 문이 열렸다. 입술을 한껏 깨문 진휘소의 부인 당약란이 들어왔다. 그녀는 어디서 구했는지 버드나무로 만든 굵은 회초리까지 손에 쥐고 있었다.

새파랗게 굳은 당약란이 뛰어들자 엉덩이를 맞던 진연명이 사색이 됐다. 진연명은 당약란의 표정에서 오늘 다리몽둥이가 부러질 것 같은 예감을 했다. 진휘소가 엉덩이를 때리는 것은 소리만 요란했지 사실 아프지 않게 어루만지는 정도였다.

진휘소는 실상 어린 아들이 제 어미에게 크게 당할 것을 우려해서 미리 적당히 훈계를 하고 있었다. 남궁정도 알고도 모른 척하는 중이었다. 진연명도 아버지 손바닥이 엉덩이에 떨어질 때마다 때맞춰 큰 소리로 울부짖어 힘껏 장단을 맞추던 중이었다.

그런데 삼대에 걸친 이런 작당을 눈치챈 당약란이 회초리를 들고 달려오고 있었다. 무공의 고수인 그녀가 마음먹고 휘두른다면 저 회초리는 도검보다 더 무서운 흉기였다.

"흐악! 어, 어머님아!"

시아버지 다리에 매달려 버팅기던 연추상이 혼이 다 달아날 듯 놀랐다. 짧은 비명과 함께 진연명을 잡아끌어 황급히 남궁정의 뒤로 떠밀었다.

"이노옴! 할머니 뒤에 숨으면 무사할 줄 알았더냐? 이리 나오너라, 이노옴!"

눈에 불을 켠 당약란이 소리쳤다. 벌벌 떨던 진연명과 연추상의 눈이 서로 마주쳤다. 둘의 고개가 동시에 끄덕여졌다.

우당탕.

진연명이 전각의 창문을 뚫고 밖으로 사라졌다. 이어 쿵 하며 전각 밖 바닥에 떨어지는 소리, 윽 하는 신음 소리, 타다닥 하는 발자국 소리가 들리더니 점점 멀리 사라졌다. 시어머니 남궁정을 차마 넘어갈 수 없었던 당약란이 깨진 창문을 멍하게 보았다.

그사이 연추상이 주위를 두리번거렸다. 방 안에 있던 제 보따리를 잽싸게 챙기더니 창문을 훌렁 넘어갔다. 순식간에 아이들이 생쥐처럼 도망갔다. 얼빠진 당약란을 지켜보던 남궁정이 고소를 흘렸다.

"쯧쯧, 그나저나 이놈들이 또 도망갔으니 추운 겨울밤에 어디 가서 찾을꼬? 노신이 겨우 아이들을 잡아 다독여 놨는데 어미가 회초리를 들고 뛰어드니 아이들이 무서워 도망가 버렸구나. 이를 어쩐다?"

남궁정의 말에는 시어머니 거처에 허락도 없이 회초리를 들고 뛰어 들어 온 며느리에 대한 섭섭함이 깔려 있었다. 아무리 화가 났어도 아이들을 귀여워하는 자신의 눈치도 봐야 하지 않느냐는 은근한 질책이었다.

당약란의 얼굴이 화끈화끈 달아올랐다. 명가에서 자란 아녀자의 행동이 아니었다. 아이들 때문에 열이 올라 앞뒤 가리지 않고 뛰어들었지만 방약무인한 결례였다.

"어머님, 소첩이 아이들 때문에 잠시 눈이 멀었나 봅니다. 크나큰 무례를 사죄드리옵니다. 용서해 주시어요."

"그건 그렇고, 이놈들은 안 찾을 것인고? 아마 오늘밤은 산속에 숨어 나오지 않으려 할 터인데. 큰일이로다. 노신도 나서서 찾아봐야겠구나. 장문인도 찾아봐야 하지 않겠소?"

"예. 어머님, 송구하옵니다."

“어머님, 참으로 면목이 없사옵니다.”

남궁정과 진휘소, 그리고 당약란이 등불을 들고 발자국을 뒤쫓기 시작했다. 하늘에선 더욱 매서운 눈발을 땅 위로 뿌렸다. 아이들 발자국이 점점 희미해졌다. 매원을 나온 세 사람이 근심 가득한 얼굴로 산속으로 이어진 자그마한 발자국 두 쌍을 정신없이 따라갔다.

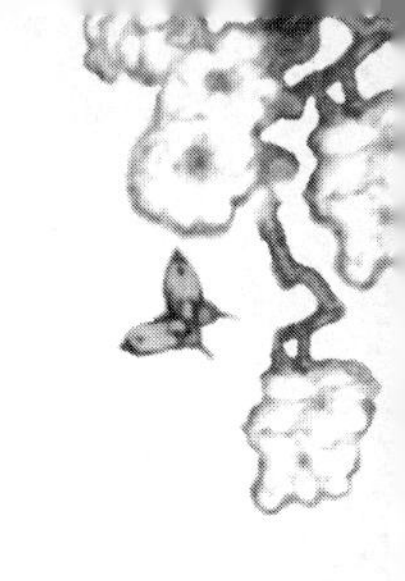

제2장

은선암묘(隱仙岩廟)

"**헉**헥. 아고고, 숨차라. 상공아, 때려죽여도 상아는 이제 더는 못
간다."

뛰어가던 연추상이 눈 바닥에 철퍼덕 주저앉았다.

"헉헉. 이쯤 왔고 눈까지 내렸으니 발자국도 안 보이겠지. 엄마, 아
빠 무공이 아무리 높아도 못 찾을 거야. 아이고, 배고파라. 아참, 상아
야, 점심때 객잔에서 먹고 남은 음식 싸온 그거 들고 왔어?"

"헉헉, 내가 누구야, 바로 상아잖아? 먹을 게 든 보따리를 빼놓을 순
없지. 자, 여기 있다."

"이야아! 역시 역시 상아다. 쪼옥~!"

"헤헤헤."

연추상의 허리춤엔 그 외중에 챙긴 볼록한 보자기가 매여 있었다.

진연명이 연추상을 껴안고 쪽 하고 입을 맞췄다. 얼굴이 발개진 연추상이 진연명의 허리에 매달려 깔깔댔다.

둘이 죽을힘을 다해 달려온 곳은 자비암 뒤편에서 한참이나 떨어진 운암봉 중턱이었다. 이 봉우리에 올라 왼쪽으로 끼고 도는 산길을 한참 더 오르면 호랑이 머리를 닮아 호두(虎頭)바위로 불리는 큰 바위가 삐죽 솟아 있다.

이 바위 앞에 어른 키만 한 우거진 잡목림의 나무들이 빽빽하게 자라 있다. 나뭇가지들 사이로 이름 모를 새들이 곳곳에 둥지를 틀고 있는 이 속으로 짐승들만 다니는 작은 길이 나 있다. 이 짐승 길 깊숙한 끝자락에 작은 동굴의 입구가 숨어 있었다.

작은 나무들이 무성히 자란 곳을 한참 기어가면 조그만 입구가 뚫려 있었다. 처음에는 좁은 입구지만 조금만 안으로 들어가면 점점 커져 서너 명이 생활할 수 있을 제법 큰 공간도 있었다.

석회암에 오랜 세월 빗물이 스며들어 만들어진 이 동굴은 또 동굴 안에 절벽으로 뚫린 작은 구멍이 나 있었다. 창문처럼 햇빛도 스며들고 공기도 통했다.

그동안 진연명이 나무판자를 가져와 동굴 출입구와 창 구멍에 어설픈 문짝까지 달아놨다. 동굴 입구에서 조금만 들어가면 땅속에서 뜨거운 물이 흘러나오는 작은 샘까지 솟아 지하로 흐르고 있었다.

그래선지 여름이면 시원했고 겨울에는 따뜻했다. 둘은 이곳을 아무도 모르는 둘만의 놀이터로 삼고 있었다.

이 동굴은 일 년 전 진연명과 연추상이 산속을 돌아다니다 우연히 발견한 곳이다. 새 둥지 속의 새알들을 훔쳐 먹으려고 기웃거리던 연추상의 눈에 작은 금빛 원숭이 한 마리가 나무 사이에 뛰놀고 있는 것이 보였고, 그 신기한 짐승을 잡으려고 쫓아가다 찾은 장소였다.

동굴은 그 온몸이 금빛 털로 뒤덮인 원숭이의 집이었다. 금빛 털의 원숭이는 예부터 무당산 깊은 곳에서 살아온 원숭이였다. 작은 몸집에도 불구하고 금빛 털로 둘러싸인 몸은 금강처럼 단단했고 호랑이도 때려잡는 완력과 영리함을 가지고 있는 산의 제왕이었다.

그러나 아이들은 이 작은 금빛 원숭이가 무당파 장서고에 남아 있는 기록에 무당의 개파조사인 장삼봉 진인이 데리고 다녔다는 영물 금모신원(金毛神猿)인지 모르고 있었다.

가끔 맛있는 과실이나 입에 쓴 풀뿌리를 가져다주는 원숭이가 금빛 털로 온몸이 뒤덮인 것을 보고 그저 금아(金兒)라 불렀다. 둘에게 금아는 그저 말 잘 듣고 착한 놀이 친구였다.

주머니에 넣어뒀던 화섭자를 꺼내 든 진연명이 동굴 나무 문짝을 열고 깜깜한 안으로 들어갔다. 화섭자에 불이 붙었고 그 불빛이 곧 등잔불로 옮겨 붙었다. 등잔불에 비친 동굴엔 진연명과 연추상의 거처인 정심전에서 옮겨온 온갖 자잘한 물건들이 가득했다.

그동안 둘이 남몰래 이곳을 들락거리며 옮겨놓은 짐승 가죽 깔개와 이불, 쌀과 말린 고기에 양념들, 나무 그릇 등 주방용 도구들이 작은 나무판을 못질해 만든 찬장 위에 가지런히 정리돼 있었다.

한쪽 바닥엔 땔감으로 쓸 작은 나무토막도 잔뜩 쌓여 있었다. 그 옆엔 흙을 이겨 만든 자그마한 화덕과 작은 솥단지까지 있었다. 그동안 둘이 이곳에서 놀며 불을 피워 음식까지 해 먹었던 흔적이다.

"히히, 상공아, 우리 살림 그대로 다 있다. 근데 금아가 안 보인다."

"뭐 먹을 걸 찾으러 갔겠지. 우리가 왔으니 곧 나타나겠지."

동굴 속 등잔불에 비친 어린아이 그림자 둘이 한참 쑥덕거리고 있을 때 동굴 저편 깊숙한 곳에서 뭔가가 톡 튀어나왔다.

강아지보다 조금 큰 몸집에 이마에 하얀 점이 박혀 있고 왕방울같이 큰 눈을 가진 원숭이였다. 원숭이는 마침 뭔가를 먹고 있었는지 입을 짭짭거리고 있었다. 온몸이 금빛 털로 뒤덮인 그 원숭이가 양손에 제 머리통만 한 붉은 과일을 들고 어린 부부에게 다가왔다.

갹갹.

"어, 금아 왔네. 저번에 먹었던 달콤한 과일도 들고 왔네. 마침 배고 픈데 잘됐다. 이리 주라."

진연명이 원숭이를 껴안았다. 원숭이도 반갑다는 듯 진연명의 얼굴을 핥았다. 연추상이 다가와 원숭이 머리를 쓰다듬고는 원숭이 손에 들린 과일을 빼앗듯이 낚아채 한 입 베어 물었다.

연추상이 와삭와삭 과일을 씹자 원숭이가 진연명에게 자기 이빨 자국이 남아 있는 과일을 내밀었다. 진연명이 이걸 받아 한참 과일을 씹어 배를 채웠다. 이때 동굴 밖에서 사람들의 목소리가 희미하게 들려왔다.

"소사숙. 사숙모."

"어디 계십니까? 대답 좀 하십시오. 장문인이 찾아 계시옵니다."

무당 제자들의 목소리가 산울림이 되어 아릿하게 들렸다. 진연명과 연추상의 어깨가 움찔했다.

"상공아, 이번에 잡히면 아주 경을 칠 거 같다. 상아 무섭다."

과일을 씹던 연추상이 연명의 품으로 기어와 울먹였다.

"그럼 조금 있다 나갈까? 엄마한테 잘못했다고 빌어야겠다."

"힝, 어머님아 무서워. 아까 버드나무 회초리 들고 화내는 거 봤잖
아. 지금 가면 상공아 볼기짝이랑 상아 종아리 피나게 맞을 거다."

"그렇다고 여기서 밤새우고 가면 더 맞는다. 좀만 더 있다 가자."

"히잉, 아무래도 그래야 할까 봐. 근데 배부르고 따뜻하니 졸린다."

"그럼 한숨 자. 내가 좀 있다 깨워줄게."

연추상이 바닥에 깔린 두툼한 짐승 가죽 위에 발랑 드러누웠다. 담
요를 덥더니 진연명의 무릎을 베고 누웠다. 눈 속을 정신없이 도망치
느라 피곤했던 몸이 금방 노곤해졌다. 그녀는 품에 원숭이를 껴안고
콜콜거리며 금방 잠들었다. 과일을 먹고 배를 채운 진연명도 끄덕거리
며 졸기 시작했다.

그때 연추상의 품에 안겨 있던 원숭이 금아가 슬며시 기어나와 진연
명의 어깨 위로 올라갔다. 눈을 반짝이던 금아가 밀려오는 졸음에 힘
겨워하던 진연명의 귀를 한껏 잡아당겼다.

"악, 아파라. 금아 너."

번쩍 정신이 든 진연명이 금아를 노려봤다. 금아가 꺅꺅거리며 바닥
으로 내려 뛰어 도망갔다. 그리곤 뒤돌아보며 손가락을 까닥거렸다.

"야, 뭐냐? 따라오라는 거냐?"

진연명의 말에 금아가 사람처럼 고개를 끄덕였다.

"야, 싫다. 귀찮고 잠 온다."

금아를 따라가 혼내려던 진연명이 고개를 흔들었다. 금아가 두 손으
로 가슴을 두드리며 시끄럽게 떠들었다. 또 손가락을 까닥거렸다. 평
소 보지 못한 금아의 이상한 행동에 호기심을 느낀 진연명이 연추상을

흔들었다.

그러나 연추상은 물 밖에 나온 문어 새끼처럼 추욱 늘어져 깨어나지 않았다. 할 수 없이 연추상을 일으켜 등에 업은 진연명이 담요를 허리에 두르고 칭칭 감았다. 그리고 등잔불을 들고 금아를 따라가기 시작했다.

*   *   *

동굴 속 깊은 곳으로 십여 장쯤 들어가자 동굴이 서서히 넓어지며 흙바닥이 어느새 돌바닥으로 바뀌었다. 불빛을 비추자 동굴 좌우로 갖가지 모양을 한 사람들의 모습이 줄지어 새겨져 있었다.

"우와아, 이게 뭐야. 동굴 속에 이런 게 다 있었네. 이거 무공을 익히는 모습 같은데 신기하네."

놀란 진연명이 주위를 둘러보았다. 주로 도사 차림을 한 어른들이 이상한 자세를 하고 있는 그림들 앞엔 돌로 만들어진 작은 탁자가 있었고 돌 탁자엔 고대의 갑골문 같은 이상한 글자들이 가득 새겨져 있었다.

연명은 그 그림들이 왜 그런지 낯설지 않았다. 무당파에서 늘 마주치는 도사들 모습과 비슷했기 때문이다.

"도사 할아버지들이네. 도사 할머니도 있고. 그런데 왜 동굴 속에 이렇게 모여 있지."

진연명이 고개를 갸웃했다. 아버지와 태사부 할아버지에게서 들은 무당파 사조님들 모습 같기도 했다. 할머니에게 들었던 불법과 사찰을 수호한다던 천왕상들 같기도 했다. 온갖 자세로 서 있는 그림들을 한참을 둘러봤다. 그림들 끝에 돌로 만든 커다란 석문이 동굴을 가로막고 있었다.

매끈한 돌로 만들어진 문은 문설주와 문짝에 날아갈 듯한 봉황과 기린이 전체를 감싸듯 아로새겨져 있었다. 석문 위에는 역시 돌로 만든 현판이 있었고 '은선암묘(隱仙岩廟) 연자입(緣者入)' 이란 일곱 글자가 고풍스럽게 조각돼 있었다.

"음, 보자. 은선암묘라… 여기 이름인가 보네. 숨어 살았던 신선 할아버지들 집인가 보네. 가만 연자입이라, 인연있는 자가 들어오라는 소리네? 들어가면 다 인연이 되지 뭐. 별거있나."

석문에 조각된 그림과 글자를 보던 진연명이 금아가 보이지 않자 두리번거렸다. 따라오라더니 괘씸하게 사라져 버린 것 같았다.

"야, 금아야, 어딨냐?"

진연명이 불안한 목소리로 소리치자 석문 옆 어둠 속에서 금아의 작은 얼굴이 톡 튀어나와 커다란 석문을 슬쩍 밀었다. 작은 원숭이 손에 밀린 석문이 신기하게도 서서히 열렸다. 석문이 열리자 갑자기 동굴 안이 환하게 밝아졌다. 환한 석문 안으로 들어간 금아가 다시 따라오라는 듯 진연명을 향해 다시 손가락을 까닥였다.

어른 키의 두 배나 되는 높이의 석문 내부는 윤기 나는 돌을 깎아 다듬어 상하좌우 사각형 모양으로 반듯하게 만들어져 있었다. 천장 중간에는 빛이 나는 야명주가 촘촘히 박혀 빛을 뿌렸다. 벽에는 사람의 형상을 한 온갖 그림들과 글들이 또 조각돼 있었다.

석실 끝에는 돌로 쌓은 좌대 위에 대머리를 한 웃는 얼굴의 노스님을 조각한 석상이 있었다. 노스님 앞에는 지팡이를 짚고 서 있는 노사태를 조각한 석상이 있어 서로 마주 보고 있었다.

"어, 스님 할아버지하고 절에 계신 노사태님이네."

호기심이 생긴 진연명이 노도인의 석상에 다가가 이곳저곳을 만졌다. 여기저기를 쓰다듬다 무심코 손바닥을 만지자 손목이 돌아가며 석상의 배 부분이 스르륵 열렸다. 그 속엔 붉은 광채가 흐르는 보석으로 만든 작은 함이 있었다.

"어. 놀라라. 이게 뭐야."

진연명이 뒤로 물러나자 원숭이 금아가 옥함을 집어 들더니 연명에게 내밀었다.

"금아야, 이거 나보고 가지라는 거냐?"

꺅꺅.

금아가 고개를 끄덕이며 진연명에게 함을 내밀었다. 엉겁결에 함을 받아 든 진연명이 옥함의 뚜껑을 살며시 열었다. 어린아이 주먹만 한 작은 금빛 구슬과 검집이 없는 작은 금빛 소검, 양피지로 만든 두루마리 하나가 들어 있었다. 진연명이 눈을 동그랗게 뜨고 중얼거렸다.

"히야, 별 이상한 게 다 들어 있네."

금빛 소검은 검신에 금강반야검(金剛般若劍)이란 글자가 선명하게 새겨져 있었다. 양피지로 만든 두루마리는 불가일신공(佛家一神功) 금강반야공(金剛般若功)이란 한자 제목 아래 천축(天竺) 문자인 범어(梵語)로 된 글자들이 가득 쓰여져 있었다. 읽을 수는 없지만 그림과 함께 적혀 있는 글들은 무공구결과 수행법(修行法)으로 추측됐다.

"어, 불가일신공 금강반야공이라. 이건 그럼 절에서 쓰는 무공이잖

아. 그런데 이 금검 이름이 금강반야검이라 말이지. 이거 갖고 다니다 상아랑 과일 깎아 먹을 때 쓰면 딱 좋겠다. 크기도 적당하고.”

진연명이 금빛 소검과 두루마리를 살피며 고개를 갸우뚱했다. 그런데 옆에서 지켜보던 금아가 붉은 함 속의 금빛 구슬을 집어 들어 진연명의 입에 들이밀고 꺅꺅거렸다.

“야, 금아야, 이거 나보고 먹으라는 거냐? 할머니가 아무거나 먹으면 안 된다고 했는데. 싫다.”

진연명이 고개를 흔들자 금아가 꺅꺅거리며 계속 먹이는 시늉을 했다. 나중엔 안타깝다는 듯 한 손으로 제 이마까지 치며 성화를 부렸다. 진연명은 광채나는 금빛 구슬이 보기는 좋지만 입 안에 넣기엔 뭔가 꺼림칙했다. 그래도 금아는 진연명의 입술 끝에 구슬을 갖다 대고 꺅꺅거렸다. 실랑이가 계속되자 세상모르고 진연명의 등에 업혀 자던 연추상이 깨어났다.

“아우웅, 뭐야? 시끄러 죽겠다.”

“어, 상아 깼냐? 상아야, 금아따라 동굴 깊숙이 들어왔는데 신기한 것들 많다. 봐라.”

부스스 눈을 뜬 연추상이 목을 길게 빼내 환한 동굴 속을 둘러봤다.

“얼레, 이것들이 다 뭐래?”

“금아가 따라오래서 여기 들어왔는데 이상한 게 참 많다.”

연추상이 진연명의 등에서 내려서며 탄성을 질렀다.

“와아, 천장에 반짝이는 돌 봐라. 저거 하늘에 떠 있는 별 같다. 상공아, 저거 빼서 상아 주라. 갖고 싶다. 어, 근데 돌로 만든 할머니도 있다.”

연추상이 노사태의 모습을 한 석상으로 달려가 곳곳을 만지며 조잘거렸다.

"아까 상아가 잠자고 있을 때 말야, 저기 있는 스님 할아버지 석상의 손바닥을 만졌는데 할아버지 석상의 배가 열려 옥함이 나왔다. 혹시 할머니 손도 만지면 뭐가 나올까 몰라?"

"응. 함 만져 봐라, 상공아. 이거 재밌겠다."

진연명이 노사태 모습을 한 석상의 손바닥을 만지자 손목이 찰칵 돌아가며 석상의 배 부분이 열렸다. 열린 석상의 뱃속에는 짙은 녹색을 띤 자그마한 옥함이 들어 있었다. 그것을 본 연추상이 손바닥을 치며 팔짝팔짝 뛰었다.

"야, 상공아 말처럼 옥함 또 나왔다."

"상아야, 여기 뭐 들었는지 보자. 아까 할아버지 배에선 금빛 구슬이랑 금빛 소검에 두루마리가 나왔다."

"응응, 뭐 들었을까? 어서 열어봐라, 상공아. 어서."

호기심에 몸이 단 진연명이 서둘러 옥함 뚜껑을 열어젖혔다. 옥함에는 은빛 구슬 하나와 두꺼운 금빛 팔찌 한 쌍, 알 수 없는 재질로 된 유리처럼 투명한 채찍 하나와 양피지 두루마리가 들어 있었다.

금빛 팔찌는 하나씩 봉황과 기린이 튀어나오듯 양각돼 있었다.

봉황 팔찌엔 난화(蘭花), 기린 팔찌는 불혈(佛穴)이란 작은 글자가 음각돼 있었다. 투명한 채찍은 금빛 손잡이에 천수(千手)라는 글자가 새겨져 있었다.

양피지 두루마리에는 불가이신공 천수관음장 난화불혈수(佛家二神功 千手觀音掌 蘭花佛穴手)란 이름의 한자 제목이 붙어 있었고 그 밑엔 무공구결 같은 글자들이 범어로 가득 적혀 있었다.

"이것도 절에서 쓰는 스님들 물건과 무공 같네. 불가이신공이라…
스님 할아버지 물건하고 짝인 모양이지."

"아아, 은구슬이랑 금팔찌에 투명한 채찍이다."

진연명이 두루마리 글자들을 보고 생각에 잠겨 있을 때 연추상은 금
빛 팔찌와 투명한 채찍에 정신이 반쯤 나가 있었다. 연추상은 두루마
리 따위는 거들떠보지도 않았다. 반짝반짝 빛나는 금빛 팔찌와 속이
다 보이는 투명한 채찍을 어루만지며 환호성을 질렀다. 새로 생긴 신
기한 장난감들이 그녀의 시선을 온통 빼앗았던 것이다.

그때 금모신원 금아가 슬그머니 은구슬을 집어 들더니 연추상의 입
에 들이밀었다. 다른 손엔 금빛 구슬을 들고 다시 진연명의 입에 대고
는 걀걀거렸다.

"엥. 금아야, 이거 먹으라는 거니? 상공아, 이거 먹어도 되는 거야?
먹고 싶긴 한데……."

구슬을 보며 연추상이 연명을 재촉했다. 진연명이 곰곰이 생각했다.
그는 금아가 영물임을 이미 어렴풋이 짐작하고 있었다. 금아는 원숭이
가 아니라 친구였다. 자신과 상아의 말도 잘 알아듣고 그동안 여러 번
맛있는 과실과 짙은 향기를 풍기는 약초 같은 풀과 이상한 풀뿌리들도
갖다 주었다. 금아가 가져다준 것들을 자주 받아 먹었지만 한 번도 배
탈 난 일이 없었다.

그사이 신기한 것을 빨리 먹어보고 싶은 연추상이 응응 하며 몸을
비비 꼬며 진연명을 계속 부추겼다.

"음, 금아가 이렇게 먹으라는데 먹어도 되겠지."

"헤, 알았다. 얼른 먹자."

진연명이 내키지 않는다는 얼굴로 금아가 내미는 금빛 구슬을 우물 쭈물 입에 넣었다. 그러나 연추상은 은빛 광채 나는 구슬이 탐스러운 듯 씨익 웃으며 달랑 입에 털어 넣었다.

금구슬이 진연명의 입에 들어가자 청아한 향기를 내며 순식간에 녹아 그의 입속으로 흘러들어 갔다. 혹시 뭔가 잘못되는가 하고 조마조마하던 진연명은 아무 일도 없자 쑥스러워하며 자리에서 일어났다. 전에 금아가 준 신기한 풀을 씹은 듯 입 안에 아릿한 향기가 가득했다. 진연명이 연추상을 바라보니 그녀도 별일이 없었다. 안심하고 일어나려는 순간 갑자기 진연명의 뱃속에서 불덩어리 같은 열기가 화악 솟구쳤다.

"아이고, 배야."

순식간에 단전에서부터 거세게 휘몰아친 기운은 차츰 위로 올라 온몸으로 퍼지더니 머릿속이 하얗게 변했다.

"상아야, 나 죽는다. 으아악."

진연명은 온몸에 불길이 활활 타오르는 것 같았다. 땀이 비 오듯 흐르기 시작했고 전신이 붉게 변했다. 잠시 후 그가 입고 있던 옷과 머리털, 손톱과 발톱에서 연기까지 솟아나기 시작했다. 이윽고 타오르는 듯 붉게 변한 피부가 점점 시꺼먼 숯처럼 변했다.

너무 고통이 심해 진연명은 이젠 비명조차 지를 수 없이 바닥을 뒹굴었다. 진연명의 뇌리에 붉은빛의 모습을 한 봉황이 나타나 자신의 몸을 삼키는 장면이 떠올랐고 순간 진연명은 고통 속에서 정신을 잃었다.

검게 변해 정신을 잃고 바닥에 쓰러진 진연명의 몸이 연기를 내며 계속 타올랐다. 그의 몸이 닿은 돌바닥까지 타 들어갔다. 그렇게 일각여가 지나자 숯처럼 변한 진연명의 몸이 저절로 쩍쩍 갈라지더니 그 사이로 붉은 광채가 어렸다.

그 광채가 점점 짙어지더니 숯이 되어 떨어져 나가는 피부 속으로 연한 새살이 나타나기 시작했다. 새로 태어난 아기같이 변한 진연명의 뼈와 근육이 제멋대로 뒤틀리며 우드득 소리가 났다. 뼈가 새로 자라 부서지고 맞춰지는 소리였다. 윤기 나는 검은 머리칼이 어느새 새로 쑥쑥 자라나 발바닥까지 내려왔다. 손톱과 발톱도 새로 자라나고 있었다.

한편 연추상은 하얀 구슬을 꿀꺽 삼키고 곁눈질로 진연명을 살폈다. 그동안 금아가 가끔 먹으라고 가져다준 풀이나 풀뿌리를 씹은 듯 입 안이 향긋했다.

원숭이 금아가 가져다주는 풀이나 풀뿌리들은 아버지 천산신의(天山神醫) 연자명이 늘 산속에서 캐오던 약초들과 같았다. 아니, 그보다 훨씬 크고 좋은 것들이었다. 갓난아기 때부터 약초를 늘 가까이 봐왔던 연추상은 그래서 원숭이 금아가 갖다 주는 것은 뭐든지 몸에 좋은 것이란 것을 잘 알고 있었다.

금아가 준 은구슬은 목을 넘어가자 약초들처럼 향긋한 액체가 되어 뱃속으로 사라졌다. 맛은 별로 없었다. 배도 부르지 않아 입맛을 다지며 혓바닥으로 입천장을 핥고 있었다. 그런데 옆에 있던 진연명이 갑자기 비명을 지르며 바닥을 뒹굴었다. 놀란 연추상이 일어나 연명을 붙잡으려 했다.

“악, 상공아, 왜 그래?”

하지만 연추상도 일어나지 못했다. 아랫배에서 갑자기 차가운 기운이 나타나 그것이 사지백해로 퍼졌다. 머릿속에 푸른 빛이 번쩍이고 삽시간에 서리가 내린 듯 온몸이 하얗게 변했다. 전신에서 몰아치는 차가운 기운에 연추상은 혼비백산했다. 하얗게 변한 연추상이 덜덜 떨며 손발을 움츠렸다.

“할머님아, 상아 추워. 상공아, 상아 죽어. 살려줘. 으으.”

그러나 연추상이 아무리 비명을 질러도 연명의 대답은 들려오지 않았다. 연추상의 몸이 금방 얼음덩어리로 변했다. 그러나 그 추위는 괴로워할수록 오히려 더 차가워졌고 연추상은 얼음 구덩이에 떨어지는 느낌과 함께 아득히 정신을 잃고 말았다.

정신을 잃은 연추상의 두 눈에서 동공이 사라지며 하얀 빛이 그 속에서 흘러나오기 시작했다. 연추상이 입고 있던 옷이 냉기에 터져 잘게 잘게 부서졌다. 하얗게 서리가 내린 머리칼에 이어 손톱과 발톱까지 바스라졌다. 피부가 쩍쩍 부서져 갈라졌다. 연추상의 몸이 닿은 돌바닥까지 얼음처럼 변해 퍽퍽 터져 나갔다.

일각여가 지나자 움츠리고 있던 연추상의 몸에서 하얀 광채가 나며 새살이 돋았다. 연명처럼 윤기 나는 머리털이 자라나 금방 바닥까지 닿았다. 손톱과 발톱도 몇 번이나 새로 자라났다 빠지기를 반복했다. 연추상의 몸이 비틀리며 뼈가 부딪치는 소리가 들려왔다. 그때마다 그녀는 귀신처럼 흐느적거렸다. 온몸에서 새하얀 광채가 솟구쳤다.

두 아이로부터 흘러나온 열기와 냉기가 부딪치자 주위의 공기가 칙칙거리며 펑펑 터졌다. 동굴 전체가 흔들리며 요동치고 있었다. 붉고 하얗게 눈동자가 변한 두 아이가 서서히 공중으로 떠오르기 시작했다. 정신을 잃어버린 두 아이의 몸이 공중에서 서로 껴안고 서서히 맴돌았다.

붉은빛과 흰빛이 서로 감싸고 돌면서 쉴 새 없이 회전했다. 처음엔 서로를 밀어내던 붉은색과 흰색이 점점 옅어지더니 그것들이 천천히 합쳐져 엷은 금빛으로 바뀌었다.

둘이 껴안고 있는 곳에서 금빛 광채가 점점 강해졌고 마침내 번개가 치는 것처럼 연이어 번쩍였다. 다시 일각여가 흐르자 금빛 광채가 서서히 약해졌다. 금빛이 두 아이의 정수리 끝에 있는 백회혈로 나뉘어져 모두 빨려 들어갔다.

금빛 기운이 모두 흘러들어 간 후 발가벗은 아이들의 몸이 바닥으로 내려왔다. 어딘가 숨어 지켜보던 금빛 털의 원숭이가 조심스레 다가왔다. 원숭이가 두 아이를 나란히 바닥에 눕혀놓고 어디론가 사라졌다.

*   *   *

걍걍. 걍걍.

"아아! 간지러. 뭐야?"

발바닥을 살살 간질이는 느낌에 진연명이 눈을 떴다. 원숭이 금아가 바로 눈앞에서 눈알을 굴리며 서 있었다.

"타 죽는 것 같았는데. 음, 꿈인가? 참, 상아는?"

진연명이 주위를 둘러보자 금아가 손가락으로 연명의 옆을 가리켰다. 발가벗은 연추상이 옆에 누워 잠들어 있었다. 금아의 손에는 갓난

아기처럼 생긴 커다란 풀뿌리가 들려 있었다. 금아가 진연명에게 그걸 내밀었다. 연명이 기겁을 하며 그걸 멀리 내던져 버렸다.

"야, 치워. 너 때문에 타 죽을 뻔했다. 어, 그런데 상아는 왜 발가벗고 있지? 헉, 상아 머리가 왜 이렇게 길게 자랐어? 상아야, 상아야, 일어나 봐, 어서."

"아우웅, 상공아, 왜 그래?"

"상아야, 너 머리가 왜 그러냐? 또 발가벗고 여기서 왜 자고 있냐?"

"엥? 아고, 창피해. 내가 발가벗고 있네. 히히히. 근데 상공아도 발가벗고 있잖아. 상공아 머리카락도 언제 그렇게 길게 자랐어? 아참, 아까 은빛 구슬 먹고 상아 얼어 죽는 줄 알았다. 그런데 이제 괜찮네. 그럼 가만 보자. 우리가 구슬 먹고 잠들었나? 우리 얼마나 잔 거야? 옷은 다 어디 가고?"

"음, 나도 금빛 구슬 먹고 몸이 타서 죽는 줄 알았다. 근데 이상하네. 옷도 없고 머리는 이렇게 자랐고. 이거 참."

진연명과 연추상이 정신을 차리자 고통스러웠던 장면이 떠올랐다. 하지만 꿈인지 생시인지 아련했다. 그런데 몸이 좀 커지고 가뿐해진 것도 같았다. 동굴 속 차가운 바닥에 맨몸으로 앉아 있는데도 전혀 춥지 않았다.

진연명은 이런 일이 금아가 준 그 구슬 때문임을 짐작했다. 아마 구슬을 먹고 둘이 정신을 잃었던 같았다. 하지만 아무튼 자신도 상아도 아무 이상이 없으니 다행이었다.

"상아야, 아마 아까 우리가 먹은 구슬 때문에 잠시 잠들었던 것 같다."

"응, 상아도 그런 거 같다."

"몸은 괜찮니?"

"응, 괜찮다. 옷 없는데 춥지도 않고. 상공아는?"

"나도 별일없다. 우리 얼른 일어나서 옷 입으러 가자. 발가벗고 있으니 그냥 으스스하다."

"응, 어서 가 옷 입자."

발가벗은 둘이 부스스 일어나 바닥에 뒹굴던 화섭자를 찾아 던져 뒀던 등잔에 다시 불을 붙였다.

둘이 손잡고 넓이가 삼 장에 이르는 은선암묘 동굴을 털레털레 되돌아 나오려 했다. 그때 연추상의 눈에 노스님 석상과 노사태 중간쯤의 동굴 벽에 그려진 그림들이 들어왔다.

"얼레? 저게 뭐람? 상공아, 신기하다. 저거만 보고 가자."

"야야, 빨가벗고 둘이 체조할 거냐? 그냥 가자. 다음에 보자."

"히히, 상공아랑 상아밖에 없는데 빨가벗은 거 보긴 누가 본대냐? 저것만 함 보고 가자. 응?"

연추상이 성화를 부리며 진연명의 손을 잡아끌고 그리로 갔다.

넓은 동굴 벽면은 자연석을 대충 깎아 만들었든지 온통 울퉁불퉁했다. 그런데 노스님과 노사태 석상의 정중앙에 위치한 그곳만은 반들반들 윤이 날 만큼 깨끗하게 닦아져 있었다. 매끈한 벽돌을 쌓아 다듬은 듯 유난히 깨끗했다. 연추상이 다가가 벽면을 손으로 쓸며 말했다.

"상공아, 요기는 칼로 깨끗하게 자른 거 같다. 돌벽을 두부처럼 깔끔하게 잘라놨네."

"어, 여기만 그렇네. 이 그림들 새기려고 그런 거 같다, 상아야."

"와아? 이 그림들 뭐래냐? 우리처럼 빨가벗은 사람 몸에 줄이 죽죽 그어져 있네? 빨가벗고 따라서 해보라는 거 같다. 상공아, 그치?"

호기심에 사로잡힌 연추상이 연신 벽에 그어진 인체 그림 속의 줄에 손을 대며 촐랑댔다. 별것도 아닌 것에 호들갑을 떤다는 눈으로 연추상을 바라보던 진연명이 그림들 위에 새겨진 글자들을 보고 고개를 갸우뚱했다. 글자는 한자(漢子)로 쓰여져 있었다.

화룡(火龍)이 후세에 남기노라.

노부는 젊은 날 부모 자식까지 모두 버리고 출가하여 때로는 불가의 승려(僧侶)로, 때로는 도가의 도사(道士)로서 온 천지에 닿는 대로 발길을 돌렸도다.

불교와 도교가 추구하는 바가 비록 이름은 다르지만 세속을 초월하여 지극한 도(道)를 이루고자 함은 매한가지였도다.

노부가 머리를 깎고 불타께서 득도하신 머나먼 서역 땅, 인도의 룸비니 보리수(菩提樹)에서부터 천산산맥을 지나는 비단길 타클라마칸 사막, 라마불교가 번성하는 서역의 달라이라마가 기거하는 궁전까지 아니 가본 곳이 없었다. 이후에는 대륙 각지의 도교 유적지(遺蹟地)를 순례하며 신선들의 술법까지 두루 둘러볼 수 있었도다.

나이 오십이 넘어 이곳 호북 땅 무당산에서 은선암묘를 발견하여 칩거한 지 어언 또다시 오십 년 세월이 흘렀다. 그사이 얻은 후계인 장삼봉에게 내가 깨달은 바를 전수하고 백 년 만에 선계로 떠날 날을 눈앞에 두고 있었도다.

그런데 인연의 고리는 참으로 무서웠다. 스무 살 젊은 나이에 세속에 두고 떠났던 아내가 어찌 알고 이 깊은 무당산 속 은선암묘를 찾아왔도다. 그녀 또한 자식을 키워 혼인까지 올리게 한 후 불문에 들어 고승의 반열에 이미 들어 있었도다. 그렇지 않았다면 그녀가 어찌 이 구석진 곳을 찾을 수 있었으랴?

그녀는 사천(四川) 땅 아미산(峨嵋山)에 들어가 머리 깎고 수도하여 깊은 깨달음을 얻은 크나큰 선지식(善知識)이 되어 있었도다. 아미산의 생불(生佛) 법정(法定) 사태로 불리우던 그녀는 더한 깨달음을 좇아 천기(天氣)를 따라 무당산에 올라 이곳 은선암묘에 도달하였으나 처음엔 노부를 알아보지 못하였다.

하나 노부가 어찌 그녀를 모르겠는가? 한평생 가슴 아픈 죄를 저지른 것은 오직 그녀와 노부가 떠날 때 젖먹이였던 어린 자식이었다. 그런데 팔십여 년 만에 무당산 깊은 산속 동굴에서 여승이 되어 있는 늙은 아내를 만났으니 이 또한 하늘의 뜻이라 여겼다.

노부가 그 사실을 밝히자 그녀는 대경실색하며 노부의 품에 안겨 한없이 통곡하였도다. 이미 세속의 즐거움을 잊어버린 그녀였지만 올올이 얽혀 있던 인연의 사슬은 그리도 무거웠도다. 사죄하는 노부의 손을 잡고 그녀는 함께 수도하여 더욱 깊은 깨달음을 얻을 수 있도록 서로가 서로를 이끌어주는 도반(道伴)의 길로 가지며 이끌었도다.

이후 그녀와 나는 이십여 년을 함께 이곳에서 기거하며 참된 수도의 길을 갈 수 있었다. 그동안 노부는 서역 땅을 순례하던 도중 감숙(甘肅) 땅의 고비사막 속에 있던 돈황(敦煌) 석굴의 한 모퉁이에서 발견했던 수신법(修身法)을 갈고닦았도다. 이것은 바로 불타로부터 이어져 내려온 고대의 밀법(密法)이었다.

범어(梵語)로 기록된 이것을 한어(漢語)로 번역하면 불가일신공(佛家一神功) 금강반야공(金剛般若功)으로 불리울 것이로다.

금강(金剛)이란 깨어질 수 없이 굳건한 최고의 깨달음을 이르는 말이로다. 반야(般若)라는 뜻은 범어의 '프라쥬냐(Prajna)'의 음역(音譯)으로서 근원적인 생명을 깨닫는 지혜를 일컫는 말이로다.

또한 금강반야공 곁에 있는 꽃이 만개한 듯한 여섯 가지 그림은 노부와 노부의 아내였던 법정 사태가 함께 고심해 재현(再現)시킨 불가이신공 천수관음장 난화불혈수(佛家二神功 千手觀音掌 蘭花佛穴手)로다. 이는 아미산에서 내려오던 불가의 무공이었으나 그동안 실전되어 있던 것을 노부가 발견한 금강반야공 속에 그 진본(眞本)이 남아 있어 되살린 것이로다.

금강반야공, 천수관음장, 난화불혈수는 불가의 신장(神將)들이 마귀들을 벌할 때 사용했다는 전설이 서려 있는 밀법들이니 타인에게 함부로 전수하지 말라. 그 위력이 지대하므로 이를 악용하면 천하에 큰 환란이 닥칠 것이니 인연자는 명심하라.

다만 금강반야공은 대륙의 불교의 뿌리가 되는 숭산 소림에는 후계들이 살펴보고 전할 만한 그릇이 있으면 알아서 전하도록 하라.

또한 천수관음장 난화불혈수는 아미파의 실전된 절기이니 노부의 아내였던 법정 사태의 인연을 살펴 아미파에 전하도록 하라. 하나 명심할 것은 그들의 깨달음이 따르지 못하면 굳이 전하지 않아도 되느니라.

또한 노부는 섬서성(陝西省) 화음(華陰) 화산(華山)의 서쪽 연화봉에 자리한 화산파(華山派)에도 약간의 인연이 있도다. 수려한 서악(西嶽) 화산에서 한때 도문의 일원으로 그들을 가르친 인연이 있도다. 그때 수련하며 깨달은 자하신공(紫霞神功) 이십사식 중에 후(後) 십이식을 말년에 보완하여 두루마리에 적어 따로 전한다.

이 모두를 후세의 인연자에게 맡기노라. 노부와 노부의 아내였던 법정 사태가 세속에서 부부의 인연을 이루었던 것에 비쳐 후세의 인연자도 부부의 인연을 맺은 이들일 것으로 천기를 통해 익히 알고 있도다. 후계들은 부디 이 수련법을 익혀 참된 생명의 근원을 깨닫도록 하라.

"와아! 여기 노스님 할아버지랑 노사태 할머니가 부부였댄다, 상아야."

"히히, 거봐라, 상공아. 상공이랑 상아랑 올 것을 미리 알고 돌벽에다 이렇게 힘들겨 새겨놨잖아? 이거 따라서 해보자."

쪼르르 다가온 연추상이 벽 앞에 빨가벗고 서서 그림들을 살펴보기 시작했다. 진연명도 그림들을 들여다보다 홀린 듯이 빨려 들어갔다. 얼마 전 구슬을 먹고 죽을 뻔했던 것도 어느새 잊어버린 얼굴이었다.

그때, 원숭이 금아가 쪼르르 달려가 팔찌 한 쌍을 주워 들고 갸갹거리며 연추상에게 다가갔다. 금아가 팔찌의 튀어나온 부분을 만지자 찰칵 하며 팔찌가 반으로 갈라졌다.

원숭이가 진연명과 연추상이 지켜보는 가운데 금빛 팔찌를 연추상의 팔목에 갔다 대곤 또 어디를 어루만졌다. 그러자 그것들이 다시 찰칵 하며 손목에 채워졌다. 갸날픈 연추상의 손목에 꿈틀대는 금빛 봉황과 기린이 새겨진 두터운 팔찌가 달라붙 듯 맞춰졌다.

"아아! 상공아, 봐라봐라. 금아가 상아 팔목에 팔찌 채워줬다. 신난다. 이제 이건 상아 거다."

연추상이 팔찌가 끼워진 두 팔을 들고 팔짝팔짝 뛰었다. 진연명이 신기한 듯 눈을 동그랗게 뜨고 그 모습을 보고 중얼거렸다.

"희한하네. 금아가 어찌 알고 팔찌를 상아 팔목에 끼워줬을까? 노스님 할아버지랑 노사태 할머니가 벽에 새겨놓은 것처럼 이것들을 나랑 상아가 배워야 한단 말이지. 뭐 요즘 한참이나 심심했는데 배우지 뭐. 근데 상아 저게 빨가벗고 춤을 추네. 히히, 상아야, 미쳤냐? 빨가벗고 춤추는 거 이제 그만 춰라."

"왜 어때서? 누가 보냐? 상공아도 함 해봐라. 빨가벗고 춤추는 것도 재미난다. 히히."

"콜록콜록, 상아야, 그만 폴짝거려라. 먼지 난다. 그림들이나 자세히 보자."

"아, 맞다. 그러자, 상공아."

맨 왼쪽의 그림은 벌거벗은 사람 몸에 무수한 길이 나 있는 그림이었다. 그리고 그 오른쪽에 나란히 여섯 개의 꽃봉오리 같은 그림들이 그려져 있었다. 마치 수많은 꽃잎들이 세밀하게 겹쳐져 있는 듯한 그림이었다.

"우와아, 상아야, 줄이 이렇게도 많은데 그중에 하나도 안 끊어지게 잘도 그렸다."

"장난 아니다. 이거 따라 하려면 되게되게 힘들겠다. 눈알이 뱅뱅 도는 거 같다, 상공아."

"헤헤헤, 빨가벗고 눈알까지 돌리려니깐 좀 힘들긴 한데 재미있다. 안 그러냐?"

"히히, 이거 지금 몽땅 외워서 침상에서 밤마다 해보자. 되게 재밌겠다, 상공아."

"그러자. 이거 하면 힘이 생길 것 같다. 상아야."

"그렇지. 신나게 놀려면 말야, 아무튼 힘이 있긴 있어야 돼. 놀다 피곤하면 그것만큼 재수없는 것도 없더라."

"흠, 그건 맞다, 상아야. 너 외우는 거 하난 기차게 잘하잖아. 잘 봐둬라."

"헹, 염려 마라. 상아 눈알이 빠지도록 보고 있다."

은선암묘 깊은 동굴 속에서 발가벗은 남녀 아이 둘이 등잔불을 들고 엉덩이를 찔끔찔끔 흔들며 정신없이 그림들을 바라봤다. 아이들은 가끔 손발을 허공 속에 휘휘 내젓기도 했다. 연추상이 찬 금빛 팔찌가 어두운 동굴 속에서 희미한 빛을 내뿜고 있었지만 아이들은 그것도 눈치채지 못하고 정신없이 그림들 속에 빠져들었다.

그림들은 하나의 선이면서도 가닥가닥 이어진 수백 개의 선이었다. 끊어질 듯하면서도 끊어지지 않은 기기묘묘(奇奇妙妙)한 변화였다. 그리고 그 다양한 변화가 끝내는 점점 몇 개의 거대한 흐름을 만들고 있었다. 그리고 그 흐름들은 다시 보면 전체가 모두 하나로 모아졌다.

아이들이 몽롱한 눈으로 선들을 쫓아갔다. 언제부턴가 발가벗은 아이들 몸에서 한 가닥 기운이 그 선을 따라 흘러가기 시작했다. 선 채로 엉덩이를 꿈틀거리던 아이들의 몸에서 아지랑이처럼 뿌연 기운들이 조금씩 생겨났다. 그것이 반딧불처럼 은은하게 빛났다. 저도 모르게 아이들의 손끝이 동굴 벽에 그어진 줄들을 따라 허공에 그림을 그리듯 움직였다.

아이들의 손이 마치 매화꽃을 화폭(畵幅)에 담으려 애쓰는 화공(畵工)의 붓끝처럼 허공을 수놓았다. 때로는 횡(橫)으로, 때로는 종(縱)으로, 그리고 사선(斜線)을 그리며 허공에서 나풀거렸다. 아주 천천히 움직이던 아이들의 손끝이 마침내 서로 모아 쥐며 합장하는 자세가 되었다.

"아휴, 그것참 길기도 길다. 한번 따라 하다 어깨 빠질 뻔했다. 상아야, 난 다 못 외웠다. 너는?"

"히히, 상아가 외우는 덴 무당산 도사들 백 명 뭉친 거보다 잘하잖아. 물론 다 외웠다. 상공아, 가자. 춥다."

"어구, 대단해라. 내 각시."

"상공아 각시 원래 대에단하다. 몰랐냐?"

"큭큭, 오늘 빨가벗고 별일 다 해본다. 나가자."

"응."

진연명과 연추상이 벽에서 돌아서서 은선암묘 석문 밖으로 나가려 했다. 돌연 연추상이 다시 발딱 돌아서더니 쪼르르 석상 앞으로 달려가 석상 앞 돌바닥에 놓여 있던 옥함 두 개를 챙겨 들었다. 반짝이는 것은 뭐든지 욕심내는 연추상이었다.

진연명이 그런 연추상의 머리를 쓰다듬고 옥함들을 연추상의 손에서 받아 들고 자신들 살림이 있는 동굴 입구 쪽으로 함께 걸어나왔다.

그사이 등잔의 기름이 떨어져 둘의 앞길이 깜깜해졌다. 그렇게 석문 밖 동굴 벽 그림들 속을 조심조심 걸어나갔다. 그런데 깜깜한 어둠 속에서도 주위가 희미하게 보였다.

"상아야, 이상하다. 등잔불 없는데도 희미하지만 보인다. 들어올 때는 등잔불 앞만 보였고 나머지는 모두 깜깜했는데."

"응. 상아도 잘 보인다. 잘 보이면 좋은 거지 뭐. 일단 나가자. 배고프고 목도 마르다.”

발가벗은 아이들 둘이 동굴 속을 살살 걸어나와 따뜻한 물이 나오는 작은 샘에 잠시 머물러 목을 축였다.

동굴 입구에 자리한 둘의 살림살이가 있는 곳으로 돌아오자 원숭이 금아도 어느새 둘의 뒤를 따라왔다.

“야, 금아야, 네가 먹으라고 준 구슬 땜에 나도 상아도 죽다 살아났다. 이젠 네가 주는 것 겁난다. 그렇지, 상아야.”

“응, 맞다맞다. 상아도 은빛 구슬 먹고 얼어 죽는 줄 알았다. 어쨌든 지금은 괜찮으니까 지금은 그냥 넘어간다. 담부터 조심해. 앙.”

연추상이 손을 머리 위에 올리고 때리는 시늉을 하자 금아가 억울하다는 듯 머리를 감싸 쥐었다.

원숭이 덕분에 정신을 잃은 사이 기연(奇緣)을 얻은 줄 모르는 어린 부부는 예전에 몰래 가져다 놓은 헌옷을 꺼내 입었다. 그리고는 쌓아 놓은 작은 나무토막에 불을 붙여 음식을 만들기 시작했다.

진연명이 뒤쪽에 있는 샘가로 달려가 급히 쌀을 씻어와 솥에 안쳐 넣고 작은 화덕 위에 올렸다. 연추상이 물이 끓자 말린 고기와 갖은 양념을 집어넣고 한참 휘저었다. 잠시 후 냄새를 풍기며 먹음직한 고기죽이 만들어졌다.

어린 부부는 나무 그릇에 죽을 퍼서 히히덕거리며 먹었다. 연추상이 다른 나무 그릇을 가져와 금아에게도 고기죽을 담아 내밀었다. 잠시 망설이던 금아도 맛을 보더니 바닥까지 싹싹 핥아 먹었다.

고기죽을 먹은 진연명과 연추상이 짐승 깔개 위에 네 활개를 활짝 펴고 드러누워 통통한 배를 두드렸다.

“끄으윽, 상공아, 배고프던 참에 저엉말 잘 먹었다.”

진연명이 옆에 누워 길게 트림하고 있던 연추상에게 말했다.

“상아야, 오늘 있었던 일 누구에게라도 말하면 안 될 것 같다.”

“으응, 왜?”

“누가 알게 되면 이 동굴은 우리만 알고 놀러 올 수 없잖아. 게다가 오늘 찾은 거 다 뺏길 거 같다.”

“엥, 그럼 안 되지. 금팔찌랑 투명한 채찍이랑 모두 상아 건데.”

“흠, 이렇게 하자. 혹시 엄마, 아빠나 할머니가 물으면 내가 적당히 대답할게. 그리고 딴사람들에겐 절대 비밀이다. 알았지?”

“응. 알았다. 절대 비밀. 그거 좋지.”

*   *   *

어느 틈에 눈은 그쳐 있었지만 동굴 밖 세상은 온통 눈 천지였다. 산도, 계곡도, 바위와 나무도 모두 하얀색으로 덮인 산수화(山水畵)가 돼 있었다. 시간이 얼마나 지났는 지 밝은 대낮이었다. 동굴 안 따뜻한 불가에서 정신없이 곯아떨어졌던 진연명과 연추상이 깨어나 동굴 밖 잡목림을 헤치고 기어나왔다. 바로 앞의 호두바위도 하얀 모자를 쓰고 앉아 있었다.

“호두바위가 언제 눈 설(雪) 자 설두바위가 됐네.”

“히히, 이제 설두바위라고 부르자, 상공아.”

동굴 속에서 발견한 함들을 보자기에 싸서 어깨에 둘러멘 진연명이 무당산 설경(雪景) 곳곳을 찬찬히 둘러봤다. 저편 까마득한 계곡 아래 할머니가 계신 매원이 손톱만큼 자그마하게 보였다.

진연명은 문득 할머니가 그동안 얼마나 걱정하셨을까 하는 생각이 들었다. 우울한 진연명을 보고 연추상은 어른들에게 혼나야 한다는 생각이 그제야 떠올랐다.

"상공아, 이제 내려가면 반 죽었다."

"걱정 마, 설마 엄마가 하나뿐인 아들을 때려죽일까? 좀 두드려 맞으면 되지. 구슬 먹고 불에 타 죽는 줄 알았는데 엄마 회초리가 그보다 아플까? 근데 할머니가 걱정하실 텐데 그게 가슴 아프다, 상아야."

"맞다맞다. 상아도 얼어 죽다 살아났다. 그치만 어머님아 무지 겁나긴 겁난다. 헤헤, 우리 할머님아한테 먼저 가서 빌자. 그래도 할머님아 옆에 있으면 좀 덜 맞는다."

"그래, 우선 매원으로 가서 벌서고 있자. 가만, 금아가 계속 따라오네. 웬일이래?"

"금아야, 너도 상공아랑 상아랑 같이 갈려고 그래?"

갸갹.

금아가 고개를 끄덕이자 연추상이 자그마한 두 팔을 벌렸다.

"금아가 가면 상아도 좋지. 만날 같이 놀 수도 있고."

금아가 연추상의 품속으로 뛰어들자 그녀가 껴안고 앞장섰다. 보따리를 둘러메고 작은 원숭이를 품에 숨긴 어린 부부가 푹푹 빠지는 눈속을 손잡고 걸어갔다. 운암봉을 거의 다 내려왔을 때 밑에서 올라오는 십여 명의 무당 제자와 마주쳤다.

"아이고, 사숙, 사숙모."

현정 도장과 제자들이 불에 덴 듯 놀라며 다가왔다.

"히! 또 현정 사질한테 들켰네. 그동안 할머니하고 엄마, 아빠가 많이 찾았지? 사질들도? 어쨌든 걱정시켜서 미안해."

평소와는 달리 진연명이 굽히고 나섰다. 정색을 한 현정 도장이 꾸짖듯이 목소리를 높였다.

"아니, 이 눈 오는 산에서 사흘 동안 뭐 하셨습니까? 이번 원단은 두 분 때문에 문내가 발칵 뒤집혔습니다. 태노부인께서 물 한 모금 안 드시고 두 분을 찾으시다 아예 자리에 누워 계십니다. 장문이신 태사부와 태부인께서도 잠도 못 이루시고 계십니다. 무당 모든 제자들이 사흘 동안 이 일대 산속을 밤낮없이 헤매고 다녔습니다. 도대체 어디에 숨어 계셨습니까?"

"어, 벌써 사흘이나 지났어? 이상하네. 한숨 자고 금방 왔는데. 상아야, 우리 좀 오래 잠잤는가 보다."

"상공아, 이상하다. 상아도 금방 일어난 거 같다. 사흘을 어째 계속 자냐?"

기가 죽은 둘이 마주 보며 중얼거렸다. 현정 도장이 좀 누그러진 목소리로 물었다.

"산속에서 요기는 하셨습니까? 두 분을 뵈니 굶으신 것 같지는 않아 다행입니다. 아니, 그런데 며칠 만에 사숙과 사숙모 머리카락이 언제 이리 길어졌습니까? 사숙과 사숙모 맞으십니까? 이 현정이 도대체 귀신을 뵙는 것 같습니다."

"헹, 맞다맞다. 상아는 이렇게 머리카락 긴 귀신이다. 현정이 사질 벌꿀 못 뺏어 먹어 돌아온 귀신이다."

연명의 뒤에 서 있는 연추상이 혀를 날름 내밀었다. 현정 도장이 두 눈을 질끈 감았다.

"큼큼, 벌꿀까지 얘기하시는 걸 보니 사숙과 사숙모가 맞으시군요. 아무튼 두 분 몸 성히 돌아오셨으니 다행입니다. 덕분에 우리 제자들은 이 엄동설한에 밤새도록 두 분을 찾느라 손발이 다 얼어붙었습니다. 그 연유가 어디 있는지는 사숙과 사숙모께서 잘 아시겠지요? 사제들과 사질들도 그런 생각 들지 않느냐?"

현정 도장이 주위를 돌아봤다. 그를 따르던 이대와 삼대제자들도 그동안 둘 때문에 겪은 일들 때문인지 슬며시 불만 섞인 표정을 지었다. 진연명이 머리를 슥슥 긁었다.

"다들 미안해, 나 때문에."

"이제 사숙께서 당도하셨으니 위로는 장로님들부터 아래로는 오대제자들까지 이제야 원단을 맞아 다리 좀 펴고 쉴 수 있게 되었습니다. 두 분이 무슨 일을 벌이실 때마다 생고생하는 불쌍한 제자들 생각도 좀 해주십시오."

"그래, 이번엔 할 말 없어. 모두들에게 미안해. 잘못했어. 지금 할머니께 가는 길이야. 그러니 길이나 비켜줘."

현정 도장이 그제야 얼굴을 풀고 올라오던 길을 되돌아 앞장섰다. 현정 도장의 눈짓에 십여 명의 무당 제자가 둘의 주위로 삼삼오오 기러기 모양으로 퍼져 따라왔다. 진연명과 연추상이 혹 산속으로 다시 도망칠 것을 염두에 두고 평소 연마하던 오행검진(五行劍陣)과 칠성검진(七星劍陣)을 섞어 펼친 것이다.

"이렇게까지 안 해도 되는데. 지금은 도망가지 않을 거니까 주위를 둘러싸지 않아도 돼."

진법이 펼쳐지자 기운을 느낀 진연명이 시무룩해졌다. 뒤도 돌아보지 않은 진연명이 진법이 펼쳐진 것을 말하자 현정 도장이 놀라 물었다.

"아니, 사숙, 어찌 뒤도 안 보시고 검진이 펼쳐진 것을 아십니까?"

"그것도 몰라? 내기에 외기가 바뀐 게 느껴지는 건 당연한 거지? 검진이라 그런지 쿡쿡 찌른다. 좀 풀어라, 너무 날카롭다. 검기가 꼭 무슨 바늘 같다. 부드러운 게 우리 무당 무공인데 무슨 산적들 같다."

진법은 모르지만 뭔가 자신들을 둘러싼 날카로움에 기분이 상한 연추상이 투덜거렸다.

"아이, 답답해. 흥, 그래도 마음만 먹으면 상아는 언제든 내뺄 수 있다, 뭐."

연추상이 손에 눈덩이들을 뭉쳐 한 곳에 툭 던지자 찌르는 듯하던 기운이 순식간에 부드럽게 변했다.

현정 도장이 기겁해서 재차 물었다.

"사숙과 사숙모 신법이 벌써 경지에 이르신 것은 이미 문내에 파다하게 퍼졌습니다. 그런데 언제 진법까지 마음대로 풀 수 있는 경지에 이르렀습니까? 아니, 경공은 고사하고 내공 공부는 언제 하셔서 경공에다 방금 보여주신 진법을 마음대로 파훼하는 공부까지 쌓으셨습니까? 소질이 보기엔 하루종일 노시느라 내공 공부를 하실 시간이 없으셨던 것 같은데요. 소질이 무당 제자가 된 지 벌써 수십 년이 됐지만 두 분 같은 연치에 이런 공부는 무학의 이치상 도저히 믿기지 않습니다. 무슨 비결이라도 있으십니까? 있다면 가르쳐 주십시오. 이건 농담이 아닙니다, 사숙."

진연명은 귀찮았다. 그러나 입장이 입장이어서 할 수 없이 적당히 대답했다.

"사질과 사손들도 고향에 모두 부모님이 계시겠지?"

"네. 계시지요."

"그럼 그 부모님한테 한번 붙잡히면 그냥 죽는다고 생각해 봐. 그럼 경공이 금방 입신지경에 들 거야. 절대고수가 회초리 들고 때려죽이려 쫓아오면 뜀박질이 곧 목숨이야."

"킥킥킥."

천연덕스런 대꾸에 혹시나 하며 귀를 쫑긋하던 제자들이 웃음소릴 감추지 못했다.

"상아하고 난 내공 수련 해본 적 없어. 그냥 함께 산속을 쏘다니다 이것저것 마구 주워 먹다 보니 어쩌다 힘이 좀 생겼어. 제운종 경공은 사질들이 연무장에서 무공 배울 때 나무 위에 숨어서 들은 입문구결이 전부야. 아빠가 가르쳐 준 건 하나도 없어. 그저 사질들이 하는 대로 따라 해본 것밖에 없어. 근데 무슨 진법 공부야? 방금 상아가 눈덩이 던진 건 날카로운 기운이 뭉쳐 있는 데를 부순 것뿐이야. 그걸 아마 어른들 말대로 하면 기운의 결을 부순다고 할걸. 그것도 기운을 느낀다 면 누구든 할 수 있는 거야. 그렇지, 상아야?"

"맞다맞다. 상공아 말이 맞다. 아까 저곳에서 상아를 찌르는 아픈 기운이 나왔다. 그래서 눈덩이를 던져서 팍 깼다. 뭐 불만있냐, 현정이 사질아!"

연추상이 팩하며 쏘아붙였다. 현정 도장의 옆에 있던 그의 사제 현허 도장이 믿을 수 없다는 듯 좌우로 고개를 흔들다 황급히 변명을 늘어났다.

"사숙모, 현정 사형의 말은 불만이 있다는 뜻이 아닙니다. 방금 저희가 펼친 오행검진은 입문한 후 최소 십 년 이상 무공에 정진한 삼대 이상 제자들 중 무공에 자질있는 제자들만 뽑아 오 년 이상 수련해서 펼치는 겁니다. 그런데 그걸 내공 공부도, 진법 공부도 하시지 않은 사숙모께서 눈덩이를 던져 진의 맥점(脈點)을 일수(一手)에 깨버리시니 너무 놀라워서 하는 말입니다."

현정 도장이 그의 사제 현허 도장의 말을 급히 자르며 말했다.

"아니, 사숙 말씀대로라면 내공 수련도 없이 제운종 신법에다 오행검진까지 대번에 느끼시고, 게다가 대충 눈덩이를 던져 단번에 맥을 찾아 깨버렸다는 말씀입니까? 세상에 이런 일을 누가 믿겠습니까?"

"안 믿어도 좋아. 그렇지만 상아랑 나는 내공없어. 내공심법도 모르는데 무슨 내공을 쌓겠어? 다만 경공은 그저 무당 제자면 누구나 알고 있는 무공 입문구결대로 했을 뿐이야. 입문구결에 있잖아? 기운이 흐르는 대로 따르라. 그건 적당히 기운이 움직여지면 일단 기운이 가는 대로 따라가고, 하지만 내 몸은 내가 움직이는 거니까 그 후엔 기운이 도리어 내 몸을 따르도록 하라는 거 아냐? 그래서 그렇게 했어. 다리를 놀려 움직인다고 생각하지 말고 몸이 가는 대로 발을 움직인다고 생각해 봐. 그리고 도착할 곳에 이미 내가 가 있다고 생각하면 몸은 저절로 그곳으로 움직이지. 마음이 가는 곳에 몸이 있다는 구결이 뭔지 안다면 뜀박질해서 도망치는 건 어려운 게 아냐."

함께 걸음을 옮기던 현정 도장이 멈칫했다. 순간 그의 얼굴이 대추처럼 붉어졌다 다시 은은하게 변했다. 그리고 멈춰 서서 눈을 감았다.

일행 모두가 갑자기 걸음을 멈출 수밖에 없었다. 몇몇 제자도 현정과 같은 얼굴을 하고 있었다. 그 모습을 본 진연명이 '쉬' 하며 입가에 손가락을 댔다.

그리곤 손가락을 까딱거려 연추상을 부르더니 조용히 걸어나갔다.

어리둥절했던 제자들이 곧 현정 도장과 그처럼 눈 감고 서 있는 여러 도인 주위에서 썰물처럼 물러났다. 그리고 일 장쯤 떨어진 곳에 서서 주위를 감쌌다.

무당의 도인들이 꿈에도 기다리는 그 순간이었다. 어떤 이는 평생 몇 번이나 이런 기회가 주어지지만 어떤 이는 평생 한 번도 경험하지 못한다는 그때가 갑작스럽게 지금 온 것이다. 이 소중한 시간을 지켜주기 위해 나머지 제자들이 호법을 서기 시작했다.

그런 그들에게 연명이 가만히 손을 흔들어 가겠다고 표시했다. 그들이 허리를 깊숙이 굽혀 인사했다. 연추상이 이게 뭔 일인가 하며 기웃기웃했다. 진연명이 말없이 앞서 걸어갔다. 그러자 그녀가 골치 아프다는 듯 머리를 털고 그 뒤를 쫄래쫄래 따라갔다.

그녀의 옷 속에서 뭐가 볼록한 것을 꿈틀거렸다. 작은 금빛 얼굴이 나와 주변을 훑어보곤 쏙 들어갔다.

*   *   *

"할머니, 소손 연명이 잘못을 빌러 왔어요. 용서해 주세요."

"할머님아, 상아도 잘못했다. 어른들이 회초리 들어도 다신 안 도망갈게."

눈 쌓인 매원의 매화나무 가지 사이로 어린 부부가 무릎을 꿇고 두 손을 하늘 높이 쳐들었다. 그런데도 암자 안에선 묵묵부답, 조용한 침묵만이 흘렀다.

"할머니, 다시는 걱정 끼쳐 드리지 않을게요. 용서해 주세요."

"히잉, 할머님아, 상아 춥다."

그래도 암자 안에선 아무 대답이 없었다. 다시 조금씩 눈이 내려 바닥에 꿇어앉은 어린 부부 얼굴과 어깨에 하얗게 쌓이기 시작했다. 감나무 위로 까치 몇 마리가 날아와 얼어 있는 나뭇가지에 겨우 남아 있던 새빨간 감을 파먹으며 깍깍거렸다.

하얀 입김을 내뿜으며 얼마나 오랫동안 둘이 그렇게 꿇어 있었는지 모른다. 높이 든 팔다리가 빠질 듯 아파왔다. 연추상은 잠시 팔을 내렸다가 진연명이 계속 들고 있자 저도 다시 들어올렸다. 그러다 팔이 저려 슬며시 내렸다. 진연명이 고개 돌려 인상을 썼다. 연추상이 슬며시 다시 들어올렸다. 이런 일이 몇 번이나 반복됐다.

둘의 무릎이 얼었고 팔다리가 굳어졌다. 손이 시렸고 차츰 콧등도 시려왔다. 시퍼런 콧물이 줄줄 흘러나와 앞섶에 떨어졌다. 가끔 전각 안에선 쿨럭이는 남궁정의 기침 소리가 들려왔다.

그 소리가 날 때마다 진연명은 가슴을 누가 바늘로 찌르는 듯 아팠다. 늘 정정하실 것 같았던 할머니가 어느새 많이 늙고 힘이 빠져 버렸다. 자신과 상아를 누구보다 아껴주시는 할머니였다. 할머니가 있어서 늘 포근하고 든든했다. 그런데 지금은 늘 함께할 것 같았던 할머니가 언제 자신들 곁을 떠나 돌아가신 할아버지 곁으로 갈지 모른다는 무서운 생각이 들었다. 그래선 안 되었다.

그런데 할머니 기침 소리는 그런 진연명의 기대를 무참하게 깨어버리는 것이었다. 두 손을 들고 있던 진연명의 눈에 주르륵 눈물이 흘러나왔다.

"할머니, 명아가 철이 없어 할머니 마음을 잘 몰랐어요. 정말 죄송해요, 할머니."

진연명의 머릿속에 금아가 때때로 들고 오던 과실과 풀이 떠올랐다. 금아는 가끔 이름 모를 과실이나 풀을 가져와 먹으라고 내밀었다. 처음엔 질색했다. 과실은 그런대로 맛있었고 배도 불렀지만 풀이나 풀뿌리들은 쓰기만 했고 배도 부르지 않았다. 그래도 금아가 자꾸 추근대서 귀찮아 먹어줬다.

그런데 그걸 먹고 나선 몸이 따뜻해졌고 힘도 엄청나게 좋아졌다. 자신도 상아도 산을 맘대로 뛰어다녀도 예전처럼 힘들지 않았다. 지금은 뛰놀지 않으면 갑갑해졌고 잠도 잘 오지 않았다. 아픈 일도 없어졌고 입맛도 좋아졌다.

상아는 제 아빠에게 배웠다며 그런 것들이 무슨 약이라 했다. 그것도 엄청 크고 좋은 약이라며 금아가 줄 때마다 날름날름 잘도 받아먹었다. 진연명은 힘없는 할머니께 금아가 가져온 풀이나 풀뿌리, 과실을 갖다 드려야겠다고 생각했다.

문득 동굴에서 구슬 먹고 타 죽다가 깨났을 때 금아가 내밀던 그 아기 몸통 같은 허연 풀뿌리가 생각났다. 그때 화가 나서 어디다 던져 버렸다. 다시 찾을 수 있을까? 그걸 다시 찾아 기침하는 할머니께 드리겠다고 다짐했다.

진연명이 눈물을 흘리자 연추상도 덩달아 눈물이 나기 시작했다. 연추상은 춥고 팔이 무지 아팠다. 그래서 팔을 내렸다. 그런데 그걸 보고 상공아가 싫은지 인상을 썼다. 그래서 다시 올렸다. 팔이 빠지도록 아팠다. 연추상은 상공아가 이 세상에서 제일 좋았다. 그래서 상공아가 싫어하는 것은 할 수 없었다. 그래서 팔이 저려도 내리지 못했다. 그런데 상공아가 운다. 우는 상공아를 보니 그냥 슬펐다. 그래서 눈물이 막 나왔다.

연추상의 커다란 눈망울에서 눈물이 방울방울 떨어져 눈 내린 매원의 돌바닥에 떨어져 얼룩을 만들었다. 콧물도 한 아름이나 흘러나왔다. 원숭이 금아가 연추상의 옷 속에서 고개를 내밀고 둘을 쳐다봤다.

겁먹은 금아가 옷 속에서 기어나와 감나무 위로 슬슬 올라갔다.

그때 며칠 만에 얼굴이 반쪽이 된 남궁정이 전각 문밖으로 나왔다. 댓돌 위에서 아래를 내려다보며 매화나무 사이에 꿇어 있는 둘을 보고 말했다.

"이놈들아, 다 늙어 곧 땅속에 묻힐 할미 속을 왜 이리 아프게 하는 게냐. 다시는 이런 일이 없다고 단단히 약조할 수 있겠느냐?"

"흑흑, 할머니, 약조할게요."

진연명이 창백한 남궁정의 얼굴을 보고 또다시 주르륵 눈물을 흘렸다.

"할머님아, 상아도 이번에 도망가서 죽을 뻔했다. 다신 눈 올 때 산속으로 도망 안 간다. 자, 약조."

한 움큼이나 흘러나온 콧물을 소매로 쓱 닦은 연추상이 엄지손가락을 내밀었다. 그런데 무심코 내뱉은 연추상의 말이 불씨가 됐다. 죽을 뻔했다는 소리를 들은 남궁정이 후다닥 뜨락으로 내려왔다.

"그게 무슨 말이냐, 죽을 뻔했다니? 산에서 배고픈 곰이나 산군 백호라도 만났단 말이냐? 어서 고하거라. 당장."

"할머님아, 그게 말야. 사실은……. 우아앙!"

평소 귀엽다고 안아주던 할머니가 크게 목소리를 높이자 연추상이 울음을 터뜨렸다. 그 바람에 전각 안에서 귀를 기울리던 진휘소와 당약란까지 뛰어나왔다.

"아가야, 그게 무슨 말이냐? 너희가 죽을 뻔했다니. 산속 어딘가 너희의 숨겨진 거처가 있었을 것이고, 너희 무공으로 며칠 그 안에 있었다고 몸이 크게 상하지는 않았을 게 아니냐? 한데 목숨이 왔다 갔다 했다니? 할머니 말씀대로 산군이나 만났던 게냐? 이놈 명아, 아가 대신 어서 할머니께 고하지 못할까?"

진휘소가 고함을 쳤다. 무심결에 내공을 발휘해 암자 전체가 부르르 떨렸다. 겁을 집어먹은 진연명과 연추상이 우물쭈물 말을 하지 못했다. 기다리다 못해 진휘소와 당약란이 둘을 안아 들고 매원의 전각 속으로 들어갔다.

전각 안에 들자마자 아이들은 목간방에 준비돼 있던 뜨거운 물이 담긴 나무통 속에 풍덩 던져졌다. 연추상이 즐겨 먹는 오리탕을 해 먹을 때처럼 한참 뜨거운 물에 삶겨졌다. 이후 푹푹 삶아진 오리 몸통을 숙수가 건져 내듯 그렇게 달랑 집혀서 어른들 앞에 다시 꿇어앉혀졌다.

"휘유, 그래, 이제 어떻게 된 것인지 명아가 얘기해 봐라."

아이들이 목욕하는 동안 내내 가슴을 쓸고 있던 남궁정이 한숨을 내쉬며 다그쳤다.

"응, 할머니. 상아랑 내가 산으로 도망가서 우리만 아는 동굴 속에

들어가 숨었는데, 원숭이 금아가 와서 동굴 더 깊은 곳으로 따라오라고
했어."

"원숭이라니? 그리고 무슨 원숭이가 사람에게 이리저리 가자고 할
수 있느냐?"

남궁정이 의아해하자 연추상이 얼른 껴들었다.

"아니다, 할머님아. 진짜다. 상아가 친구 만들었다. 야, 금아야, 어
딨니. 나와봐라."

연추상의 말이 떨어지자 전각 문이 조금 열리며 그 사이로 강아지만
한 금빛 원숭이가 얼굴을 디밀었다. 불안한 듯 두리번거렸지만 연추상
이 손을 흔들어 부르자 방 안으로 슬슬 걸어와 어깨에 올랐다.

"아니, 정말 금빛 나는 원숭이가 아니냐?"

남궁정이 연추상의 어깨에 앉아 눈을 깜빡이는 금아를 보며 놀라워
했다.

"어머님, 소자가 짐작키엔 금모신원이 아닌가 합니다. 오랜 세월 전
이곳 무당산에서 도인들과 함께 살았다는 금모신원이 지금도 살아 있
다니… 영물은 아무나 쉽게 따르지 않는다는 옛말이 있는데 아이들이
정말 기연과 닿은 것 같습니다. 이것 참."

진휘소가 무당 선대에서부터 내려온 전설을 얘기하며 놀라워했다.
무당산은 무당파가 생기기 오래전부터 도 닦는 스님들과 도인들의 도
량이었다. 무당산 곳곳에 그런 흔적들과 기록들이 남아 있었다. 그런
도사들과 고승들을 따르는 영물들의 이야기는 이어져 내려오고 있었
고 금모신원은 그런 영물들 중의 하나였다. 특히 금모신원은 장삼봉
조사에게 영약과 약초를 찾아주었다는 기록이 무당의 장서고에 남아

있었다.

"어머, 귀엽기도 해라. 상공, 이 원숭이가 정녕 장삼봉 조사께서 데리고 다녔다던 그 영물입니까?"

"허허, 그런 것 같구려. 금빛 털로 온몸이 뒤덮여 있고 이마 가운데 커다란 흰 점이 있는 것을 보니 조사이신 장삼봉 진인께서 데리고 다니셨다는 금모신원의 모습과 같구려. 아무튼 명아와 아가가 보통 아이들은 아닌 것 같구려. 영물이 이리 따르니 말이오."

"허어, 장문인은 좀 가만히 있게. 명아 이야기를 좀 더 들어야겠네. 그래서 어떻게 되었느냐?"

손자며느리의 죽을 뻔했다는 얘기에 가슴이 철렁했던 남궁정이 진휘소의 말을 선뜻 잘랐다. 원숭이를 보고 잠시 엉뚱한 일에 흥분했던 진휘소와 당약란이 찔끔했다.

"금아를 따라가 동굴 벽에 그려진 이상한 그림들과 글씨들을 구경했어. 그리고 그곳을 지나서 돌문이 나왔는데 안으로 들어가니까 스님 할아버지하고 스님 할머니 석상이 있잖아. 신기해서 석상을 만지는데 마침 손바닥을 만지니까 배가 쓰윽 열리더라. 그 속에 붉은 함과 녹빛 함이 들어 있었고 함 안에 다른 물건들하고 금빛 구슬이랑 은빛 구슬이 있었어. 그걸 금아가 먹으라고 자꾸 재촉해서 상아랑 내가 하나씩 먹었는데 나는 뜨거워서 정신을 잃었고 상아는 차가워 정신을 잃었어. 그리고 깨어나 보니까 둘 다 벌거벗고 있고 머리카락이 이렇게 길게 나 있었어. 이게 전부야, 할머니."

"상아, 명아의 말이 사실이더냐?"

"응, 할머니. 진짜다. 그때 상아는 온몸이 차가워져 얼어 죽는 줄 알았다. 근데 깨어나 보니 이렇게 머리만 길게 자라 있었다. 옷도 어디 갔는지 안 보이고. 그렇지만 괜찮았다. 음, 몸이 약간 커진 거 같애. 또 산을 내려올 때 전에는 숨이 좀 찼는데 오늘은 안 가빴다. 참, 동굴 속에 있을 때 불 안 켜서 깜깜한데도 잘 보였다. 맞다맞다. 아까 상공아랑 눈 바닥에 꿇어 있을때도 뱃속에서 따스한 기운이 나와서 덜 추웠다. 헤헤.”

“명아, 손목 좀 내보거라. 그리고 아비는 상아 몸을 한번 봐주게나.”

“네, 그리하겠습니다. 아가야, 이리 온.”

남궁정과 진휘소가 손자와 며느리의 손목을 잡고 진기를 흘려 몸을 살펴보기 시작했다. 진휘소와 남궁정의 얼굴이 점차 심각해졌고 점점 경악스런 표정으로 변했다.

진연명의 손목을 놓아준 남궁정이 한참을 말없이 생각에 잠겼다. 그러다 연추상을 끌어당겨 앞에 앉히고 등 뒤 명문혈에 손을 얹었다. 진휘소도 말없이 진연명의 뒤에 앉아 등에 손을 댔다.

한참이 지난 후 남궁정이 먼저 입을 열었다.

“명아와 상아는 잠시 밖에 나가 있거라. 부르거든 들어오너라.”

어린 부부가 전전긍긍하며 문밖으로 쫓겨났다. 아이들이 나가자 남궁정이 한숨을 쉬며 말했다.

“휴우, 이것이 복인지 화인지… 예전부터 기연을 얻었다는 소리들은 다 허무맹랑한 잡설로 치부했건만 내 살아생전에 어린 손자와 손자며느리에게 이런 일이 생길 줄이야. 장문인 자네가 느낀 것도 그런 것인가?”

“네, 어머님. 꿈에도 생각 못한 이런 일이 어쩌다 제 자식에게 생겼는지 모르겠습니다. 앞으로 어찌해야 좋을지 우매한 소자는 도저히 판단이 서지 않습니다. 어머님께서 하교해 주십시오."

"노신인들 무슨 마땅한 생각이 나겠는가? 부처님 말씀에 세상만물이 인연에 따라 오고 인연에 따라 흘러간다 하셨네. 아이들에게 이런 인연이 닿은 것도 필시 수없이 윤회해 온 전생 업보에 따른 것일터. 도고일척 마고일장(道高一尺 魔高一丈)이라 했네. 도(道)가 한 치 높아지면 마(魔)는 한 장(丈)이나 높아진다고 했으니 좋은 일이 생기면 그에 따라 궂은 일도 더 생긴다는 뜻임을 잘 알고 있으렷다. 아이들이 저도 모르게 기연을 얻었지만 그 힘으로 화를 불러오지 않도록 단단히 입단속을 시키게나. 그리고 향후 몇 배 더 엄히 가르쳐 가문과 사문에 누를 끼치지 않도록 해야 할 것일세. 노신 또한 각별히 아이들을 살필 것일세. 알겠는가, 장문인."

"어머님 말씀, 소자 각골명심(刻骨銘心)하겠습니다."

모자가 심상치 않은 말을 서로 주고받았다. 초조한 당약란이 물었다.

"어머님, 상공, 도대체 무슨 일이옵니까? 혹여 명아와 아가에게 무슨 나쁜 병이라도 생겼는지요? 소첩이 근심스러워 어쩔 줄을 모르겠습니다. 말씀 좀 해주시어요."

한때 사천일미(四川一美)라 불리며 청초한 아름다움을 자랑하던 당약란이었다. 그런데 회초리를 들고 시어머니 방에 뛰어들어 아이들을 쫓아낸 죄로 며칠간 죄인처럼 지내 얼굴에 검버섯까지 끼어 있었다.

"명아와 상아가 무슨 일을 겪었는지 생사현관이 타동되었구나. 게다가 전신 세맥까지 하나하나 뚫려져 알 수 없는 거대한 잠력도 숨어 있는 몸이 되었다. 이는 탈태환골이 아니면 이뤄지지 않은 일인데 아이들 말을 들어보면 그런 일이 정말 일어난 것 같구나. 극히 자세히 살피지 않으면 무공을 수련하지 않은 평범한 신체로 보이지만 온몸에 가늠할 수 없을 만큼 막대한 내력이 세맥마다 잠재돼 있다. 이는 무공을 극한 경지에까지 수련하면 신체가 다다른다는 탈태환골의 경지가 아닐까 한다. 노신의 짧은 생각으로는 아마 중단전과 상단전도 이미 열려 있는 상태가 아닐까 짐작한다. 아이들 얘기로 봐선 전대 고인들이 한평생 수도한 내단이나 귀한 영물 또는 약초를 섭취한 것 같구나. 그중 명아는 양기를 상아는 음기를 취했고, 과도한 힘에 생사의 고비를 넘다 마침 서로 붙어 있어 무심결에 서로의 기운을 중화시켜 둘 모두 살아난 것이야. 이는 정녕 조상님들의 음덕이 아니면 있을 수 없는 희귀한 일이구나. 만약 그렇지 않았다면 두 아이는 이미 세상 사람이 아닐 것이야.”

남궁정이 아이들의 변화를 당약란에게 설명했다. 진휘소도 자신이 내력을 불어넣어 살핀 아이들의 상태를 말했다.

“부인, 어머님 말씀대로요. 이런 기이한 일을 자식에게서 볼 줄이야… 지금 명아와 아가에게 상상키 어려운 잠력이 생긴 듯하오. 무공을 닦지 않은 어린아이들이 어느새 하단전이 생겨 있고 그것이 텅 빈 채 생사현관이 타동돼 있소. 이는 한평생을 깊은 산속에서 한뜻으로 수도하고도 쉽게 이루지 못하는 천고의 경지인데 어린아이들의 몸에 이런 일이 생겼으니 앞으로 아이들을 어이 다스려야 할지 눈앞이 캄캄하구려.”

“네에? 명아와 아기가 진짜 죽을 고비를 넘겼단 말씀입니까? 그런데 고비를 넘겨 생사현관이 타동되었다고요. 그러면 이는 천고의 신체가 되었단 말씀 아닙니까? 크나큰 복을 아이들이 받은 게 아닙니까? 소첩은 이도 모르고 큰 병이라도 생긴 줄 알았습니다."

당약란이 만면에 희색을 드러내며 말했다. 진휘소가 답답하다는 듯 당약란에게 말했다.

"부인, 복이라면 큰 복이지만 생각해 보시오. 아직 세상 이치도 모르는 철부지들에게 그런 큰 힘이 생겼소. 제 몸에 생긴 힘을 제대로 가눌 줄도 모르는 저것들이 제 힘을 믿고 설치다간 도리어 큰 화를 입기가 여반장이오. 무림이 얼마나 험악한 곳인지 모르는 게요? 고강한 무공이라면 자다가도 깨어나 달려드는 것이 무림에 몸담은 자들의 작태요. 저것들에게 기연이 내린 줄 알면 어떻게라도 그 근본을 알아내 빼앗으려 달려들 게요. 그런데 그런 말씀이 나오시오? 그러니 아이들 입단속을 단단히 시켜야 할 것이요. 그리고 향후 아이들을 엄히 가르쳐 바른 길로 가게 하지 않으면 큰 우환덩어리가 될 것이니 마음 단단히 먹고 훈육에 전심전력을 기울여야 할 것이오. 그렇지 않습니까? 어머님."

진휘소의 말에 남궁정이 강한 어조로 다시 강조했다.

"아비 말이 백번 옳다. 명이 어미도 명심하거라."

"네, 어머님."

"아비야, 이제 아이들을 부르거라."

"네, 어머님. 명아와 아가는 어서 들어오너라. 할머님이 부르시는구나!"

진휘소가 큰 소리로 부르자 문밖에 쪼그려 전전긍긍하던 어린 부부가 좋아라 하며 얼른 방으로 들어왔다. 연추상은 이제 어른들 화가 다

풀린 줄 알고 남궁정의 품에 철퍼덕 뛰어들었다.

"헤헤, 할머님아, 얘기 다 끝났어? 이제 더 혼내지 않을 거지? 상공 아랑 상아랑 조마조마하며 기다렸다."

"그래, 다 끝났다. 할미에게 할 말이 더 있느냐?"

"응. 할머님아, 금아 따라가서 얻은 보석함 있다. 볼래?"

남궁정이 아차 하는 표정으로 고개를 끄덕였다. 연추상이 그녀의 무릎에서 일어나 제가 가져온 보따리를 주섬주섬 풀었다. 보따리 속에서 붉은색과 녹빛을 띤 보석함 두 개가 나왔다. 연추상이 그걸 열고 안에 든 물건들을 바닥에 쫙 쏟아냈다.

금빛 소검과 그리고 투명한 채찍과 두루마리들이 나왔다. 그것들을 보고 남궁정과 진휘소, 당약란의 표정이 심상찮게 변했다.

"이게 다 무엇들이냐?"

"아까 내가 말했잖아. 스님 할아버지하고 노사태 할머니 석상의 뱃속에서 나왔다는 게 이거야."

혹시 손대선 안 되는 걸 가져온 것은 아닐까 하며 진연명이 불안한 얼굴로 대답했다.

"헤헤, 채찍은 상아 거다. 요거 엄청 반짝반짝한다?"

연추상이 채찍을 손에 들고 마구 흔들었다. 채찍에서 흘러나온 은빛 물결들이 허공 속에 반짝였다. 어른들이 눈을 휘둥그레 뜨고 지켜보는 가운데 연추상이 제 팔목을 흔들며 소리쳤다.

"야아, 이거 금아가 채워줬다. 상아 팔찌 예쁘지, 예쁘지?"

연추상은 무겁지도 않은 듯 두툼한 금빛 팔찌를 낀 양손을 휘두르며 자랑했다. 두툼한 금빛 팔찌를 낀 연추상의 두 팔목을 바라보던 남궁정이 설레설레 고개를 흔들며 말했다.

"휴우, 상아 저것이 지금 손목에 차고 있는 팔찌와 채찍이나 소검도 필시 여기 양피지의 무공과 관련된 불문의 귀한 물건인 듯하구나. 다만 소검과 채찍은 외인들 눈에 띄지 않도록 아비가 잘 간수하거라. 명아와 상아는 이 일을 가족들 외엔 그 누구에게도 발설하면 안 되느니라. 상아는 특히 입 조심해야 하느니라. 명심하거라. 알겠느냐?"

"응."

연추상이 대답은 청산유수처럼 했다. 그러나 남궁정의 얼굴은 연추상이 알아들었는지를 확인하지 못한 듯 계속 찌푸려져 있었다.

남궁정의 말에 진휘소가 물건들을 서둘러 챙기기 시작했다. 그런데 연추상이 진휘소의 어깨를 잡으며 치근댔다.

"아버님아, 근데 채찍은 왜 가져가? 히이잉, 그건 상아 건데. 줘줘."

연추상이 투명한 채찍을 말똥말똥 쳐다보며 진휘소를 졸랐다. 연추상을 보며 남궁정과 진휘소, 당약란이 약속이나 한 듯 동시에 한숨을 푹푹 내쉬었다. 그 한숨은 기어코 채찍을 받아 들곤 생글생글 웃음 짓는 연추상의 얼굴을 향하고 있었다.

*　　　　*　　　　*

공심(空心) 도장이 목옥의 한구석에 만들어진 화덕 위에 찻주전자를 올리고 있었다. 일월 하순에 접어들면서 날이 더 험해졌다. 그래도 다행히 오늘은 좀 따스한 날이었다. 그가 옆에 쌓여진 땔나무 더미에서 나무토막 몇 조각을 더 가져와 화덕 속에 집어넣었다. 불길이 화악 하며 번졌다.

나뭇가지에 꿰어 불 위에 올려놓은 감자들과 진흙을 이겨 싸서 불길에 던져 둔 꿩들이 탁탁거리며 익기 시작했다. 고소한 냄새를 맡았는지 발밑에 웅크리고 있던 여우 새끼가 화덕 쪽으로 다가가 낑낑거렸다.

배가 고프다는 말이었다. 눈치가 빠른 놈이었다. 적당히 익었다 싶은 꿩고기를 화덕에서 건져 툭툭 진흙을 털어내고 찢어서 던져 주었다. 녀석이 달려들어 한입 물더니 뜨거운지 진저리를 치며 내뱉었다. 녀석이 고깃점 앞에 웅크린 채 한참 시간을 보냈다. 잠시 후 다시 달려들어 정신없이 뜯기 시작했다.

'쯧쯧, 한낱 미물이라 여겼더니 저놈도 뜨거운 것은 참고 기다려 먹는구나. 그렇구나. 무엇이든 다 때가 있는 법인데 도를 닦는 도인이라는 자가 그렇듯 조급하게 설쳤으니. 무량수불.'

공심 도장이 속마음으로 자신의 어리석음을 스스로 한탄했다. 그때, 목옥 앞 저쪽 언덕 위로 눈에 익은 인기척이 느껴졌다. 그 기척들은 떠들썩하게 언덕을 넘어오고 있었다. 언덕을 넘었는가 했는데 어느새 목옥의 앞마당까지 다가왔다.

공심 도장은 인기척이 다가오는 속도에 내심 놀라움을 감추지 못했다. 불과 한 달 만인데도 전과 또 달라졌다. 범상한 아이들이 아닌 줄은 이미 알고 있었지만 하루가 달랐다.

공심 도장은 천천히 자리에서 일어나 자신의 오두막 문을 열고 손님들을 맞으러 나갔다. 이 손님들을 만났던 몇 달 전 일을 떠올리는 그의 입가에 희미한 미소가 떠올랐다.

본 문의 일에서 모두 떠나 이 인적 드문 향로봉(香爐峰) 위에 자리잡은 지 벌써 오 년째였다. 그동안 그는 태극권과 면장의 수련에 몰두했다. 무당파에 입문하면 누구나 먼저 배우는 태극권은 단순한 권장 입문술로 세간에 널리 알려져 있었다. 그러나 태사부 경허 도장이 오 년 전 전수해 준 태극권은 깊은 깨달음이 없이는 닿을 수 없는 또 다른 심오한 비결이 있었다.

태사부는 태극권을 제대로 익혀야 면장도 지극한 위력을 가질 수 있다고 했다. 그래서 만사 제쳐 두고 태극권을 익히기 위해 이 외진 향로봉이 오두막을 짓고 은거했다.

태극권은 개파조사인 장삼봉 진인이 말년에 얻은 자신의 심득을 집대성하여 창안한 무공이었다. 그런데 이 배우기 쉬운 단순한 도인술을 그와 같은 무학의 대가가 말년에 창안했다는 게 어리석은 세상 사람들은 쉽게 이해가 되는 모양이었다.

널리 유포된 태극권은 요결이 빠진 껍데기였다. 무당파의 갓 입문한 오대제자들이 배우는 태극권이 바로 그것이었다. 본격적인 무공 수련에 들어가기 전 몸을 다듬는 한 과정에서 익히는 권법이었다.

그러나 무당파엔 장진인이 창안한 태극권의 진체(眞體)가 비밀리에 전수돼 오고 있었다. 장문제자와 그를 보좌하는 장문호법들, 그리고 그 뒤를 이어갈 동량들에게만 그 진결(眞訣)이 이어져 오고 있었다.

진정한 이 태극권을 무당파의 조사들은 장삼봉 조사의 이름에서 글자를 빌려와 태극삼봉권이라고 불렀다. 줄여서 봉권이라 하기도 했다.

공심 도장은 이 봉권을 수련하기 위해 이 한적한 향로봉에서 오 년을 보내고 있었다. 그러나 몇 년 전부터 뚜렷한 진전이 없었다. 분명히 진결에 따라 수련을 했다. 위력은 과거의 태극권에 비해 엄청난 차이가 있었다. 그러나 이 년 전부터 더 이상의 진전이 없었다. 답답했다. 그래서 온갖 방법을 다 써보았다.

눈 오는 산속을 며칠간 미친 듯 뛰어다녀 보기도 했다. 물만 먹고 좌선에 들기도 했다. 그러다 허기져 진짜 굶어 죽을 지경에 처했다. 할 수 없이 소나무 껍질을 벗겨 그 안에 있는 하얀 내피를 긁어 가루를 내서 경단을 만들어 먹고 다시 좌선에 들었다.

그러나 정신은 깨끗하고 맑아졌지만 몸이 따라주지 않았다. 어질어질한 상태로 쓰러져 혼수상태에 빠졌다. 그 상태로 몸이 불덩이처럼 달아올랐다.

이틀을 그렇게 생사지경을 넘나들었다. 혼몽한 가운데 이제 죽는구나 하고 느끼는 순간 머리 위에 차가운 기운이 느껴졌다. 누군가가 자신의 이마에 찬 물수건을 울려놓은 것 같았다. 몸에도 손을 대고 주무르는 것도 같았다. 그러다 다시 정신이 들었다.

그때 누군가 자신의 입에 죽을 넣어주었다. 눈을 뜨고 바라보니 장문 사숙이 보물처럼 애지중지하는 늦둥이 아들 부부였다. 무당산을 늘 발칵 뒤집어놓는 천고의 이 말썽꾸러기들이 웬일인지 눈물을 가득 담은 눈으로 자신의 입에 쌀죽을 넣어주고 있었다. 그리곤 어디서 구했는지 채소 뿌리 같은 허연 덩어리를 내밀었다. 백 년은 묵었을 것 같은 하수오(何首烏)였다.

어린아이들이 깊은 산속에 있는 이 목옥에 어떻게 찾아와 이 자리에 있는지, 그리고 저런 귀한 약초를 어디서 구했는지 도저히 알 수는 없었다. 그러나 공심 도장은 그날 아이들이 만든 쌀죽과 하수오를 먹고 살아날 수 있었다.

아이들은 그날 저녁 사라졌다. 그리고 한 달에 한두 번 정도 다시 나타났다. 올 때면 쌀이나 말린 육포, 그리고 이름 모를 풀들을 가져와 주곤 했다.

그때 이후 어깨 위에 금빛 원숭이를 얹고 돌아다니는 이 아이들, 장문 사숙의 아들과 며느리이며 자신의 사제들인 이 아이들은 공심 도장의 생명의 은인이었고, 둘도 없는 친구들이 됐다.

공심 도장이 몇 달 전 일을 떠올리며 부끄러워하고 있을 때 진연명과 연추상이 손을 잡고 목옥 앞으로 달려왔다.

"공심 사형, 날씨도 좋은데 오두막 안에서 뭐 해?"

"공심이 사형아, 뭐 했어? 올만이다. 자, 이거 먹을 거다."

"헛헛, 어서들 오시게. 명아, 그리고 제수씨도."

눈 쌓인 산길을 달려온 진연명과 연추상이 먹을 것이 든 큼지막한 보따리를 집주인에게 건넸다. 주인이 먹거리를 갈무리하는 동안 어린 부부가 화덕 앞에 쪼그려 불을 쬐었다. 봉황과 기린이 새겨진 두툼한 금빛 팔찌를 낀 작은 손이 주인 허락도 없이 찻주전자에서 차를 따라 호호 불며 홀짝거렸다.

"헤헤. 역시 공심이 사형 차는 쌉쌀한 게 향기가 그만이다."

산속에서 뜯어온 야생 찻잎을 특별한 방법으로 볶아 만든 차는 공심 도장이 이 외진 오두막에서 누리는 단 하나의 사치였다.

"허허, 제수씨, 이번 원단에는 사흘간 어디로 내뺐기에 제자들이 이 먼 산속까지 찾아다니게 했소?"

공심 도장이 가슴까지 드리운 허연 수염을 쓰다듬으며 말했다. 연추상이 계면쩍은 표정을 지으며 말꼬리를 돌렸다.

"잉 그거? 상공아한테 물어라. 맛난 요리 먹으려고 산 아래 내려갔다 무지무지 혼났다."

"히히, 사형, 그런 게 있었어. 그 일 때문에 눈 내리면 금족령이 내려서 밖으로 못 나와. 묻지 마, 괴로워. 그런데 저게 뭐야? 여우 새끼 아냐?"

크아악. 꺄웅.

공심 도장 등 뒤에서 원숭이 금아가 여우 새끼를 호되게 두드리고 있었다. 어린 여우가 원숭이를 만만하게 보고 달려들다 된통 얻어맞는 중이었다. 원숭이와 여우 두 짐승이 하나는 쫓아가고 하나는 도망가며 한참이나 엎치락뒤치락했다. 시달리던 여우가 마침 불 가에서 구운 감자를 주워 먹던 연추상에게 피신했다.

불에 구워진 새까만 감자를 먹고 까마귀 입이 된 연추상이 여우가 뛰어들자 안쓰러운 표정을 지었다. 화가 난 원숭이가 식식거리며 다가 갔다. 여우를 쓰다듬던 연추상이 칵 하며 원숭이에게 주먹을 내밀었다. 원숭이가 억울한 듯 낑낑대며 진연명에게 달려가 가슴에 머리를 비볐다.

"이런, 여우 새끼가 멋모르고 금아에게 덤벼들었나 보군. 며칠 전 눈 속에서 얼어 죽은 어미 옆에서 울고 있는 걸 보고 데려왔네. 마침 먹일 것도 신통찮았는데 잘됐네. 사제와 제수씨가 데려가 키우지 않겠는가? 꽤 영리한 녀석이라네."

"정말이야, 공심이 사형아? 이거 상아가 데려가 놀아도 돼?"

"그러시게. 제수씨가 데려가 키워보게."

"으와, 좋다. 상공아, 그래도 돼?"

예쁘고 신기한 것은 뭐든지 제 것으로 만들어야 직성이 풀리는 연추상이 마다할 이유가 없었다. 진연명이 눈짓으로 허락하자 그녀가 하얀 여우 새끼를 안고 정신없이 털을 쓰다듬었다. 녀석이 갸르릉거리며 연추상의 손바닥을 살살 핥았다.

"사제 달려오는 걸 먼발치서 보니 그새 또 달라졌더군. 무슨 이유가 있었나?"

공심 도장의 물음에 진연명이 대답을 궁리했다. 할머니와 약속을 했기에 동굴에서 있었던 일을 얘기할 순 없었다. 머리를 굴리던 진연명이 별 이유가 없다는 듯 머쓱한 표정을 지었다.

"사형, 뭐 별로 얘기할 게 없어. 그냥 하고 싶은 대로 하는데 남들이 자꾸 변한다고 하네."

"그런가? 허허, 역시 모든 일이 다 때가 있는 모양이군?"

"참, 사형, 이것 좀 볼래?"

진연명이 땔감으로 쌓아놓은 나무 더미 속에서 작은 가지 하나를 들었다. 잠시 숨죽이던 진연명이 힘을 주자 가지 끝에 희미한 금빛 기운이 어렸다. 공심 도장이 '헛' 하고 짧은 비명을 질렀다. 분명 약하지만 검기였다.

몇 년째 자신이 뛰어넘고자 애를 쓰고 있는 바로 그 벽을 넘어야 이르는 경지였다. 그것을 지금 눈앞에서 어린 사제가 펼쳐 보인 것이다.

"사형, 얼마 전에 몸이 편안하고 부드러운 느낌이 들어 이걸 그냥 몸 밖으로 빼내면 어쩔까 해서 나무 막대기를 잡고 해봤는데 이렇게 됐어.

그런데 이걸 다른 것에 갖다 대면 뭉텅뭉텅 잘라져. 몸 안에 있을 때는 부드럽고 편안한 것이 왜 몸 밖에 나가면 이렇게 다른 걸 꽉꽉 잘라낼까? 안에 있을 때 강하고 날카로웠으면 당연히 몸속부터 잘라져야 할 텐데. 혹시 그 이유가 몸 안과 몸 밖은 서로 반대로 이어져 있는 게 아닐까 하는 생각이 들어. 사형은 어떻게 생각해?"

진연명의 말이 떨어지자 공심 도장의 머리가 번개를 맞은 듯 부르르 떨렸다.

내유외강(內柔外剛), 유능제강(柔能制剛). 어린아이들도 알고 떠드는 무학의 기초였다.

그런데 극히 상반된 성질들을 다스려 포용해야 한다는 이 당연한 것을 스스로의 몸에 구현하기는 왜 그리도 어려운가? 그것은 극과 극이 다른 것이 아니라 하나로 이어진 흐름이란 걸 깨닫지 못한 어리석음 때문이었다. 서로 대립하고 있는 것처럼 보이고 느껴지는 것은 그저 반대되는 이치로 짜여져 나타난 것일 뿐이었다.

사제의 말처럼 하나의 기운이 몸 안과 몸 밖에선 꼬여져 서로 반대의 이치로 짜여져 있었던 것이다. 몸 안의 이치와 몸 밖의 이치가 당연히 같다고 생각하는 것에서 오류가 있었다. 이걸 왜 사제의 말을 듣고서야 알게 된 것인지 그는 자신의 무지함을 한탄했다.

"헛헛, 무량수불, 무량수불. 사제의 말이 맞네. 이치라는 것이 때론 서로 꼬여 있음을 이제야 알다니 이 사형은 부끄러움에 몸 둘 바를 모르겠네. 사제, 진정 고맙네. 이 우매한 사형을 깨우쳐 주다니."

"사형, 왜 그래? 내가 뭘. 그런 그렇고 이 기운을 이제 어떻게 하면 돼?"

"흠, 사제는 이제 기운을 마음대로 수발할 수 있는 경지에 이르렀네. 밖으로 나온 그 기운을 몸 밖에서 날카로운 상태로 두지 말고 몸 안보다 더 부드럽게 만든다고 생각해 보게. 그것이 진정 부드러워지면 사제는 우리 무당파 무공의 정수(精髓)를 익힌 것이 되네. 하나 조심할 것은 지금은 날카로운 그 힘을 함부로 드러내지 말게. 사제와 같은 어린 나이에 이런 깨달음의 경지를 가지고 있는 것을 누가 보면 시기심에 무슨 짓을 할까 두렵네. 알았는가?"

"응, 알았어. 사형도 할머니 같은 말을 하네. 나도 남에게 보이는 거 싫어. 이게 무슨 자랑거리라도 되나 뭐? 뽐내는 짓은 바보들이나 하는 거잖아. 안 그래, 사형?"

"허허, 어린 사제가 벌써 그런 생각을 하다니. 조사님들이 보셨다면 크게 흡족하게 생각하셨을 게야."

공심 도장이 연신 고개를 끄덕였다.

그때 공심 도장 등 뒤에서 여우가 연추상의 내민 손 위로 공중제비를 하고 있었다. 놀면서도 이쪽으로 귀를 열어놓은 듯 연추상이 말했다.

"공심이 사형아, 상아도 흡족하다. 요 여우 새끼. 헤헤."

제3장

할머님의 생신 선물

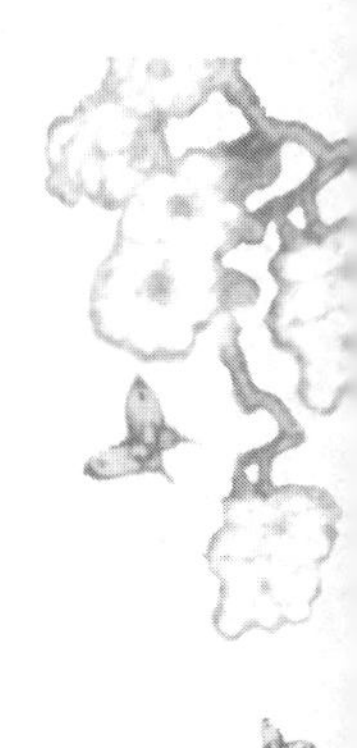

몇십 년 만에 찾아온 추위라고 모두들 중얼거릴 만큼 계속 궂은 날씨였다. 원단 때의 일 이후 진연명과 연추상은 눈만 오면 발이 묶이는 금족령이 내려졌다.

드물게 햇볕이 따스한 날만 자신들의 거처인 정심전(貞心殿)을 벗어나 바깥 구경을 할 수 있었다. 그간 심심해 칭얼거리는 연추상의 손에 끌려 원숭이와 여우 새끼를 데리고 몇 번 더 은선암묘 동굴에 갔다 왔다.

은선암묘에서 불 피워 음식도 해 먹고 놀았다. 그러다 노스님과 노사태 석상 중간쯤 석벽에 그려진 그림을 보았다. 서 있는 사람 형상의 곳곳에 점들이 있었고 그 점들을 잇는 선이 있었다.

한참 그걸 보던 진연명은 자신의 몸에서도 그 줄과 똑같이 묘한 힘들이 움직여지는 것을 느꼈다. 신기해서 연추상을 불렀다. 연추상도 해보았다. 똑같았다.

그때 이후 진연명과 연추상은 종종 몸속에 그 줄을 따라 기운을 돌리는 연습을 하곤 했다. 그러면 온몸이 개운하고 시원했다. 아무리 심하게 뛰어놀아도 그 기운을 돌리면 저절로 피곤함이 풀렸다. 그리고 얼마 후 그 힘들은 진연명과 연추상이 생각하지 않아도 저절로 살아나 하루 내내 전신을 돌아다녔다. 부드럽고 편안한 그것이 잠들었을 때도 돌아다녔다. 그런데 몸속을 돌아다니는 그 기운은 몸 밖으로만 빼내면 너무 날카로웠다. 그래서 부드럽게 해보려 했는데 쉽지 않았다.

그래서 물어도 볼 겸 열흘 전 향로봉에 있는 공심 도장 목옥에 나들이 갔다 왔다. 혼자 사는 늙은 사형이 쌀이랑 반찬이 다 떨어져 또 굶고 있을 것이란 생각이 들어서였다.

정심전 이층 창문을 열어놓고 눈 쌓인 절벽 아래를 내려다보던 진연명의 얼굴이 시무룩해졌다. 뭔가 마음에 들지 않는 게 있을 때 그가 짓곤 하는 표정이었다.

진연명은 공심 사형 생각이 머리를 떠나지 않았다. 그는 나이가 예순이 넘고 수염이 허옇게 가슴까지 내려온 진짜 도사였다. 아버지 진휘소보다도 나이도 무려 열 살이나 더 많았다. 그런데 아버지를 사숙이라고 높여 불렀다. 알고 보니 공심 사형은 아버지의 사부인 경허 태사부의 둘째 제자인 노군당(老君堂) 당주 해운(海雲) 사백의 큰 제자였다. 아버지는 경허 도장 태사부의 막내 제자였고, 그래서 아버지는 그 나이보다 한참 많은 할아버지들에게 사숙 소리를 듣고 있었던 것이다.

그 공심 사형은 참으로 힘들게 살고 있었다. 몇 달 전 상아와 함께 산속을 쏘다니다 우연히 발견한 오두막에 그가 쓰러져 있었다. 도대체

곧 무너질 것 같은 오두막에서 혼자 뭘 먹고 어떻게 살았을까? 오두막
엔 불을 피워 음식을 해 먹은 흔적도 없었다.

추운 겨울에 먹지도 않고 뭘 하다 그렇게 쓰러져 다 죽어가고 있었
을까? 자신과 상아가 놀라 불을 피우고 마침 가지고 있던 쌀과 육포를
넣은 죽을 만들어 먹였다. 금아가 어디로 가더니 조금 후 허연 풀뿌리
를 가져왔다. 상아가 약이라고 했다. 죽을 먹고 정신을 차린 공심 사형
이 그 풀뿌리를 먹고는 한참이나 좌공(坐功)에 들었다. 공심 사형이 내
공을 통해 몸을 살리는 모양이었다. 사형의 온몸에서 흰 연기가 조금
나왔고 얼굴이 붉어지더니 사형이 정신을 차렸다. 그리곤 고맙다고 눈
시울을 붉혔다. 그리곤 사형이라 부르라고 했다.

그 이후 가끔 사형이 있는 오두막에 놀러 가면 늘 웃으며 맞아줬다.
무당파의 여러 조사님 이야기를 참 재밌게도 해줬다. 가끔 산속에서
잡은 토끼나 꿩, 노루 같은 산짐승의 고기도 구워줬다. 자신은 도사라
서 먹지도 않으면서도 그랬다.

그런데 그 공심 사형이 기운을 몸 밖에 내뿜어 부드럽게 만들어보라
고 했다. 그게 잘 안 되었다. 며칠 전 오두막에 다녀온 이후 몸속의 기
운을 내뿜어 밖에 나온 기운을 부드럽게 만들려고 해봤다. 남이 보면
안 된다고 해서 밤에 상아가 잘 때 몰래 일어나 옆방에 가서 했다.

그러나 잘되지 않았다. 밖으로 나온 기운은 너무나 예리했다. 잘못
하면 방 안의 물건을 모두 부서뜨릴 것 같았다. 그래서 당분간 쉬고 있
는 중이었다.

진연명은 시간이 남아돌자 이럴 때 할머니 생신 선물이나 구해볼까
하는 생각이 들었다.

"상아야, 할머니 생신인데 뭐 선물할까?"

연추상은 진연명이 서 있는 정심전 이층 창가 맞은편에 놓인 탁자 앞에 앉아 있었다. 그녀는 시할머니 남궁정의 거처에서 얻어온 갖가지 색깔의 헝겊 쪼가리들을 자르고 붙여 실로 꿰매고 있었다. 원숭이 금아와 눈처럼 희다 해서 설아(雪兒)라 이름 지은 새끼 여우의 옷을 만들고 있었다.

부지런히 손가락을 놀려 바느질하던 연추상이 고개도 들지 않고 대답했다.

"음, 저번에 동굴에서 가져온 투명한 채찍, 그거 할머님아한테 주려고 한다."

"그거 상아가 무척 아끼는 거잖아. 할머니 드려도 괜찮아?"

"응, 할머님아 줘라. 괜찮다."

뭐든지 한번 손에 들어오면 꽉 움켜지는 연추상이 채찍을 내놓는 것은 다 이유가 있었다. 갖은 생떼를 다 써서 그걸 어른들에게 돌려받은 연추상은 한때 희희낙락(喜喜樂樂)했었다.

방 안 침대 옆 옷걸이에 번쩍이는 그걸 걸쳐 두고 생각날 때마다 보고 흐뭇해했다. 그러나 너무 길어서 도저히 자신이 쓸 수가 없었다. 그러자 보는 것도 시들해졌고 그래서 한쪽 구석에 처박아둔 지 오래였다. 진연명이 할머니 선물을 얘기하자 연추상은 당연히 그것이 떠올랐다. 연추상이 뭔가 내줄 수 있는 것은 오직 그것뿐이었던 것이다.

"그럼 상공아는? 할머님아한테 뭐 줄 건데?"

"아직 생각 중이야. 흠, 저번에 동굴에서 금아가 먹으라고 줬던 아기만 한 풀뿌리를 찾아볼까? 아니면 대추봉 깊은 계곡 속에 사는 흑봉들

꿀을 따서 드릴까?”

“흐엑, 흑봉. 무섭다, 상공아. 이따만한 벌들이 붕붕 날면서 침 쏜다. 무시무시한 독 있다.”

연추상이 바느질을 멈추고 제 주먹을 공중에 쥐고 흔들며 말했다.

“괜찮아. 지금 겨울이라서 벌들도 잠자고 있어.”

“그래, 그럼 둘 다 할머님아 주면 되지. 상공아는 별 걱정도 다 한다.”

“정말 그러면 되겠네. 상아야, 그럼 우리 지금 나갈까?”

“정말? 헤헤, 좋지. 당장 가자.”

오랫동안 방 안에만 갇혀 살던 연추상에겐 하늘을 날아갈 것 같은 희소식이었다. 원숭이 금아와 새끼 여우 설아를 껴안고 방 안에서 이리 뒹굴, 주방 가서 저리 기웃, 대청 가서 차를 꼴깍꼴깍했지만 몸은 갈수록 비틀리고 좀이 쑤시기만 했다. 그런데 밖으로 나갈 수가 있다니!

흑봉은 무섭지만 겨울잠을 잔다고 했다. 그녀는 어른들 눈치를 보고 진연명의 마음이 혹 바뀌기 전에 얼른 방으로 달려갔다. 담비 털로 만든 외투와 모자를 쓰고 커다란 보따리도 접어 품에 넣었다. 사슴 가죽으로 만든 목이 긴 신발까지 들고 나왔다.

＊　　　　＊　　　　＊

“으와. 흑봉들이 개미처럼 새까맣게 붙어 있다. 무지 많다.”

“근데 봐라. 저놈들이 모두 절벽에 꼼짝없이 붙어 있잖아. 겨울잠 자는 게 틀림없어.”

"으, 무섭다. 상공아, 어서 연기 내라."

정심전을 슬쩍 빠져나온 진연명과 연추상은 먼저 자신들만 알고 있는 그 동굴로 갔다. 그곳에서 금아를 닦달해 아기 몸통만 한 허연 풀뿌리를 기어이 찾아 보따리에 쌌다. 그리고 부근 온 산을 뒤져 벌레들이 싫어한다는 향나무를 찾아 생가지들을 뚝딱뚝딱 꺾어 들고 이곳 대추봉(大推峰)으로 왔다.

과연 깎아지른 듯한 대추봉 깊은 절벽 중턱에 흑봉들의 집이 매달려 있었다. 그 속에 사람 열 명은 들어갈 수 있을 만큼 커다란 회색 자루들이 절벽 틈에 붙어 주렁주렁 매달려 있었다. 흑봉들은 사람이나 짐승들이 도저히 다가갈 수 없는 절벽 중간 틈새에 거대한 집을 지어 그 속에 애벌레들과 꿀들을 숨기고 있었다. 어린아이 주먹만 한 검은 벌들이 주위 절벽에 까맣게 붙어 있었다.

그런 흑봉들 중에 몸통이 다른 벌들의 두 배나 되는 흰벌들이 눈에 띄었다. 그 벌들은 하얀 바탕에 노란 점들이 박혀 있었다. 그 벌은 절벽의 아래쪽에 하얀색 자루 같은 집을 짓고 있었다. 진연명은 다른 것들보다 다가가기 쉽고 가져가기 편하겠다는 생각으로 그것을 노리고 있었다.

진연명은 감히 생각도 못했지만 이 벌은 천하 십대독물 중 하나로 기록돼 있는 대왕봉이었다. 세상에서 이미 사라진 것으로 알려진 지극히 희귀한 것으로 흑봉들 중에 가끔 나타나는 변종이었다.

십대독물로 꼽힐 만큼 이 벌의 침에는 극독이 묻어 있었다. 그러나 그 꿀은 값을 매길 수 없는 상약(上藥)이었다.

진연명이 손에 들고 있던 횃불로 옆에 쌓아놓은 향나무 토막들에 불을 피웠다. 금방 연기가 나기 시작했다. 그 연기 속으로 당약란의 연공

실에서 몰래 훔쳐 온 오리알만 한 피독단도 던졌다.

당약란이 평소 애지중지하던 이 피독단은 그녀가 시집올 때 사천당가에서 가져온 물건이었다. 온갖 독을 막아주는 효능이 있다는 말을 진연명은 귀동냥으로 알고 있었다. 피독단이 불 속에 들어가자 노란 연기가 뭉게뭉게 피어오르며 매콤한 냄새가 코를 찌르기 시작했다. 진연명과 연추상이 무명천으로 머리와 손을 둘둘 말았다. 눈만 내놓고 그 연기를 온몸에 쐬었다.

피독단을 태운 향나무 연기를 가득 쐬인 진연명과 연추상이 캑캑거리며 기침을 했다. 그 소리에 절벽에 붙어 있던 벌들이 웅웅거렸다. 놀란 진연명과 연추상이 황급히 대추봉 절벽 옆에 서 있는 커다란 고목에 다람쥐처럼 기어올라 갔다. 그 고목 가지가 하얀 벌들의 벌집에 닿을 듯 늘어져 있었다. 진연명이 아래쪽으로 비스듬히 자라나 있는 가지를 타고 쪼르르 내려왔다. 가지 끝에 걸터앉은 진연명이 흰벌들의 집이 절벽에 매달려 있는 끄트머리를 예리한 단검으로 살살 잘라내기 시작했다.

그런데 무엇으로 되었는지 도통 잘라지지가 않았다. 한참이나 용을 썼지만 잘라지지 않았다. 진연명은 속으로 식은땀이 났다. 어느덧 주위에서 잠들어 있던 흑봉들이 낌새를 눈치챈 듯 웅웅거리며 날개를 쳤다.

벌써 저쪽에선 벌 떼 하나가 절벽 사이로 날아오고 있었다. 그러자 삽시간에 주변이 날아오르기 시작한 벌 떼로 소란스러워졌다. 그중 벌 몇 마리가 진연명과 연추상에게 다가오더니 침을 쏘았다.

"으와악."

진연명의 뒤편 고목 둥치에 붙어 있던 연추상이 비명을 지르며 나무 위에서 떨어져 눈 바닥으로 굴렀다.

걏걏.

컄르렁.

원숭이 금아와 새끼 여우 설아가 달려와 연추상의 주위를 돌며 벌들을 내쫓으려 했다. 그러나 벌들은 너무 많았다. 금아와 설아가 소리를 지르며 온몸을 휘저었지만 둘 다 벌들에게 휩싸였다.

"안 돼, 상아야."

연추상이 벌들에게 싸이는 모습에 진연명이 놀라 소리쳤다. 주위의 흑봉들이 붕붕거리며 진연명을 향해 구름처럼 달려들었다. 흑봉들이 진연명과 연추상을 시꺼멓게 둘러싸고 침을 쏘았다.

따끔거리는 느낌이 든 진연명이 몸에 힘을 주자 소도에서 금빛 기운이 일렁였다. 그 기운에 닿은 끄트머리가 잘려 벌집이 바닥으로 철썩 떨어졌다. 마침 그 벌집은 마침 눈 바닥에서 흑봉들에게 둘러싸여 공격받던 연추상의 옆에 떨어졌다.

그러자 흰벌집에서 몸통이 커다란 하얀 벌들이 기어나와 주위의 흑봉들을 마구 공격하기 시작했다. 몇 놈들은 웅크려 비명을 지르던 연추상에게 달라붙어 침을 쏘았다.

흑봉들에게 무수히 공격당해 바닥에 쓰러져 있던 연추상은 이미 온몸이 시꺼멓게 변해 퉁퉁 부어 있었다.

그런데 이번엔 흰벌들에게 쏘이자 그때마다 연추상의 몸이 경련을 일으켰다. 원숭이 금아와 여우 설아도 흰벌들에게 쏘이자 쓰러졌다. 고목의 가지 위에서 흑봉들에게 쏘이던 진연명도 비명을 지르며 밑으로 떨어졌다. 눈밭을 몇 번이나 구르던 진연명이 정신을 잃고 쓰러져 있던 연추상에게 꿈틀꿈틀 기어갔다.

"상아야. 상아야. 이놈들아, 비켜. 우와아악."

진연명이 미친 듯 정신없이 소리를 치며 연추상과 금아, 설아를 껴안았다. 갑자기 진연명의 몸에서 금빛이 일렁였다. 구름처럼 주위에 몰려둘을 공격하던 벌들이 그 빛을 보더니 공중으로 날아올랐다. 벌들이 붕붕거리며 미친 듯이 주위를 돌아다녔다. 그러나 금빛이 일렁이는 곳에는 접근하지 못했다. 그사이 흰벌들이 날카로운 가시 같은 입으로 흑봉들을 물어뜯어 죽였다. 흑봉들이 흰벌들에 쫓겨 절벽 너머로 사라졌다.

그때 흰벌집에서 사람의 머리만큼 커다란 흰벌 한 마리가 나왔다. 몸통에 검은 띠가 둘러져 있는 여왕벌이었다. 여왕벌이 금빛이 일렁이는 진연명과 연추상의 몸 주위를 날아다녔다. 여왕벌이 나타나자 흰벌들이 주변의 절벽과 나뭇가지들에 조용히 내려앉았다. 연추상을 껴안고 눈 속에 쓰러져 있던 진연명의 몸에서 서서히 금빛이 사라졌다. 여왕벌이 진연명의 등에 조용히 내려앉았다.

"으으음. 상아야, 상아야. 어서 일어나. 어서. 엉엉엉엉."

잠시 정신을 잃었던 연명이 연추상의 몸을 흔들며 대성통곡했다. 죽은 줄 알고 진연명이 큰 소리로 울부짖자 퉁퉁 부어오른 연추상의 눈이 슬며시 떠졌다.

"으으으! 상공아~"

"흑흑흑, 상아야, 상아야, 괜찮아?"

"따끔따끔하다. 으, 쓰려. 얼굴도 화끈하다. 상공아는?"

"괜찮아. 흑흑."

그때 살이 찐 듯 온몸이 퉁퉁해진 원숭이 금아가 일어나 갸갸거리며 진연명의 머리를 가리켰다. 연추상이 연명을 보더니 화다닥 소리쳤다.

자신의 머리통만 한 줄무늬 흰벌이 진연명의 목뒤에서 기어나왔기 때문이다.

"으헥, 왕벌이다. 상공아, 머리."

진연명이 머리를 돌리자 여왕벌이 눈앞에서 붕붕거리며 날아다녔다. 진연명과 연추상이 몸이 굳어진 채 말똥말똥한 눈으로 벌을 쫓아다녔다. 다행히 날아다니던 그 여왕벌은 공격할 뜻이 없는 듯 연추상의 머리에 살며시 내려앉았다.

여왕벌이 꽁무니에서 하얀 가루 같은 것을 흘렸다. 그 가루가 연추상의 얼굴에 뿌려졌다. 그것에 닿는 순간 연추상의 부어오른 얼굴이 가라앉았다. 옆에 쓰러져 있던 여우 설아에게도 가루가 조금 떨어졌다. 설아도 꿈틀대며 일어섰다.

"이야, 가루가 닿으니 얼굴이 간질간질하고 시원하다, 상공아."

연추상이 여왕벌을 신기한 듯 바라봤다. 여왕벌이 이번엔 진연명의 얼굴 위에서 흰 가루를 뿌렸다. 진연명의 얼굴도 붓기가 사라지기 시작했다.

"상공아, 이 왕벌 신기하다. 안 쏜다. 상아랑 상공아랑 좋아하는 거 같다. 그렇지, 금아야."

원숭이 금아가 고개를 끄덕이며 갹갹댔다.

"그런가 보다. 상아야. 이만 가자."

진연명이 바닥에 떨어져 있던 벌집을 챙겨 들고 일어섰다. 연추상이 금아와 설아를 안고 연명을 따라갔다. 여왕벌이 연추상의 어깨 위에 살포시 내려앉았다. 얼마 후 흰벌들이 붕붕거리며 여왕벌을 뒤쫓았다.

제4장

무당소선(武當少仙)? 금강야차(金剛夜叉)?

"소자 연소, 어머님의 칠십회 생신을 감축드리옵니다."

"어머님, 소자 휘소의 절도 받으시옵소서. 만수무강하시옵소서."

무당 장문인의 처소인 대청각 일층, 넓은 대청에서 남궁노부인 남궁 정의 일흔 번째 생일을 축하하기 위한 성대한 주연이 베풀어지고 있었 다. 그녀의 큰아들인 항주 진가장 장주 진연소와 둘째 아들인 무당 장 문인 진휘소가 그녀 앞에 엎드려 넙죽 큰절을 올렸다.

진연소의 정실부인 이가향(李加香)과 진휘소의 정실부인 당약란이 날아갈 듯 대례를 올렸다. 이어 남궁정의 친정인 남궁가에서 온 소가 주 남궁기가 가문의 어른께 인사를 드렸다.

당약란의 친정인 사천당가에선 당약란의 손위 오라비인 가주 귀수 독왕(鬼手毒王) 당평지가 사돈어른의 장수를 빌었다.

남궁정이 좌정한 단 아래 좌우에는 온갖 요리들이 식탁 위에 차려졌고 그 앞엔 무당의 장로들이 좌우로 배석했다. 그 아래 좌우로 무림 각 문파와 세가에서 보내온 축하 사절들이 앉아 남궁노부인 남궁정의 생일 주연에 참석하고 있었다.

열려진 대청 문 아래 대청각 일층 넓은 마당에는 차양이 쳐진 천막들이 가득했다. 여기저기 화톳불과 횃불들이 밝혀져 있었고 음식을 나르는 시비들이 분주하게 그 속을 오가고 있었다. 천막 앞 식탁에도 음식들이 가득 차려졌고 배분이 낮아 미처 건물 안에 들지 못한 인물들이 그 안에 있었다.

무당파가 자리한 하북성(河北省) 곳곳에서 온 무당 속가제자들인 표국의 국주들과 지방 무관의 관장 등 군소문파에서 온 인물들이었다. 남궁노부인 남궁정의 생일잔치를 기회로 세력이 강한 거대문파 인물들과 교류하기 위해 이 자리에 참석해 있었다.

왁자지껄한 잔치 마당에 갑자기 상거지 차림을 한 아이 둘이 나타났다. 아이들은 흙바닥에 뒹군 듯 옷이 여기저기 찢어져 있었고 군데군데 맨살까지 다 드러나 있었다. 머리는 온통 풀어져 어깨까지 내려왔고 얼굴과 손도 상처투성이였다. 열두어 살 정도 된 소년은 작은 항아리를 들었고 열 살쯤 된 계집아이는 흙이 잔뜩 묻은 보따리를 허리에 묶고 있었다.

마당에 도착한 소년이 싱글거렸다.

"다행이다. 할머님 생신잔치가 아직 끝나지 않았네."

"빨랑빨랑 할머님아한테 이거 주고 만난 거 먹자. 상아 무지 배고프다."

아이들이 중얼거리며 화톳불이 피워진 밝은 곳으로 들어섰다. 천막에서 술잔을 주고받던 양양표국 국주 진천철검 이지강의 눈에 거지 아이들이 들어왔다. 거지 차림을 한 아이들을 본 이지강이 눈을 비볐다. 그가 옆 자리의 안휘성 황산에 자리한 남궁가의 속가인 철장무관 관주 열화장(熱火掌) 장천림(張千琳)의 어깨를 쳤다.

"장 노형, 이 소제가 방금 헛것을 본 것이오? 이 겨울 저녁 무당파 안에 웬 거지 아이들이오? 혹시 개방에서 오늘 남궁노부인 생신잔치에 사람들을 보낸 것이오?"

잔에 채워진 술을 거나하게 들이켜고 있던 열화장 장천림이 이지강의 말에 대답했다.

"이 노형, 뭔 말씀이오, 거지 아이들이라니? 개방에선 오늘 아무도 오지 않았소. 날씨도 이리 추운데 웬 거지란 말이오?"

이지강이 횃불이 비쳐진 앞쪽으로 손가락을 내밀었다.

"그럼 저 아이들은 뭐요?"

"엥? 정말이구려."

"쯧쯧, 이 엄동설한에 거지 아이들이 무당산에 와 있다니. 굶주림에 지친 불쌍한 것들이 무당 제자들의 이목을 피해 예까지 왔구려. 그나저나 저 아이들이 쫓겨 나가기 전에 요기나마 시켜줍시다. 얘들아, 이리 오너라."

혀를 차던 이지강이 오향장육이 담긴 접시를 들고 거지 차림 아이들을 불렀다. 그걸 본 계집아이 눈이 반짝이더니 침을 흘리며 다가왔다.

"햐, 오향장육이다. 상공아, 한 점만 먹자."

소년이 소녀의 팔을 잡고 만류했다.

"먼저 안으로 들어가자. 요리는 나중에 먹고."

"히히, 한 점만! 한 점만!"

요리 접시를 두고 거지 차림 아이들이 옥신각신했다. 탁자에 비스듬히 기대 술잔을 들이키던 열화장 장천림은 거지들이 접시를 들고 싸우는 것으로 보였다. 그게 그의 눈에 거슬렸다. 바늘같이 굵은 턱수염이 숭숭 돋아 있는 사십대 거구의 장천림이 화를 벌컥 냈다.

"이놈들, 어서 먹고 얼른 사라지지 못하겠느냐? 거지들이 불쌍해서 음식까지 내주었건만 고맙다는 인사도 않고 음식을 두고 싸우다니? 고얀 것들."

"아코! 깜짝이야. 밤송이 아저씨, 왜 소리쳐? 이 음식들 니 거야? 시끄러."

"뭐라, 밤송이? 이런 맹랑한 것이 있나. 당장 이곳에서 꺼지지 못하겠느냐?"

"상아가 왜 꺼져? 밤송이 너나 가."

"무어라? 내 이것을 당장."

"당장 뭐. 때릴 거니? 때려봐, 때려봐?"

"이이~!"

평소 불같은 성격으로 별호까지 열화장으로 붙은 장천림이 자리에서 일어나 부르르 몸을 떨었다. 노기(怒氣)가 끓어오른 그가 차마 아이에게 손을 쓰지는 못하고 탁자를 내려쳤다. '퍽' 하며 한주먹에 탁자가 부서져 나갔다. 음식들이 사방으로 튀었다. 그 서슬에 놀란 사람들 시선이 장천림과 아이들에게 쏠렸다.

"장 노형, 그만 하시오. 술이 과하신 거 같소. 철모르는 불쌍한 아이들에게 왜 그러시오?"

양양표국주 진천철검 이지강이 얼굴을 찡그리며 목소리를 높였다. 술만 들어가면 주사를 부리는 장천림의 행태가 또 나왔기 때문이다. 혹시 아이들이 다칠까 걱정됐다.

게다가 이 자리는 남궁노부인의 칠십 세 주연이었다. 남궁세가의 속가인 장천림 따위가 목소리를 높일 자리가 결코 아니었다.

장천림이 탁자를 부수자 화난 듯 사내아이 얼굴도 붉어졌다. 그러나 아무 소리 하지 않고 입을 꾹 다물고 계집아이 손을 끌고 안으로 들어가려 했다. 화가 잔뜩 오른 계집아이가 이를 뿌리치고 볼을 씰룩거리며 장천림에게 대들었다.

"야! 물건은 왜 부수는데? 이게 니 거야? 앙."

콩알만 한 계집아이가 큰 곰 같은 덩치의 열화장 장천림에게 눈을 치켜들었다. 돌연 주변이 쥐 죽은 듯 조용해졌다. 그리곤 요란한 웃음소리가 터졌다.

"핫핫핫, 오늘 열화장이 생사대적과 조우했구먼."

"어린 여협의 말이 과히 틀리진 않잖소? 큭큭큭, 깨어진 저 탁자는 분명 무당파의 물건이니 여협의 말이 맞긴 맞구려."

"클클클, 열화장 장 노형, 소제의 짧은 식견으로 보건대 오늘의 생사대결은 이미 노형의 대패로 결정난 것 같구려. 여협은 도저히 이길 수 있는 상대가 아니구려."

"장 노형, 사나이답게 이만 여협께 패배를 인정하시오. 킥킥."

주변에서 농이 섞인 웃음소리가 들려왔다. 처음부터 워낙 황당한 일이었다. 게다가 허름한 차림새의 여아가 깜찍한 것이 의외로 보통내기가 아니었다. 누군지 신분을 알 수 없었다. 이쯤 해서 장천림이 허허 웃으며 아이에게 잘못을 빌면 모두에게 좋은 것이다. 더구나 남의 좋은 잔칫집에 와서 아이와 싸운다니 그런 꼴불견이 없었다.

그러나 이미 얼큰하게 술을 들이켠 장천림은 농담 속에 섞인 뼈있는 말을 알아듣지 못했다. 그저 모두가 자신을 놀리고 있는 것으로 느꼈다.

울화가 치밀어 얼굴이 붉어지다 못해 노랗게 된 장천림이 저도 모르게 불끈 쥔 주먹을 어린 계집아이에게 휘둘렀다. 쉬잇 하는 소리와 함께 주먹이 이르기도 전에 권풍이 먼저 주변을 휩쓸었다.

"헛."

주위의 인물들이 이 어이없는 사태에 놀라 속으로 비명을 삼켰다.

"안 돼!"

깜짝 놀란 사내아이가 다급히 소리쳤다. 장천림의 앞을 막아서려 다가갔다.

그러나 이미 휘둘러진 장천림의 주먹은 계집아이의 얼굴을 때리고 말았다. 장천림은 평소 성질이 화급해 말보다 주먹이 먼저 나가는 인물이었다. 사람들이 앞에선 열화장, 돌아서선 노화장이라 부를 만큼 대단한 성질이었다.

몇 년 전 그가 사소한 시비 끝에 이십여 년이나 장강 일대를 주름잡으며 도적질을 일삼던 장강삼마를 때려잡았던 것은 널리 알려진 사실이었다. 권장법에 일가를 이룬 그의 주먹은 일격에 바위를 부수는 무서운 위력을 갖고 있었다. 천막 여기저기서 구경하던 사람들 눈에 계집아이의 머리가 터지는 끔찍한 광경이 그려졌다.

그런데 장천림의 주먹에 맞은 계집아이가 스르르 허깨비처럼 사라
졌다. 허공에 주먹을 휘두른 장천림이 어리둥절한 얼굴로 주위를 둘러
봤다. 바로 눈앞에서 아이가 사라졌기 때문이다. 이때 누군가가 허둥
대며 부르짖었다.

"헛, 사라졌다."

이어 또 다른 목소리가 들렸다.

"머리 위다."

이때 공중에 떠 있던 희미한 작은 그림자가 장천림의 이마를 향해
빛살처럼 내리 꽂혔다.

빠각.

순간 장천림은 철퇴로 머리를 맞은 듯 거센 충격을 느꼈다. 눈앞에
별이 보이며 가물가물 의식이 사라졌다. 거구가 무너지며 아주 천천히
고목이 무너지듯 땅으로 고꾸라졌다.

쿠웅.

장천림이 쓰러지자 얼빠진 누군가가 중얼거렸다.

"이런, 세상에 이런 일이?"

또 다른 정신없는 누군가가 헐떡이며 말했다.

"열화장이 단 한 수에 머리가 깨졌다."

또 다른 허탈한 누군가가 대답했다.

"그것도, 저리 어린 여아에게!"

문제의 그 여아는 그 순간, 양손을 제 허리에 처억 얹고 바닥에 엎어
진 장천림을 내려다보며 쫑알대고 있었다.

"흥, 별로 단단하지도 않은 게 까불긴 왜 까부니? 덩치만 크면 다니?

베에에.”

계집아이가 혀를 날름 내밀며 장천림의 어깨를 발로 톡톡 찼다. 기겁했던 사내아이가 달려가 계집애를 품에 안고 흐느끼듯 말했다.

“상아야, 괜찮아? 아이구, 이걸 어쩌, 이마로 박치기를?”

거지 차림 소년이 혀를 내민 계집아이의 이마를 문지르며 어쩔 줄 몰라 했다.

“히히, 상아 잘했지? 그렇지?”

계집애가 주위 상황도 아랑곳하지 않고 낄낄댔다. 살짝 부어오른 계집애 이마를 문지르던 사내아이가 인상을 찌푸리며 계집애의 오동통한 볼살을 쭉쭉 당기며 타박했다.

“야야, 넌 뭘 잘했다고 자랑까지 하냐? 어구구, 이거 큰일났네, 큰일났어. 어른들 알면 너랑 나랑 오늘 그냥 죽었다. 상아 넌 왜 그러냐? 제발 말 좀 들어라, 말 좀 들어. 응?”

으스대던 계집애의 볼살을 사내아이가 마구 잡아당겨 엿가락처럼 죽죽 늘렸다.

“아야아야, 상공아, 상아 볼때기는 왜 땡기냐? 놔라, 놔라?”

“어휴우~ 이 천하의 왈가닥아. 너 땜에 내가 못산다. 못살아.”

“으으으~ 상공아, 일단 놓고 말하자. 놓고 말해. 상아는 저얼대 왈가닥 아니다. 요조숙녀(窈窕淑女)보고 왜 자꾸 그러냐? 저 밤송이가 상아보고 욕했잖아? 그래서 사알짝 손봐준 거다. 상공아도 봐서 알잖아?”

“그래, 다 봤다. 상아 네가 저 술 먹은 아저씨 부아를 돋워서 박치기해서 쓰러뜨린 거 확실히 봤다.”

"에이, 상공아까지 왜 그러냐? 요조숙녀인 상아가 어지간했음 싸웠겠냐?"

"이구~! 세상에 박치기하는 요조숙녀도 있냐? 이 왈가닥아."

"히히, 요조숙녀도 화나면 이마로 꽉 받을 수도 있지. 그런 걸 같고 뭐 그러냐?"

아이들 둘이 한참이나 토닥거렸다. 그 모습을 보고 있던 주변 인물들의 입이 조개처럼 단단히 굳었다. 주위에 서 있던 누군가가 무심결에 중얼거렸다.

"이럴 수가? 무당산에 금강야차(金剛夜叉)가 현신(現身)한 것인가? 그것도 이 잔칫날에?"

또 다른 누군가가 그 소리에 고개를 갸웃하며 말했다.

"금강야차치곤 너무 어려. 게다가 사내아이와 계집애 얼굴을 보게나. 얼마나 준수하고 어여쁜가? 무당산의 어린 신선이 나타났다면 몰라도, 야차라니?"

또 다른 누군가가 그 소리에 응답했다.

"그건 그러하네. 금강야차는 불가의 수호신인데? 도가의 성지인 무당산에 무슨 볼일이 있어 나타난단 말인가? 게다가 금강야차가 계집애 모습으로 현신해서 이마로 치받는단 말인가? 내 눈으로 방금 직접 보고도 못 믿을 괴사(怪事)일세. 대체 저 아이들이 누구란 말인가?"

그때 어린 신선과 금강야차 사이를 오락가락하던 아이들의 정체가 금방 드러났다. 무당 장문인 진휘소의 커다란 호통 소리가 대청을 건너 마당으로 울려 퍼졌기 때문이다.

"네 이놈들, 대체 이게 뭔 짓들이냐?"

목소리도 빨랐지만 사람도 그만큼 빨리 나왔다. 게다가 진휘소에 이어 당약란과 남궁정까지 체면도 잊어버린 듯 발걸음을 쿵쿵거리며 뛰어왔다.

"명아야, 상아야, 이게 다 무슨 일이야? 아니, 너희 옷차림은 또 그게 뭐냐? 이런, 얼굴과 손에 상처까지? 대체 무슨 일이 있었느냐, 이것들아. 말 좀 해보거라, 어서."

이날 잔치의 주인인 남궁노대부인 남궁정이 두 아이들을 끌어안았다. 주위 사람들이 경악한 얼굴로 뒤로 물러섰다. 장천림이 건드린 아이들이 누군지 이제 짐작했기 때문이다.

남궁정은 거지꼴을 한 아이들 모습에 억장이 무너졌다. 주연에서 보이지 않기에 제 방에서 조용히 놀고 있는 줄 알았건만, 온통 옷이 찢어지고 상처까지 가득한 모습으로 마당에 서 있었다. 그 옆엔 거구의 웬장한까지 쓰러져 있었다. 무슨 큰일이 있었음을 보지 않고도 능히 짐작할 수 있었다. 혼비백산한 그녀가 말까지 더듬었다.

"어, 어서 고하거라, 이놈들아."

남궁정이 울음 섞인 목소리로 아이들을 채근했다. 제가 저지른 짓에 우물쭈물하던 연추상은 마침 선물이 생각났다. 연추상이 허리춤에 둘러진 흙 묻은 보따리를 슬슬 풀었다. 그걸 남궁정에게 뇌물처럼 건네며 에둘러 변명했다.

"헤헤헤, 할머님아, 여기 생신 선물 있다. 이거 몸에 되게되게 좋은 약초야. 근데 저 밤송이 아저씨가 오향장육 한 점 먹는다고 상아한테 욕하고 주먹질하잖아. 그래서 상아가 화나서 이마로 아아주 쬐에끔 받았다. 근데 밤송이 아저씨 바본가 봐? 그대로 넘어가네. 아무 걱정 마

라. 별일 아니다.”

경황 중에 진연명도 제가 들고 왔던 단지를 땅에서 주워 들고 남궁
정에게 내밀었다.

“할머니, 죄송해요. 이거 받으세요. 생신 축하드려요.”

“아니, 명아, 이게 뭐냐? 또 네 꼴은 왜 이렇고? 이놈아, 대답 좀 해
보거라, 어서.”

“저어, 할머니 생신 선물이요. 이거 흑봉 꿀이에요. 이거 구하러 갔
다가 그만…….”

＊　　　　＊　　　　＊

찰싹찰싹.

“할머니, 죄송해요.”

찰싹찰싹.

“으앙, 할머님아, 아프다. 상아 그만 때려라. 앙앙.”

남궁노부인 남궁정의 주연이 벌어지던 대청각 안 대청이 느닷없이
아이들의 울음소리로 메워졌다.

“네 이놈들, 이 할미를 위해 먼 길을 달려온 손님을 저 지경으로 만
들다니. 어디서 배운 버릇들이냐. 이 할미가 네놈들을 그리 가르쳤더
냐? 어허 종아리를 더 내밀지 못할꼬.”

찰싹찰싹.

“죄송해요, 할머니. 명이가 잘못했어요.”

찰싹찰싹.

"아야, 아야, 피 난다. 그만 해라. 우아앙."

남궁정 앞에 차려졌던 탁자 위에 요리 대신 진연명과 연추상이 올라 종아리를 맞고 있었다. 남궁정 옆에는 진휘소와 진연소 형제, 이가향과 당약란이 침중한 표정으로 서 있었다. 회초리 맞는 아이들을 지켜보던 소림방장을 호위하는 십대호원의 수좌, 호원장로 효명 선사가 남궁정을 만류했다.

"아미타불. 노대부인, 이제 그만 용서하시지요. 열화장 장 시주도 방금 깨어났습니다. 말들을 들어보니 장 시주가 어린 손자, 손부님을 알아보지 못하고 술기운에 과한 언동을 한 것이 사실인 듯합니다. 장 시주도 문밖에서 스스로 자신의 행동을 뉘우치고 있습니다. 이만 손속을 거두심이 어떠한지요."

"휘유, 소림의 고승이신 선사께서 이리 말씀하시니 노신이 몸 둘 바를 모르겠습니다. 손이 귀한 가문에 늦게 얻은 손자와 손부인지라 애지중지하였더니 노신을 위해 어려운 길을 오신 여러 손님께 참으로 부끄러운 꼴을 보이고 말았습니다. 이 죄를 다 어이 할지… 노신이 대신 사죄를 드리겠습니다."

매질하던 남궁정이 조용히 고개를 숙였다. 앞에 있던 인물들이 황급히 물러나며 양 손바닥을 겹쳐 길게 앞으로 내밀고 장읍했다. 진가장 노대부인 남궁정의 사죄는 그들로서는 받을 수 없을 만한 무게가 있었다.

어린 손자와 손부가 비록 소동 끝에 술 취한 장천림을 때려눕혔지만 그건 명백한 장천림의 잘못이었다.

남궁세가의 일개 속가인 주제에 남궁가의 제일 큰 어른인 남궁정의 귀한 손자와 손부에게 손찌검을 한 것이다, 그것도 남궁정의 생일잔치가 열린 무당에서. 주객이 뒤바뀌져도 보통 뒤바뀐 일이 아니었다.

남궁가의 소장주 남궁기는 전각 문밖에서 깨어난 장천림을 다그쳐 전말을 들었다. 남궁기에게 연추상은 숙모뻘 어른이었다. 자신의 세가가 거느린 속가 무관의 관장이란 놈이 집안 어른에게 기사멸조(欺師蔑祖)의 죄를 저지른 것이다.

전각 밖에서 안절부절못하며 남궁정의 눈치만 보던 남궁기가 뛰어들었다.

"증조모께 본 가를 대신해 소손 남궁기가 사죄드리옵니다. 오늘 일은 술 취한 장천림 놈이 감히 숙부님과 숙모님께 불손한 행동을 한 것이 사실이었습니다. 숙부, 숙모께서 증조모님 선물을 구하러 산을 다녀오시느라 옷차림이 허술한 것을 보고 그놈이 감히 거지라 욕하고 손을 놀렸습니다. 숙모께서 이를 징치하신 것은 당연한 일이옵니다. 저런 무례한 놈을 이 자리에 동행시킨 소손에게 벌을 내려주십시오."

창백한 얼굴의 남궁기가 바닥에 넙죽 엎드렸다. 그로선 이 일을 어떻게 감당해야 할지 앞이 캄캄했다. 소림의 호원장로 효명 선사가 또 나섰다. 이 자리에선 무림의 배분상 그밖에 나설 사람이 없었다. 그가 남궁정에게 말했다.

"남궁노대부인의 사죄를 미천한 소승이 감히 감당할 수 없소이다. 오히려 소승은 이 눈길에 험한 산속까지 가서 귀한 선물을 마련해 오신 손자, 손부님의 효심에 감탄을 금할 수가 없소이다. 게다가 잠시 보인 손부님의 신법은 본사에서조차 보지 못한 뛰어난 이형환위였으니…… 장강의 뒷물결이 앞 물결을 넘는다는 말을 평소 귀담아두지 않았는데 오늘 소승이 안계를 넓힌 것 같소이다. 본사로 돌아가면 소승이 방장께 청하여 십 년 면벽에 들기라도 해야겠습니다. 아미타불, 아미타불."

효명 선사가 눈을 감고 불호를 연호했다. 평소 입이 무겁기로 소문난 그가 이렇게 긴 말을 늘어놓는 것은 연추상이 보여준 행동에서 그만큼 충격을 받았다는 반증이었다. 고개를 끄덕이던 아미의 대장로 혜연 신니도 거들고 나섰다.

"효명 사형의 말씀이 지당한 듯하오이다. 약관에도 이르지 못한 손자 손부님이 어찌 그 무서운 맹독을 지닌 흑봉들의 꿀을 따올 생각을 하셨는지, 그 효심에 정녕 고개가 숙여지오이다. 소승 또한 효명 사형 말씀대로 손부님의 고절한 움직임에서 청출어람(靑出於藍)이란 옛말을 실감하게 되었습니다. 역시 무당입니다. 저리 어리신 손부님 손속에서 도가의 현기에 불가의 장엄한 정광까지 어리는 정심한 무위를 볼 수 있었습니다. 얕은 무공을 이루고 자만했던 소승의 짧은 안목이 오늘 새로 열렸습니다. 아미타불… 선재, 선재로다."

소림사의 호법장로와 아미의 대장로가 입을 모아 진연명과 연추상의 용서를 청했다. 남궁정이 못 이긴 듯 회초리를 거두고 남궁기를 물러가게 했다. 종아리를 쥐고 있던 아이들도 탁자 아래로 내려오게 했다.

"이놈들아, 소림의 효명 장로님과 아미의 혜연 장로님 두 분께 감사 인사를 드리지 않고 뭐 하느냐? 이 어린것들이 무슨 대단한 공부를 했겠습니까? 몸도 제대로 가누지 못하는 것들이라 몇 가지 약을 구해 먹였더니 그게 좀 과했던 모양입니다."

"아니오이다. 아니오이다. 어찌 영약만으로 그런 무위가 나올 수 있겠습니까? 이는 하늘이 내리신 천품이오이다. 소승의 눈엔 향후 무당과 진가장의 앞길이 구만리같이 열렸사옵니다. 이제 소림도 제자들을 다그쳐 용맹정진하게라도 해야겠습니다. 아미는 그렇지 않소, 혜연 사매?"

효명 선사의 말에 혜연 신니가 고개를 끄덕였다.

"사형 말씀이 지당하옵니다. 아미엔 언제 저런 후세가 나와 역대 조사들이 물려주신 사문의 무공을 제대로 갈고닦을 수 있을지… 소승은 그저 무당과 진가장이 부럽기만 합니다. 진 소협과 진 소부인께서 언제 한번 아미를 찾아주소서. 그래서 어리석은 제자들을 깨우쳐 주시면 더 바랄 것이 없겠습니다. 아미타불."

소림과 아미의 두 장로가 입에 침을 바른 듯 진연명과 연추상을 치켜올렸다.

훌쩍이던 어린 부부가 효명 선사와 혜명 신니에게 꾸벅 고개 숙이고 진휘소와 당약란 옆에 섰다.

"딸꾹."

눈물방울을 눈에 달고 있던 연추상이 딸꾹질을 했다. 진휘소와 당약란이 도끼눈으로 아이들을 노려봤다.

그때 동생 진휘소 옆에 서 있던 진가장주 진연소는 희미한 웃음을 감추지 못했다. 그는 미소를 띠고 어린 조카와 질부를 바라봤다.

그는 조금 전 대청각 입구에서 열화장 장천림이 연추상에게 주먹을 휘두르는 것을 보았다. 그때 진연소는 연추상을 구하기 위해 가문의 절기인 진가봉권을 펼치려 했다. 그러나 너무 늦어 가슴을 치는 순간 연추상이 환상 같은 신법으로 사라지며 동시에 공중으로 떠올랐다. 변화가 극에 이르러 눈이 따르지 못할 움직임이었다.

그리곤 작은 이마로 장천림을 받아버렸다. 너무 놀랐고 너무 통쾌했다. 자그마한 용력을 믿고 술주정을 부리는 무뢰배를 저 어린아이가 단매에 박살 낸 것이다. 무림의 한다 하는 명숙들이 이 장면을 똑똑히 목격했다. 제 어린 아내를 말리고 있던 조카 또한 그 같은 무공을 지니고 있을 것이다. 조금도 당황하지 않고 침착했던 것이 그 증거였다.

무당 장문인의 아들과 며느리이고 남궁세가와 당문의 먼 핏줄인 저 아이들이 앞으로 진가장을 이어갈 것이다. 그때 감히 누가 진가장을 업수이 여길 수 있으랴? 이런 조카와 질부라니, 더 이상 바랄 것이 없었다.

남의 눈만 없다면 품에 안고 춤이라도 추고 싶었다. 노모도 보는 눈이 많아 어쩔 수 없이 회초리를 드셨음이 분명했다. 효명 선사와 혜연 신니가 말리자 방금 슬그머니 회초리를 내리시지 않았는가.

딸꾹질하던 연추상의 등을 진연소가 슬그머니 문질렀다. 부드러운 내공이 몸에 스며들자 금방 딸꾹질이 멈췄다. 초롱초롱한 작은 눈동자가 그를 올려다봤다. 진연소가 아래를 보며 싱긋 웃었다.

당약란의 뒤에 있던 당가주 당평지는 머릿속이 혼란했다. 성질이 개 같은 놈을 나이 어린 질부가 두드려 잡는 것을 보고 그는 혼이 다 나갈 것 같았다. 그의 눈에 그것은 분명 이형환위였다, 그것도 절정에 달한. 거기에 눈부신 반사 능력이라니.

제대로 무공을 닦으려면 두 가지 조건이 필요했다. 하나는 고급무공의 전수. 또 하나는 그것을 받아들일 그릇이었다. 무림명가들은 저만의 독특한 고급무공이 이어져 온다. 온갖 시행착오를 거치며 누대에 걸쳐 축적된 경험을 집약해 수십 년의 반복 수련과 대련을 통해 후손에게 전한다.

그런데 오늘 어린 조카며느리는 이미 그 과정을 넘어 자신만의 무공을 보여주었다. 그렇다면 저것은 천부적인 재능이었다. 이미 가진 배경에 저런 재능이라면 아마 다음 세대의 무림은 저 아이들의 것이었다. 저 아이들이 동생 당약란의 소생으로 당가와 이어져 있다는 것이 천만다행이었다.

더 이상한 것은 흑봉의 꿀을 따왔다는 조카의 말이었다. 조카와 질부의 옷에 빼곡히 꽂혀 있는 벌침들이 보였다. 드러난 피부에도 벌에 쏘인 흔적이 많았다. 손을 내밀어 조카와 질부 옷에 묻어 있는 벌침을 빼내 냄새를 맡아봤다. 분명 절독이 묻어 있는 흑봉의 벌침이었다. 그것도 엄청 큰 놈들에서 나온 듯한.

그런데 이 어린 조카와 질부는 멀쩡했다. 흑봉에 쏘이면 날뛰던 황소도 순식간에 죽는다. 질부는 흑봉들에 무수히 쏘이고 이곳으로 왔다. 그 몸으로 절정에 달한 무인과 시비까지 붙어 쉽게 제압했다. 이 어리고 갸냘픈 조카와 질부가 설마 만독불침이라도 된단 말인가? 당평지는 자신의 생각에 어이가 없어 고개를 흔들었다.

당약란이 오라비 당평지를 뒤돌아봤다. 그녀는 오라비가 아들의 옷에서 벌침을 빼내 코에 대는 것을 보았다. 흑봉들의 침에 쏘인 아이들이 중독 증세를 보이지 않는 것이 당연히 이상할 것이다. 독의 대가인 오라비가 그걸 모를 리가 없었다.

그렇다고 아이들이 동굴에서 기연을 얻은 것을 발설할 순 없었다, 말해도 믿지도 않겠지만.

아이들이 그 무서운 흑봉들이 떼 지어 사는 대추봉 계곡에 갔었다는 것을 떠올리자 그녀는 가슴이 떨려왔다. 이것들 때문에 사는 게 사는 것이 아니었다. 자신의 속을 있는 대로 긁어댔다. 그렇다고 딱히 악의가 있는 것은 아니었다. 그지없는 착하고 천진한 아이들이었다.

그 아이들이 방금 회초리로 맞고 울었다. 미운 짓에 맞을 짓을 했지만 자신의 가슴은 미어터지는 것 같았다. 그래도 할머니 생일 선물을 구하기 위해 그 위험한 곳을 다녀온 녀석들이었다. 당약란이 뒷머리를 가만히 쓰다듬자 아이들이 헤헤 하며 살살 웃었다.

*　　　*　　　*

우여곡절을 겪은 잔치가 밤늦게 끝났다. 손님들은 모두 숙소로 가고 일가붙이들만 남궁정의 처소인 매원에 모였다. 그제야 한숨 돌린 남궁정이 아이들을 불렀다.

"이놈들아, 이리 와서 종아리 좀 걷어보거라. 많이 아팠느냐?"

진연명이 계면쩍은 얼굴로 슬슬 뒷걸음질했다. 이와 달리 연추상은 기다렸다는 듯 남궁정의 무릎에 올라 종아리를 펴 보이며 낑낑댔다.

"할머님아, 봐라. 피 났다. 호호 해주라. 히이잉."

"핫핫핫, 열화장을 단숨에 때려잡은 여걸이 겨우 종아리 맞은 것을 아파하면 되는가, 질부."

"호호, 그렇지요. 무례한 절정고수 이마를 한 방에 터뜨린 장래 진가
장 안주인이 그깟 종아리 상처쯤이야."

진가장주 진연소와 그의 부인 이가향이 연추상을 놀렸다. 그러나 귀
여워 어쩔 줄 모르는 눈빛이었다. 진가장주 내외는 대청각 마당에서
있었던 소동이 내심 통쾌했음을 감추지 않았다. 안쓰럽게 손자며느리
를 보던 남궁정이 슬쩍 화재를 돌렸다.

"그래, 이 할미를 위해 준비한 선물이 무엇인고? 이제 좀 보자꾸나."

"할머니, 여기 약초. 그리고 흑봉 꿀이요."

진연명이 꿀단지와 연추상의 보따리에서 꺼낸 아기 몸통만 한 허연
풀뿌리를 가져왔다.

"어허, 이런?"

당가주 당평지가 신음 소리를 냈다. 온갖 독초와 약초 등을 안 본 것
이 없는 그였다. 그러나 눈앞에 있는 이런 기물(奇物)은 처음이었다.
이 정도면 족히 오백 년 이상 묵었으리라.

"당가주께서 놀라시는 걸 보니 혹여 무슨 독초인가?"

남궁정이 의아한 얼굴로 말했다.

"아니옵니다. 이리 오래 묵은 하수오를 처음 봐서 그렇습니다. 무당
산에 와서 이런 물건을 보게 되다니, 제 눈이 오늘 호강을 하는군요.
족히 오백 년은 된 듯합니다, 사돈 어르신."

"아니, 상아가 가져온 것이 그토록 귀한 약초란 말이오?"

"그러합니다. 노대부인께서 이걸 반만 복용하셔도 백 세 넘게 장수
하신다고 제가 장담을 합지요. 송구스럽지만 제가 다 탐이 납니다. 저
희 당가의 약재 창고에도 이런 약초는 없습니다."

당평지는 정말 욕심이 동하는지 입맛까지 다셨다. 진연소와 진휘소 부부가 희색이 만면한 얼굴로 연추상을 봤다. 제가 들고 온 것이 귀한 약초라는 소리에 연추상의 입술이 오리 주둥이가 됐다.

"치이잇~ 상아는 할머님아 주려구 힘들게 이거 갖고 왔는데 종아리나 마구 때리구."

그때 붕붕거리는 소리가 들렸다. 천장에서 검은 줄무늬를 한 커다란 흰벌 한 마리가 날갯짓을 하고 있었다. 모두들 흠칫했다. 연추상이 아! 하더니 자그마한 손바닥을 펼쳤다.

여왕벌이 내려와 연추상의 조그마한 손바닥에 앉았다. 당평지가 찬찬히 살피더니 또 놀라며 두 눈을 부릅떴다. 그가 벌을 가리키며 소리쳤다.

"설마? 대, 대왕봉 어미?"

당약란이 품에서 사슴 가죽 장갑을 꺼내 손에 끼고 독질려를 들었다. 그녀의 오라비인 당평지가 손가락을 입에 댔다. 위험하니 어설프게 움직이지 말라는 뜻이었다. 그가 가슴에 장신구처럼 꽂고 있던 오색 나비까지 빼내 들고 뚫어지게 벌을 노려봤다.

여차하면 독암기를 쓰려는 행동이었다. 독의 대가인 당가주 당평지가 당문의 오대암기인 호접표(胡蝶鏢)까지 손에 들자 남궁정의 처소에 삽시간에 팽팽한 긴장감이 돌았다. 남궁정과 진휘소, 진연소도 어느새 공력을 일으켜 벌을 향해 손가락을 내밀고 있었다. 벌이 연추상에게 떨어지는 즉시 지풍(指風)을 쏘아 독벌을 죽이려 했다. 그때 연추상이 귀엽다는 듯 제 얼굴만 한 여왕벌의 몸통을 쓰다듬으며 말했다.

"괜찮다, 할머님아. 봉이는 착한 벌이다. 안 쏜다. 흑봉들한테 상아가 쏘일 때 이 봉아가 지켜줬다.”

“할머니, 상아 말처럼 괜찮아. 아까 흑봉들한테 쏘일 때 이 흰 봉아가 지켜줬어. 할머니한테 드린 꿀도 봉아가 살던 벌집에서 나온 거야. 저희 꿀을 가져와도 가만히 있었어. 그리고 밖에 봉아를 따라다니는 봉아 새끼들이 수백 마리쯤 있어. 새끼들이 따라다녀. 상아가 이놈들을 키울 거야. 그렇지, 상아야?”

“상공아 말이 맞다. 하얀 놈들은 안 쏘고 착하다. 맛난 꿀까지 준다. 상아가 이놈들 키울 거다.”

당평지가 호접표를 내렸다. 괴물을 본 듯 기이한 눈빛으로 말했다.

“조카와 질부가 만독불침이라도 되는가? 십대독물 중 하나인 대왕봉이 어미처럼 따라다니고 이리 멀쩡하니. 대왕봉은 영물이라 함부로 주인을 정하지 않는 것들인데.”

“오라버니, 상아 손에 앉아 있는 벌이 진정 대왕봉이 맞습니까?”

흥분한 당약란이 당평지의 옷자락을 당기며 물었다.

“본 가 비전에 씌어진 그 모습과 한 치도 틀리지 않구나. 흑봉들 속에 흰벌들이 있었다는 말로 보아 확실한 것 같다. 대왕봉은 바로 흑봉의 변종이다. 그 말은 대왕봉이란 벌의 종류가 따로 있는 것이 아니란 뜻이지. 세상에서 그것을 모르고 십대독물의 하나인 대왕봉을 찾아다니지만 끝내 볼 수 없었던 것이 바로 그 때문이다. 독은 천하의 독물이요, 꿀은 천하의 해독제와 치료제이니 그걸 조금이라도 얻으려면 조카와 질부에게 고개를 숙여야겠구만. 질부 앞으로 이 숙부 좀 잘 봐주시게나. 허허.”

당평지가 연추상을 보며 눈을 찡긋했다. 연추상이 헤헤 웃으며 날름 혀를 내밀었다. 당평지가 미소를 짓더니 품에 손을 넣었다. 윤기 나는 검은 나무곽 하나가 나왔다.

"어, 당숙아, 그게 뭔데?"

호기심을 참지 못한 연추상이 남궁정의 품에서 고개를 빼고 쳐다봤다. 갖고 싶어 두 손이 계속 꼼지락거렸다.

"질부, 백옥고라고 하는 본 가 비전 처방약일세. 어떤 상처라도 이걸 바르면 백옥 같은 피부로 살아난다네. 질부에겐 앞으로 이게 꼭 필요할 게야. 천하제일미인이 되려면 말이야."

"헤, 천하제일미인 좋다. 우선 종아리부터 발라야지."

얼른 손을 내밀던 연추상이 갑자기 멈췄다. 구슬 같은 검은 눈동자가 잠시 또르르 굴렀다. 샐쭉 웃으며 입이 나불거렸다.

"저기 근데 당숙아, 옷에 꽂힌 오색 나비 그거 엄청 예쁘다. 뭐, 봉아 꿀 싫음 말구."

알아서 기라는 말에 당평지가 속으로 신음을 삼켰다.

"헛헛헛."

"큭큭."

당평지 뒤에 서 있던 진가장주 진연소는 말릴 생각은커녕 박장대소를 터뜨렸다. 그는 엄지손가락을 연추상에게 연신 흔들며 잘한다고 충동질까지 했다. 진휘소와 당약란도 고개 돌려 큭큭거렸다. 조금 후 우거지상이 된 당평지가 부들부들 떨며 호접표와 백옥고를 내밀었다.

"졌네, 질부. 이거 다 가져가고 나중에 꿀이나 좀 듬뿍 주게."

*　　　*　　　*

정심원 뒤편 공터에 기다란 돌벽이 급히 쌓였다. 그 돌벽 위에 누구
의 접근도 불허한다는 경고문이 붙었다. 무당 제자들과 무당에서 일하
는 일꾼들은 한겨울에 작은 건물이 지어지자 주위를 오고 가며 고개를
갸우뚱했다. 하지만 누구도 그 안에 무엇이 있는지 알 수는 없었다.

그 돌벽 너머에서 아이들 목소리가 들렸다.

"상아야, 이제 봉아 새끼들이 좀 꼬물거린다."

"이야! 하얀 알갱이를 물고 다닌다. 애벌레들도 입에 물고 옮긴다.
희한하다, 상공아."

돌벽 안엔 큼지막한 창이 사방으로 난 작은 목조 건물이 있었다. 창
은 지금 닫혀 찬바람을 막고 있었다. 닫혀 있는 나무집은 돌로 바닥이
깔려 있었고 돌바닥 밑으론 아궁이가 있었다. 아궁이엔 숯불이 은은히
붙어 있었다. 그래서 추운 한겨울인데 돌바닥은 따끈따끈했다.

바닥에 퍼질러 앉은 진연명과 연추상이 집 안 나무벽마다 하얗게 달
라붙은 대왕봉들을 보고 있었다. 죽은 듯이 잠자던 벌들이 따뜻해지자
조금씩 움직였다. 집 안 중간에 놓여진 속이 빈 고목 등치엔 하얀 알들
과 애벌레들이 차곡차곡 쌓여 있었다. 아이들이 달콤한 당분을 녹인
물들을 고목에 살짝 부었다. 벌들이 서서히 모이더니 정신없이 당분을
빨아먹고 있었다.

"봉아에게 새끼들이 뭘 조금씩 갖다 준다, 계속해서."

"상공아, 봉아 꽁무니에서 하얀 것들도 계속 나온다. 저게 뭐야?"

"응, 그게 봉아가 알 낳는 거야. 저게 크면 안에서 봉아 새끼들이 나
올 거야."

"그럼 봉아가 지금 아기 낳는 거네? 상아도 나중에 상공아 아기 낳을 건데. 히히."

연추상이 낄낄거렸다.

그때 온몸을 촘촘한 그물로 둘러싼 당평지와 당약란이 조심조심 건물 안으로 들어왔다. 벌들이 당평지와 당약란에게 날아갔다. 당평지가 손에 든 구리 주전자의 손잡이를 손으로 건드리자 주전자에서 하얀 연기가 나왔다. 연기를 쐰 벌들이 비틀거리며 잠잠해졌다.

"얘들아, 점심 먹을 때 다 됐는데 지금까지 여기 있으면 어쩌니? 어머나, 봉아가 겨울인데 알들을 낳고 있네. 벌들은 겨울에 알을 안 낳는데."

당약란이 탄성에 당평지가 대답했다.

"조카와 질부가 잘 돌봐주는구먼. 따뜻하고 먹을 것이 풍족해서 그런가? 덕분에 새봄이 되면 이 백부도 대왕봉 침과 꿀들을 좀 얻어 사천 본 가로 돌아갈 수 있으려나?"

"호호호, 오라버니, 꿈도 꾸지 마세요. 대왕봉 독침과 꿀은 천금을 주고도 못 구하는 것인데 그리 쉽게는 안 되지요. 그렇지, 아가야?"

당약란이 화사하게 웃으며 오라비를 놀렸다.

"어머님아 말이 맞다. 봉아 꿀 이제 지들 먹을 거밖에 없다. 더 뺏으면 봉아 굶어 죽는다. 글고 침 빼면 봉아 새끼 죽는다. 절대 못 뺀다."

연추상이 벌집 속을 들여다보며 중얼거렸다.

"이런, 백옥고에 호접표까지 뇌물로 바쳤는데. 란아, 너 이제 하나 남은 오라비 밑천까지 다 털어내란 말이냐? 너무한 것 아니냐?"

당평지가 곤혹스런 얼굴이 됐다.

"뭐 꼭 그런 건 아니지만 뭐든 다 대가가 필요하다고나 할까요? 한 개로는 안 되고 둘 다요. 호호."

"휴우, 두 개까지. 알겠다. 마침 본가에서 올 때 가져온 것이 둘이니 내놓으마. 대신 벌침과 꿀은 충분히 내주어야 한다."

"호호, 오라버니, 고마워요."

원하던 것을 약속받은 당약란이 환하게 미소를 지었다. 그것은 당가에서 제조한 당독제환(唐毒帝丸)이었다. 희귀한 수백 가지 약재를 배합해 만드는 이 약은 워낙 제조법이 까다로워 당가에서도 지난 십 년간 겨우 열 개를 만들었을 뿐이다.

이 약을 복용하면 수백 가지 독에 대한 내성이 생기고 공력 또한 한 단계 뛰어오른다. 소림사 대환단이나 무당의 자소단만큼 널리 알려진 것은 아니지만 그녀가 알기엔 그것들에는 없는 더 큰 효능이 있었다. 바로 독에 대한 내성이었다.

당약란은 이 약을 몰래 남편과 자신을 위한 비상약으로 지닐 생각이었다. 아이들은 이미 만독불침과 다름없는 몸이었고, 시어머니 남궁정 또한 하수오 반 토막과 대왕봉 꿀을 복용했다. 남궁정은 이제 백 년은 장수할 것이다. 독도 침범하지 못하고 공력 또한 엄청나게 늘어났다.

그녀는 남은 하수오 반 토막을 자신이 챙겼다. 남궁정이 큰아들 진연소에게 그걸 내주려는 기미를 눈치채고 진연명에게 먹여야 한다고 둘러댔다. 손자를 거론하자 남궁정은 두말 않고 내주었다. 여기에 당독제환 두 알이라니. 비상약으론 이만한 게 없었다. 그녀는 오라비 당평지를 보며 나오는 웃음을 감추지 못했다.

당평지는 큰 손해를 본 장사꾼 같은 표정을 지었다. 하지만 속으론 웃고 있었다. 동생인 당약란은 역시 어수룩했다. 독을 다루는 독가에서 대왕봉 독침과 꿀은 당독제환 열 알보다 몇 배나 더 가치있는 보물이었다. 자신 같으면 제독환을 몽땅 다 가져와도 바꾸지 않을 것이다. 그러니 당평지는 결코 밑지는 셈이 아니었다. 적당히 손해 보는 척하며 그는 회심의 미소를 지었다.

지금 알을 낳고 있는 저 대왕봉 어미가 혹시 여왕벌 새끼라도 낳는다면 당가는 엄청난 횡재를 하는 것이다. 세상에서 사라진 것으로 알려진 대왕봉을 분봉(分蜂)받아 키울 수만 있다면 당가는 지금의 수십 배 전력을 갖게 되는 것이다. 해독약이 꿀밖에 없는 독이라니? 저 벌침의 독을 가지게 된다면 당가의 눈치를 보지 않을 곳은 무당과 진가장밖에 없는 것이다.

그런데 도대체 이 아이들은 어떻게 된 아이들인지 대왕봉 침에 묻은 절독조차 그저 따끔할 뿐이라니, 살다살다 별 괴이한 일이었다. 이미 세상에선 아무도 건드릴 수 없는 배경을 가진 아이들이었다. 항주진가를 이을 혈손이었다. 아직 절차만 거치지 않았을 뿐 진가장의 소장주 부부였다.

무당에서도 그 재질을 익히 알고 보물처럼 아끼는 아이들이었다. 무당에선 사실 진가장에도 내주기 싫어하는 기색이 역력했다. 남궁노대부인이 없었다면 장로회의에서 벌써 제 아버지 진휘소를 잇는 무당파 장문제자로 만들어 버렸을 것이다.

아마 연명이 진가장주가 되어도 무당에서 속가 대장로(俗家大長老)쯤 되는 이름으로 묶어둘 것이다. 게다가 남궁세가와 당가의 핏줄도 섞여 있었다.

그러나 당평지는 당약란의 아들과 며느리가 아니었다면 무슨 수를 써서라도 사고가 난 것처럼 위장해 아이들을 몰래 세상에서 지워 버렸을 것이다. 그리고 비밀리에 대왕봉을 당가로 가져갔을 것이다. 그는 그런 모략과 귀계를 가지고 있었다. 대왕봉은 독을 다르는 독가(毒家)에서 세상에서 제일 귀한 극상지보(極上至寶) 중 하나였다. 그러나 이 아이들만큼은 건드릴 수 없었다. 아이들은 세상에서 그가 가장 사랑하는 단 하나뿐인 여동생 당약란의 아들과 며느리였다.

"상공아, 우리 봉아 꿀 그만 도둑질하자. 불쌍하다."

"응, 그래야 할까 봐. 새봄에 꽃 펴서 꿀 많이 모으면 그때 좀 가져가야겠다. 이놈들이 배고팠던 모양이네. 너무 잘 먹는다."

"당분 더 주라. 글고 밤에도 불 안 꺼지게 상공아가 숯도 더 넣어주라. 애들 안 춥게."

"알았어. 히히. 이제 밤에 잠도 제대로 못 자겠다."

"상아도 나와 볼게."

"말로만? 잠들면 업어가도 안 깨면서."

"엥, 미안. 안 깨는데 어째? 담부터 안 깨면 상공아가 상아 귀 팍팍 땡겨라. 헤헤."

진연명이 조그만 자기병에 대왕봉 꿀을 살짝 퍼 담았다. 그리고 당평지에게 내밀었다. 몹시도 아깝다는 표정이었다. 당약란이 웃으며 진연명의 어깨를 슬쩍 꼬집었다. 이를 본 연추상의 이마가 내 천(川) 자가 됐다. 당평지가 활짝 웃으며 자기병을 받아 코를 박고 냄새를 맡았다. 당평지의 입꼬리가 귀에까지 달라붙었다. 꿀 냄새에 정신없는 당평지의 등 뒤로 연추상의 손이 슬며시 다가갔다.

"허억~!"

살이 찢어지는 통증에 당평지는 하마터면 손에 든 자기병을 떨어뜨릴 뻔했다. 고개 돌려봤다. 씩씩거리는 연추상이 있었다.

"질부, 왜 갑자기 숙부를 꼬집는가? 방금 등어리 살집이 터졌네. 어이구, 아파라. 란아, 이 오라비 죽는다."

당평지가 죽을 듯이 몸을 꿈틀댔다. 당약란이 어쩔 줄 모르며 오라비의 등을 싹싹 문질렀다. 연추상이 씨끈거렸다.

"당숙아 때문에 상공아, 꼬집혔다. 당숙아 꿀 갖고 얼른 집에 가라. 아님 확 깨물어 버린다."

이 소동을 벌집 돌벽 밖에서 보고 웃는 이들이 있었다.

"허허 당가주가 꿀 욕심을 부리다 상아에게 된통 당하는구면."

"상공, 소첩이 입에 올릴 말은 아니지만 고거 쌤통이라고 말이 절로 나옵니다. 호호."

"그렇소, 향매, 진가장 안주인이 하실 말씀은 아니지만 표현은 아주 아주 적절한 거 같소. 클클클."

"호호, 제가 집 안에서 살림만 하고 있지만 들을 건 다 듣고 있답니다. 당가주가 누군가요, 무림에서 둘째가라면 서러워할 자존심에 실력을 가진 인물인데. 어머나, 저 보세요 상아에게 또 꼬집혀 설설 기고 있잖아요. 누가 저 사람을 당가주 당평지라고 하겠어요?"

정심원 뒤편 돌벽 문에서 진가장주 진연소와 그의 부인 이가향이 웃고 있었다. 눈에 넣어도 아프지 않을 아이들을 보려 정심원에 들른 그들 눈에 당가주와 당약란이 마침 오두막으로 가는 것이 눈에 띄였다.

그래서 멀찌감치 서서 지켜보던 중이었다.

"향매, 그런 거 같구려. 귀계로 독심이 하늘을 찌른다는 귀수독왕(鬼手毒王) 당평지가 하나뿐인 누이는 제 몸처럼 여긴다는 말이 사실인 듯하오. 그런데 질부에겐 더한 듯하니 보고도 못 믿을 일이구려. 허허."

"상공, 귀수독왕이 저러는 덴 다 이유가 있지 않겠어요?"

"이유라… 향매는 알고 있소? 그거 무척이나 궁금하구려."

"뭐 별거 있겠어요. 명아한테 나중에 대왕봉 여왕 새끼를 얻으려는 거지요. 게다가 명아, 상아는 만독이 불침하는 몸이니 당가 입장에선 천적이라 할 수 있지요. 미리 잘 보여야 두고두고 당가가 편안하겠단 계산도 했겠지요."

"흠, 그렇구려. 그러저나 아이들을 하루빨리 본가로 데려가야 할 터인데. 동생이나 제수씨에겐 씨알도 안 먹힐 것이니 이를 어쩐다? 우리만 속이 달아 말도 못 꺼내고."

"상공, 조급함을 드러내면 일이 더 안 됩니다. 설마 어머님이 계신데 진가장 대를 끊어놓으시겠어요? 마침 상아가 신기한 것들에 아주 관심이 많으니 그런 것들을 구해 환심을 사두는 게 좋을 것 같네요. 제가 사람을 보내 몇 가지를 준비했으니 열흘 안에 당도할 겁니다."

"호오, 그렇소. 역시 향매구려. 내 잔뜩 기대하리다."

"저기 아이들이 오네요. 상공, 어서 가봐요. 아이들에게 늘 웃는 얼굴, 아시지요?"

"알겠소. 늘 웃는 얼굴. 큼큼."

진연소가 양손으로 볼을 귀밑까지 쭈욱 당기며 걸어갔다. 그걸 본 이가향이 미소를 지으며 교자와 전병이 잔뜩 든 대바구니를 들고 뒤따랐다.

*　　　　*　　　　*

　무당의 여러 전각이 자리한 금동봉(金童峰) 뒤편에서 오 리쯤 떨어진 야산엔 큰 대나무 숲이 있다. 장정들의 허벅지만 한 굵은 왕죽(王竹)들이 줄줄이 자라 무당산에서 한겨울에도 푸른빛을 거두지 않는 유일한 곳이다.

　사방 십여 리쯤 되는 이 대숲 부근은 수련을 마치고 떠난 속가제자들이 본산을 그리며 제일 먼저 손꼽을 만큼 독특한 흥취가 서려 있다.

　훤히 트인 야산 앞 들판과 대숲 뒤를 흐르는 맑은 개울, 개울 옆에 늘어선 채마 밭들이 마치 강남의 어느 한 지방을 통째로 빌려온 것 같은 푸근한 풍경을 떠올리게 했다.

　게다가 밭에서 자라난 갖가지 채소들은 대숲의 죽순과 더불어 무당 사람들의 식탁을 풍성하게 했다.

　바로 이 대숲 너머에 무당파 사람들이면서도 무당파엔 속하지 못한 사람들이 살아가는 죽하촌(竹下村)이 자리하고 있었다. 이 작은 촌락은 무당파 도인들과 속가제자 일천여 명의 뒷살림을 맡아 하는 일꾼들 마을이었다. 오밀조밀하게 웅크린 이십여 호 가옥에 백여 명의 사람이 얼굴을 마주하고 살고 있었다. 주로 산 아래 저잣거리 출신들인 이 마을 사람들은 무당파에서 주는 돈을 받고 여러 가지 잡일을 했다.

　겨울 내내 쌓인 눈이 녹고 파릇파릇한 새순들이 돋아나는 봄날, 새해 들어 늘 조용하던 이 마을이 시끌시끌했다. 가옥들 중간에 자리한 촌장 장추삼(張推三)의 집 대청마루에 마을 사람들이 모여 술렁이고 있었다.

"아아~"

"뭘, 이런 걸로 그래 다 큰 어른이? 좀 참아봐. 헤헤."

줄 선 사람들 앞에서 이 마을 대장장이 손 노인이 누워 등허리에 침을 맞고 있었다.

연추상이 손 노인의 등에 금침을 꽂아두고 뒤에 선 삼십대 여인을 불렀다. 삼십대 여인은 한 손으로 배를 잡고 잔뜩 얼굴을 찡그리고 있었다.

"백 아줌마, 뭘 잘못 집어 먹었어? 이리 와. 상아 침 한 방이면 허리 펴고 금방 발딱 서."

연추상의 무심코 내뱉은 소리에 침 맞으려 등 내밀던 아낙네 얼굴이 순간 발개졌다. 주변 남정네들이 두 손을 내려 무심코 제 아랫도리를 가렸기 때문이다. 제가 한 말이 주위 사람들에게 어떤 영향을 끼쳤는지 전혀 의식하지 못하는 연추상이 아낙네의 등을 두드리며 목과 어깨 사이의 척추 중간쯤에 침을 콕 놓으며 말했다.

"그럼 침놓는다. 힘 빼라."

"윽."

연추상이 등에 침을 놓자 잠시 딴생각에 빠져 있던 여인이 비명을 질렀다. 이어 연추상이 조막만 한 손으로 그녀의 엄지와 검지 사이 합곡혈(合谷穴)을 꼭꼭 눌렀다. 합곡혈은 인체의 경락에서 경맥에 속하는 십이정경(十二正經)의 수삼양(手三陽) 중에 수양명대장경(手陽明大腸經)에 속하는 주요 혈도 중의 하나였다. 내장에 탈이 난 상태에서 이 혈도를 자극하면 심각한 통증을 느끼게 되는 곳이었다.

합곡혈이 문질러지자 얼굴이 붉어진 그녀가 신음하며 더욱 진땀을 흘렸다. 그녀를 힐끔 일별한 연추상이 싱긋 웃었다.

"백 아줌마, 어제 몰래 고기 먹었지?"

"아, 아닌데요? 고기가 어디 있나요?"

"히히, 아닌데. 고기 먹다 체한 게 분명한데. 이래도."

연추상이 백씨 여인의 합곡혈에 기다란 금침을 쿠욱 쑤셔 넣었다. 백씨 여인이 죽을 듯 비명을 질렀다.

"어억, 아픕니다요."

"봐라, 봐. 푸성귀 먹고는 이렇게 꽉 체하지 못하지. 백 아줌마 혹시 집에서 기르는 강아지라도 잡아먹었어?"

연추상이 그녀의 합곡혈을 몇 번 더 꼭꼭 눌렀다. 여인네의 얼굴이 삽시간에 진땀으로 흥건해졌다. 그녀가 쑥스러운 듯 고개를 숙이며 간신히 말했다.

"사실은 어제, 산 아래 장터로 가다가 객잔에 들러 구운 오리 두 마리를 시켜 급하게 먹었습지요. 그것이 그만 속에서 걸린 모양입니다요, 소부인 마님."

"히히, 맛난 요리 먹었네. 좀 천천히 먹지 그랬어? 이구구! 아까워라. 맛나게 먹었을 건데. 방금 요기 침 맞았으니까 상공아가 주는 약재로 탕제(湯劑) 끓여 먹으면 금방 낫는다. 이제 가봐라."

옆에 있던 진연명이 마루에 풀어둔 여러 약초 속에서 몇몇을 골라 기름종이에 싸서 건넸다.

"이건 손노(孫老), 이건 백 아줌마 거야. 상아 말대로라면 잘 달여서 사흘 동안 아침저녁으로 나눠 먹으면 될 거야."

"고맙습니다요, 공자님, 그리고 소부인 마님. 이거 번번이 죄송해
서……."

"죄송은 무슨? 무당산에 사는 사람들은 다 한식구야. 우리가 자주
못 와 미안해. 노느라 바빠서. 히히히."

진연명과 연추상이 한 달에 한두 번 이곳에 들러 마을 사람들의 자
잘한 상처를 치료해 준 지 벌써 일 년이 다 되었다. 남궁정의 칠순 잔
치가 끝나고 겨우 열흘 만에 발이 풀린 어린 부부는 제일 먼저 이곳 죽
하촌으로 달려왔다. 그동안 아픈 사람들을 돌봐주지 못했기 때문이다.

*   *   *

진연명은 일 년 전 혼인식을 갓 치른 후 무당산 구경을 하고 싶다는
연추상의 손을 잡고 산 곳곳을 돌아다녔다. 자소봉 뒤편에서 대숲을
발견하자 연추상이 손뼉을 쳤다. 천산의 고향 집에서 늘 보던 그런 숲
이었던 것이다. 그 뒤로 이 대숲은 둘의 놀이터가 됐다.

대숲은 꿩이나 토끼, 다람쥐와 뱀 같은 작은 동물들이 많았다. 둘은
보들보들한 새 죽순을 따서 꿩이나 토끼를 잡아 함께 구워 먹거나 탕
을 만들어 먹곤 했다. 연추상이 어릴 때부터 천산에서 나고 자라 산과
들에서 먹을거리를 찾는 덴 귀신이었다. 야지(野地)에서 요리하는 법도
제 아비에게 배워 능숙했다.

어느 날, 뱀을 잡아 구워 먹고 있는데 자기들 또래의 웬 어린애가 장
작을 지고 대숲에서 나왔다. 처음 보는 얼굴이었다. 그런데 절뚝대고

있었다. 둘을 보더니 장작을 내려놓고 고개를 꾸벅했다. 연추상이 다가가 퉁퉁 부은 아이의 발목을 보았다. 뱀에 물려 뱀독이 올라 있었다.

연추상이 주머니에 든 해독약을 꺼내 먹이고 진연명이 상처를 소도로 자르고 피를 뽑았다. 그리고 집으로 들어가라고 일렀다. 아이는 고개를 저으며 장작을 날라야 한다고 허둥댔다. 별수없이 대신 진연명이 그 장작을 지고 아이가 가야 한다고 우기는 곳까지 갔다. 그곳은 무당 제자들이 함께 모여 식사하는 원화관(元和館) 뒤편 넓은 주방이었다.

그날 원화관을 맡고 있던 원화관 관주 무당 이대제자 현휴(玄烋) 도장은 주방 불가 의자에 비스듬히 걸터앉아 느긋하게 저녁 식사 준비를 감독하다 횡액을 당했다.

땔나무를 가져와야 할 어린 일꾼이 늦게 도착했고 당연히 한바탕 잔소리를 늘어놨다. 그런데 옆에 선 사제 현공(玄恭)이 허옇게 질린 얼굴로 꾹꾹 옆구리를 쑤셔댔다. 뭔 일인가 싶어 그제야 아이들 얼굴을 자세히 바라봤다.

그런데 아뿔싸, 그 어린 일꾼들이 바로 장문인의 늦둥이 아들과 갓 결혼한 아기 신부였을 줄이야……. 고개 숙인 아이들이 장작을 지고 주방 안으로 들어와 미처 얼굴을 확인하지 않은 것이 현휴 도장 인생살이 사십여 년 동안 저지른 최고의 실수가 됐다.

어린 사숙은 말이 없었지만 갓 시집온 어린 새 신부인 사숙모는 달랐다. 다짜고짜 현휴 도장의 정강이를 걷어찼다. 시끄러워 죽겠다고. 조용하라고. 게다가 입으로 밥하느냐고. 그게 시작이었다.

그날 원화관에 들렀던 이대~오대제자들은 무당파 먹거리의 총책임자로 하늘 같은 권세를 누리던 현휴 도장이 어린 계집아이에게 끌려다니며 된서리를 맞는 광경을 봐야 했다. 어린 계집아이는 도인들이 생전 듣도 보도 못한 말들을 거침없이 쫑알댔다.

무당산에 힘없는 일꾼들 괴롭히기 좋아하는 놀고먹는 식충이가 있다고. 이렇게 니 맛도 내 맛도 없는 요리 만드느라 엄청 고생했다며 을러댔다. 게다가 어떻게 정진하면 이리 맛없는 음식을 다 만드느냐며 제발 그 비법 좀 가르쳐 달라고 빈정대기까지 했다.

그날 이후 맛없기로 유명했던 원화관 요리들이 갑자기 황궁 뺨치는 요리로 탈바꿈했다는 소문이 온 무당산에 샅샅이 퍼졌다. 현휴 도장이 무당속가들을 다그쳐 인근에서 요리 잘하기로 소문난 숙수(熟手)들을 여럿 모셔왔기 때문이었다.

오죽하면 거처에서 따로 끼니를 해결하던 장로들까지 제자들 눈총을 무릅쓰고 달려왔다. 그들은 원화관 식탁의 한자리를 차지하고 허겁지겁 젓가락을 놀렸다.

그러나 현휴 도장은 매일 장작을 지고 오는 사숙과 사숙모 등쌀에 진땀을 흘려야 했다. 평소 호통만 치던 죽하촌 촌장 장추삼을 불러 예전엔 하지 않던 하소연까지 늘어놨다. 장추삼의 소매를 잡고 제발 장작 좀 그만 내주라고 애걸했다.

그러나 촌장 장추삼은 자기들도 죽겠다며 크게 도리질을 했다. 와서 가져가는데 저들도 어쩔 수 없다며 제발 두 분이 죽하촌에 못 오시게 해달라고 도리어 역정을 냈다.

시달리다 못한 현휴 도장은 마침내 장문인을 찾아가 청원까지 올렸다. 사숙, 사숙모의 식사는 장문인이 계신 대청각 주방에서 함께 드시는 게 좋지 않겠느냐고 정중히 제안했다.

그러나 그의 소망은 일언지하에 거절됐다. 장문인 진휘소는 현휴 도장의 수고가 많다며 그의 어깨를 툭툭 두드렸다. 그리곤 원화관 요리들이 대청각보다 훨씬 더 맛있다며 현휴 도장의 애간장을 태우는 말만 늘어놓고 돌아섰다.

여기엔 현휴 도장이 모를 수밖에 없는 진짜 이유가 따로 있었다. 그가 원수 같은 어린 부부 때문에 골머리를 앓는 동안 장문인의 집무실인 태화전대전(太和殿大殿)에서 오랜만에 무당 장로들이 모두 참석한 가운데 장로회의가 열렸다. 그 자리에서 장문인의 어린 아들과 며느리에 대한 칭찬이 자자했던 것이다.

진연명과 연추상이 죽하촌에 들러 매일 장작을 이고 날랐고 침과 약으로 잔병치레까지 돌봐준 것이 무당산 전역에 소리 소문 없이 퍼져 장로들 귀에까지 들어갔던 것이다. 힘없는 아랫사람들 살피고 그들의 어려움을 함께하고 아픈 곳까지 치료한다니, 무당에 어린 신선들이 나타났다는 말들까지 오던 것이다.

침을 튀기는 장로들 칭송이 장문인 부부에게 쏟아졌고 장문인의 입이 한동안 귀에 걸려 찢어졌던 것을 현휴 도장이 어찌 알 수 있었겠는가?

*　　　*　　　*

천하제일미인이라도 먹어야 한다.

굶어 죽은 미인은 추해져서 더 이상 미인의 조건을 유지할 수 없기에. 그 이유로 미인은 어쩔 수 없이 먹는다. 아주 조심조심. 그러나 먹는 모습은 아무리 우아하게 꾸며도 그리 보기 좋은 모습은 아니다. 그래서 미인들은 살그머니 먹는다. 아주 적게 먹는다. 배고파도 안 고픈 척, 덜 먹어도 배부른 척, 다 먹고도 안 먹은 척.

척하는 그게 바로 미인의 숙명이었다.

그런데 놀랍게도 과감히 이 숙명을 거부하는 미인이 있었다. 장래 소망이 오직 하나 천하제일미인인 그녀가 와구와구 먹고 있었다. 볼이 미어터지도록 꾸역꾸역. 젓가락으로 음식을 집어 작은 입에 꾹꾹 집어넣고 있었다. 게다가 침까지 질질 입가에 흘리면서.

그러면서 요리 접시를 끌어안고 옆자리를 흘겨보고 있었다. 음식을 뺏길까 불안한 눈초리로. 그 자리엔 호시탐탐 접시를 노리는 강아지만 한 하얀 새끼 여우가 입맛을 다시고 있었다. 그 옆엔 금빛 털의 원숭이가 이 어린 미녀와 여우의 눈싸움을 한심한 듯 쳐다보고 있었다.

연추상은 도통 정신을 차릴 수 없었다. 오랜만에 무당산을 내려와 저잣거리 상춘객잔에서 궁보계정과 화과육, 홍소육에 마파두부를 먹고 있었다. 원단 전날 꿈에도 잊지 못할 홍소육을 몰래 먹기 위해 하산했다 그 난리를 친 후 처음이었다.

어린 부부는 얼마 전 할머니 칠순 생신잔치 땐 이에 버금가는 생난리를 또 벌였다. 해서 옴짝달싹 못하고 끙끙대던 중 제일 만만한 진가장 백부와 백모를 조르고 졸라 오늘에야 기어이 아랫마을 나들이를 나온 것이었다.

진가장 백부, 백모는 그녀 말이라면 콩을 팥이라 해도 믿어줬다. 해와 달을 따달라고 해도 따줄 기세였다.

엉큼하게 대왕봉 봉아의 꿀과 침이나 잔뜩 욕심내는 당숙아하곤 달랐다. 백부, 백모는 그녀가 먹고픈 요리들을 양껏 시켜주곤 조금 전 어린 부부에게 입힐 비단옷까지 사러 시장에 나갔다.

덕분에 맘 푹 놓고 입맛 당기는 무릉도원(武陵桃源)을 노니는 중이었다. 근데 상공아는 요리 접시에 별 흥미가 없는가 보다. 입을 헤벌리고 놀란 눈으로 상아가 먹는 모습만 지켜보고 있었다. 역시 상아는 먹는 모습도 상공아에겐 예쁘기 그지없는 모양이었다.

이 맛난 요리를 그동안 두어 달이나 못 먹었다. 얼마나 맛있는지 먹어도 먹어도 입 안에 계속 군침이 돌았다. 그런데 저 미운 여우 새끼 백아가 자꾸만 상아 접시를 노리며 혓바닥을 핥고 있었다.

제 접시를 벌써 두 번이나 비운 채로 말이다. 그래서 젓가락을 들지 않은 빈손으로 주먹을 쥐어 미운 놈의 머리를 살짝 내려쳤다. 그것도 아주 약하게 천천히. 왜냐고? 아까부터 상공아가 이쪽을 유심히 보고 있었으니까. 요조숙녀임을 자신하는 그녀가 있는 힘껏 내려칠 순 없었다. 그런데 그녀의 기대와는 다른 소리가 들렸다.

깨깽.

탁자 위에 있던 어린 여우 새끼가 철퇴에 맞은 듯 튕겨 나가떨어졌다. 바닥을 딩굴며 죽을 듯이 울부짖었다. 그 서슬에 옆 탁자에서 식사하던 문사건을 쓴 사내 하나가 사레가 들렸다. 캑캑 기침을 했다. 동시에 입속에서 씹히던 음식 조각들이 불쑥 튀어나갔다. 그 파편들이 바로 그 옆 탁자에 있던 사내들을 덮쳤다. 술잔을 입에 털어 넣던 털북숭이 사내가 자리에서 일어나 탈탈 옷을 털었다.

"아니, 이놈이? 미쳤느냐!"

털북숭이가 문사건의 목줄기를 틀어잡고 화를 냈다.

캑캑대며 찻물을 들이키던 문사건이 멱살을 잡혀 헐떡였다. 털북숭이 손에 대롱대롱 매달린 문사건을 보던 털북숭이 일행이 그에게 말했다.

"어이 셋째, 발단은 저 꼬맹이들일세. 개새끼가 울어서 이 책상물림이 놀랐던 것이야."

그 말에 털북숭이가 멀뚱멀뚱 문사건을 바라보다 바닥에 내팽개쳤다. 여전히 캑캑거리는 문사건 엉덩이를 털북숭이가 발로 후려찼다. 떠밀린 문사건이 비명을 지르며 또 다른 탁자를 덮쳤다.

와당탕.

문사건이 덮친 탁자에 앉아 있던 장사꾼 차림 사내들이 벼락을 맞았다. 장사꾼들이 벌떡 일어났다.

"뭘 봐, 이놈들아!"

장사꾼들이 슬며시 다시 자리에 앉았다. 소동이 벌어지자 점소이가 달려와 털북숭이를 말렸다.

"대협, 왜 이러십니까요? 뭔 일인지 모르겠습니다만 탁자를 치우고 새 요리를 그냥 다시 내오겠습니다요."

얼굴 근육을 꿈틀댄 털북숭이가 천천히 한 손을 들어 모아 쥐었다. 우드득 하는 뼈 부딪치는 소리가 크게 울렸다. 겁먹은 점소이가 비실비실 물러섰다.

"감히 이 흑호리(黑弧狸) 양수창이 오랜만에 형님들을 모셔 한잔 내는데 음식 찌꺼기를 날려? 목숨을 여벌이나 갖고 다니는 놈이 누구야? 오호라, 저 꼬맹이들이군. 어라, 저 개새긴 뭐야?"

흑호리 양수창은 호북성 일대에 자리한 수십 개 흑도방파 중 비단 상인들의 조합, 금호방(錦護幇) 소속 보표였다. 그의 의형제 둘과 함께 비단 상행(商行)을 보호하며 이곳을 지나던 중이었다.

"문사 아저씨, 안 다쳤어요? 죄송해요. 설아 때문에."

양수창의 말엔 들은 척도 않고 진연명이 문사를 일으켜 세웠다. 옷을 털어주고 등을 두드렸다. 캑캑거리던 문사가 괜찮다며 손사래를 쳤다.

양수창이 여태껏 요리를 먹고 있는 연추상에게 걸어갔다.

"식탐이 돼지보다 더한 어린 계집년이구만. 네년이 이 어른의 자리를 망친 년이냐?"

돼지라는 말에 발끈한 연추상이 발딱 고개 들고 털북숭이를 째려봤다.

"또 밤송이네. 상아보고 돼지? 야, 너 혼날래?"

"이런 미친년이 있나? 니년 아비는 어떤 놈이기에 애를 이따위로 싸질렀을까?"

연추상의 얼굴이 확 일그러졌다. 동시에 양수창의 아랫도리에 무언가 날아와 박혔다.

"윽~"

양수창이 바닥에 쓰러져 배를 잡고 데굴데굴 굴렀다. 욕먹은 연추상이 앞뒤 가리지 않고 던진 젓가락이 마침 그의 급소를 건드린 것이다. 양수창이 쓰러져 비명을 지르자 그의 동료 사내 둘이 자리를 박찼다. 연추상이 음식 찌꺼기를 입에서 날리며 소리쳤다.

"야, 밤송이. 한참 맛나게 먹는데 상아보고 돼지라고? 글고 뭐 어째? 우리 아빠 남들이 다 존경하는 훌륭한 아빠야. 안 그래도 만날 보고 싶은데 니들이 울 아빠까지 욕해? 니들 오늘 죽었다. 혼나봐라."

연추상이 소맷자락을 걷어붙였다. 아랫도리를 움켜쥐고 바닥을 구르던 양수창이 고개를 들고 엉거주춤 일어났다. 창백해진 양수창이 제 동료들에게 말했다.

"대형, 이형, 저 어린 계집년이 보통내기가 아니요. 어리다고 봐줘선 안 되겠소. 하초(下焦)를 다쳐 아우는 지금 힘을 못 쓰겠소. 형들이 대신 손 좀 써주오. 으으."

"셋째, 바보같이 저런 어린 계집년에게 당해? 그러고도 금호방의 호법인 삼호리(三弧狸)의 형제라고 할 수 있겠느냐? 바보 같은 놈. 쯧쯧."

밤송이의 동료들이 피식 웃으며 연추상에게 다가섰다. 가소롭다는 표정이었다. 그중 몽둥이에 바늘 같은 침들이 삐쭉하게 나 있는 낭아봉을 어깨에 둘러멘 사십대 장한이 연추상을 보고 능글맞게 웃으며 말했다.

"대형, 요 어린 계집년이 제법 미모가 쏠쏠하외다. 셋째를 다치게 했으니 요년을 끌고 가 재미라도 좀 봐야겠습니다. 어이구, 손목에 찬 금팔찌도 이거 보통 물건 아닌데요."

섭선을 들고 있던 날카로운 인상의 오십대가 고개를 끄덕였다.

"둘째, 동기(童妓)들을 밝히는 버릇이 또 나왔군. 대신 재미 본 후 팔찌나 뺏고 얼른 기방(妓房)에 팔아버려. 질질 짜고 따라다니면 귀찮으니까."

금호방의 삼호리, 즉 금호리(金弧狸) 서자추와 은호리(銀弧狸) 이형파, 흑호리(黑弧狸) 양수창은 만리장성 너머 고비 사막에서 마적 떼로 유명했던 혈랑파 출신이었다. 이 년 전 혈랑파가 관군들에게 토벌되자 셋이 도망쳐 장성이남으로 내려와 떠돌았다. 그러다 낭인시장에서 호북 지방 비단 상인들이 이권을 지키기 위해 만든 금호방 눈에 띄어 보표가 됐다. 흉악한 일을 거침없이 저지르는 심성과 도적질로 단련된 무공을 보고 금호방 상인들이 고용해 비단 장사에 써먹고 있었다.

"상아야, 그만 해. 그리고 아저씨들, 음식 조금 튄 것 가지고 이게 무슨 시비예요. 부끄럽지도 않나요?"

문사건 사내를 다독인 진연명이 연추상의 어깨를 잡고 말했다.

"허어, 요놈 봐라, 넌 또 뭐냐? 요 계집의 서방이라도 되냐? 어린 놈이 나서네."

은호리 이형파가 코웃음을 쳤다.

"그래요 우린 부부예요. 옷 버린 건 물어줄게요. 자, 은자 세 냥이면 충분하지요?"

진연명이 은자를 내밀었다. 은호리 이형파가 진연명의 손을 탁 떨쳤다. 은자가 소리 내며 좌르륵 바닥으로 떨어졌다.

"쥐방울만 한 연놈들이 벌써 혼인이라? 이거 세상 말세로군. 그깟 은자로 우리 삼호리를 능멸한 것을 갚으려고? 어림없지. 요놈아, 네놈 어린 마누라는 이제 이 어른이 갖고 가서 재미 좀 봐야겠다. 몸으로 지은 죄는 몸으로 갚아야지. 흐흐."

말과 동시에 이형파가 연추상의 손목으로 손을 확 내뻗었다. 그의 동생 양수창이 연추상의 젓가락에 당한 것을 보고 완맥을 잡아 혈을 제압하려 했다. 보기엔 별것없는 간단한 동작이었지만 공력이 가득 들어 있는 상승의 금나수법이었다.

얼떨결에 연추상이 손목을 붙잡혔다. 혹시 하던 이형파는 너무 쉽게 완맥을 제압하자 역시 어린것이 별수없다고 생각하고 괜히 긴장했던 자신이 민망스러워졌다. 피식 웃으며 힘을 주어 잡아당겼다.

그런데 웬걸, 연추상이 꼼짝도 하지 않았다. 무슨 철벽을 당기는 것 같았다. 당황한 이형파가 얼굴이 벌게지도록 내공을 끌어올려 용을 썼다. 가만있던 연추상이 손목을 홱 뿌리쳤다.

"흥."

우득.

은호리 이형파가 비명을 질렀다. 한 손으로 다른 손을 붙잡고 뒤로 물러섰다. 손목이 탈골돼 축 늘어졌고 힘줄까지 상한 듯 시퍼렇게 부어올랐다.

그때 뒤 탁자에 앉아 있던 금호리 서자추가 양수창에 이어 이형파까지 물러나자 황급히 손에 든 섭선을 연추상에게 날렸다. 앞에 선 두 사내의 몸을 지나 교묘한 사각지대로 섭선이 파고들었다. 섭선이 빙글 돌며 연추상의 미간을 찔러왔다. 놀란 연추상이 허리를 흔들어 피하는 순간, 옆에서 작은 손이 나와 섭선을 잡았다. 섭선을 낚아챈 진연명이 서자추를 보며 어이없다는 표정으로 말했다.

"음식 조금 튄 것으로 행패 부리고, 상아를 잡아가려다 안 되니까 몰래 무기까지 날리네. 아주 질이 나쁜 사람들이네."

"맞다맞다. 상공아, 나쁜 어른들이다. 뭐 몸으로 상아보고 갚으라고? 뭔 말인지 잘 몰겠지만 상아가 몸으로 대신 때려줄게. 에잇."

연추상이 기를 써서 달려들려 했다. 진연명이 연추상의 손을 잡아 자신의 뒤에 서게 했다. 동시에 진연명이 손에 쥔 섭선에 힘을 주자 우득 하며 섭선이 부서졌다. 그걸 본 서자추가 눈을 크게 떴다. 정강을 두드려 만든 활대에 오금사를 엮어 씌운 섭선이 어린 소년의 손에서 수수깡처럼 부서진 것이다.

"이놈, 내 섭선을 감히?"

서자추가 몸을 날려 공중에 뜬 채 일권을 내질렀다. 대단한 무공을 지닌 아이들이었다. 더 이상 길게 끌면 자신들에게 불리할 것이란 것을 서자추는 눈치챘다. 그러나 아직 어린것들이니 당황하게 만들어 제압해야 했다. 오랜 싸움 경험을 통해 그는 이런 상황에서 쓸 수 있는 초식이 있었다.

그들 셋이 즐겨쓰는 구명절초 호리분분(狐狸芬芬)이었다.

서자추가 빠르게 직선으로 내지른 주먹이 웅웅거렸다. 그것이 진연명의 코 아래 인중을 노리고 들이닥쳤다. 손목을 쥐고 물러섰던 이형파도 어느새 원앙각으로 진연명의 하체를 노리며 쓸어왔다. 주먹을 피해 고개 숙이면 정통으로 얼굴이 발에 적중된다. 뒤로 물러서면 서자추의 다음 주먹이 또 기다리고 있었다. 피해도 물러서도 상대를 쓰러뜨리는 절묘한 연수합격 일 수였다. 삼호리가 즐겨 쓰는 비장의 한 수였다.

진연명은 다가오는 주먹과 발을 보았다. 그러나 피하지 않았다. 아니, 피할 수 없었다. 뒤에 연추상이 서 있었던 것이다. 진연명이 어깨로 연추상을 슬쩍 밀었다. 제비가 날아가듯 연추상이 뒤쪽으로 훌쩍 밀려났다.

우뚝 선 진연명이 슬며시 주먹을 내밀어 서자추의 주먹을 맞받았다. 또 왼발을 들어 돌려차 오는 서자추의 정강이에 비스듬히 갔다 댔다. 순간 서자추의 얼굴에서 비웃음이 스쳤다.

뻑.

뻐가각.

뼈 부딪치는 소리가 거의 동시에 두 번이나 객잔 안을 울렸다.

"크억."

"으악."

객잔 안에 있던 사람들 눈엔 서자추와 이형파가 진연명의 몸에 주먹과 발을 적중시키는 것으로 보였다. 그러나 두 줄기 비명과 함께 쓰러진 것은 진연명이 아니라 다름 아닌 서자추와 이형파였다.

서자추는 부서진 오른 주먹을 쥐고 목이 쉴 듯 비명을 질렀다. 손가락뼈들이 산산이 부서져 살을 뚫고 나왔다. 이형파도 마찬가지였다. 그의 왼쪽 정강이가 기형으로 꺾어져 있었다. 부서진 뼈가 살들 속에서 삐져나왔다. 둘이 신음 소리와 함께 바득바득 바닥을 굴렀다. 핏물이 바닥을 적셨다.

그사이 뒤로 물러났던 연추상이 양수창의 옆에 나타나 그를 후려치고 있었다. 멍하니 그의 의형들이 쓰러진 것을 보던 양수창이 귀신같이 나타난 연추상에게 턱을 얻어맞고 쓰러졌다.

서너 대의 이빨이 부서진 양수창도 바닥에 쓰러졌다. 연추상이 쓰러진 세 사내에게 다가가 발로 톡톡 찼다.

"엄청 나쁜 사람들아, 이 정도 벌받은 거 고맙게 생각해. 당숙아가 준 나비 썼으면 니들은 더 혼났을 거다. 아냐, 지금이라도 죽은 봉아 새끼한테 빼온 침으로 그냥 콕 찔러줄까? 에이, 그만 하자. 한참 맛나게 먹는데 별 이상한 아저씨들이야."

손을 탁탁 턴 연추상이 쪼르르 탁자로 걸어갔다.

"흘흘, 어떤 미친놈이 균현에서 무당 사람을 건드리는고. 게다가 열화장 장천림의 이마를 일수에 깨뜨린 아가에게 저리 험한 말을 내뱉고서 살기를 바란다니. 어두운 눈을 원망해도 이미 때가 늦었구나."

객잔 입구에서 진연소가 천천히 나타났다. 벌써 일각여 전에 도착한 그는 객잔 입구에서 돌아가는 상황을 찬찬히 살피고 있었다. 만약 진연명과 연추상이 위험했다면 일찌감치 그가 손을 썼을 것이다. 비단 꾸러미를 손에 든 이가향이 진연소의 뒤에서 서릿발 같은 음성으로 외쳤다.

"감히 무당파 코앞에서 무당 장문의 외아들과 며느리를 끌고 가겠다고 설치다니. 어디 저런 돼먹지 못한 놈들이 있는가. 진가장 호위들은 당장 저놈 일행을 모두 포박해서 주리를 틀어라. 대체 얼마나 간이 부은 놈들인지 명명백백히 토설케 해야 할 것이야."

진연소 부부를 따르던 진가장 호위무사들이 쓰러진 삼호리를 밖으로 끌고 갔다. 몇몇은 객잔 안에 있던 삼호리의 일행을 찾으려 움직였다.

이가향이 객잔 일층에 여태껏 서 있던 진연명에게 다가가 어깨를 두드렸다.

"명아, 놀라지 않았느냐? 방금 잘했다. 저런 놈들은 아주 요절을 내야 하느니."

그때 객잔 이층에 있던 오십대 상인 하나가 계단을 구르듯 내려와 진휘소 앞에 엎드렸다.

"대인, 소인의 일행이 알아보지 못하고 감히 무당 장문인의 아드님과 자부님께 무례를 저질렀습니다. 살려주십시오."

진휘소가 뒤도 돌아보지 않고 말했다.

"네놈 일행 셋이 어린아이들을 위협하고 손쓸 동안 네놈들은 뭘 하고 있었느냐? 그땐 분명 모른 척하고 있더니 이제 아이들 신분을 알고 나니 후환이 두려워 나타났느냐. 네놈은 누구냐?"

"무한(武漢)에 있는 금호방 방주 정규(鄭奎) 대인 휘하의 행수 상진양(詳進梁)이옵니다. 대인께선 항주 진가장 장주이신 철장(鐵掌) 진연소 대협이 맞으시지요? 소인이 진가장에서 들렀을 때 먼발치서 한 번 뵌 적이 있습니다. 철장 대인, 제발 살려주십시오."

"금호방이라… 호북에서 비단 장사를 하는 네놈들이 감히 무당 장문인의 아들과 며느리인 진가장 소장주 내외를 납치하려 해? 게다가 금호방의 방주 정규란 놈이 언제 대인으로 불렸단 말이냐? 네놈들이 비단으로 은자 좀 만지더니 무당과 진가장도 눈에 뵈지 않는 모양이군. 이놈도 끌고 가거라."

찬바람을 날리며 진연소가 돌아섰다. 무사들이 달려들어 애걸복걸하는 금호방 행수 상진양을 묶어 밖으로 끌고 갔다. 상진양이 발버둥치며 살려달라 소리쳤지만 진연소는 들은 척도 하지 않았다. 이가향이 의혹 가득한 얼굴로 진연소에게 속삭였다.

"상공, 금호방이면 본 장에 와서 항주 비단을 받아 호북 지방에 판매하는 자들 아닙니까? 그자들이 아무리 재물을 좀 모았기로서니 무당을 지나며 이런 행패를 부리다니 뭔가 이상하옵니다. 저자들이 이곳 호북 무한에서 장사를 하려면 분명 무당의 허락을 받았을 것입니다. 무당 본가와 속가들 그늘에 있는 자들일 터인데 어찌 이리 무례한지요. 이 일은 그냥 지나칠 일이 아닙니다. 무당과 본 가 진가장에 무언가 굵은 줄이 있는 듯합니다. 그것을 밝혀내 얼벌백계로 다스려야 합니다. 소첩의 말을 귀담아 들으소서.”

진연소가 침중하게 고개를 끄덕였다.

이가향의 말처럼 금호방 무리는 무당과 진가장 양쪽에 모두 연관이 있는 자들이었다. 그런 자들이 무당의 코앞까지 와서 안하무인 행패를 부렸다. 그렇다면 보이지 않는 곳은 말할 필요 없이 불 보듯 뻔한 일이다. 하루이틀 된 일이 아닌 것이다. 오래된 생선에서 풍기는 그런 썩은 냄새가 났다. 분명하게 원인과 경과를 살펴 더 이상 늦지 않게 고름을 도려내야 했다.

마침 진연명과 연추상이 그 환부들과 맞부딪쳤다. 무당 장로회의에서 오늘의 일이 거론된다면 호북성 일대와 진가장에 한바탕 폭풍이 불어닥칠 것이다. 자신이, 그리고 무당 장로들이 아이들을 얼마나 아끼는지 진연소는 누구보다 잘 알고 있었다.

이런저런 이유로 수심 가득한 진연소와 이가향에게 잠시 쉴 틈도 주지 않고 또 다른 근심거리가 연이어 닥쳐왔다. 이번 문제는 심각했다. 시간이 없었다. 당장 눈앞에서 해결해야 할 난제였다.

제 식탁으로 돌아갔던 연추상이 어느새 팔짝팔짝 뛰고 있었다. 두 손으로 머리카락을 쥐어뜯으며 천지가 개벽한 듯 울부짖었다.

“우아앙, 설아 땜에 상아 못산다. 봐라봐라, 상공아. 설아가 상아 요리 몽땅 훔쳐 먹는다. 으앙.”

연추상이 잠시 자리를 비운 새 그녀 요리 접시에 하얀 새끼 여우가 코를 박고 있었다.

연추상이 삼 년 부모상 치르는 효녀처럼 목 놓아 울었다. 구슬피 울다 접시를 한번 흘끔하곤 양손으로 가슴을 치며 자지러졌다. 두 발을 바둥바둥해 탁자를 차며 질질 짰다. 사기 그릇이 왕창 깨지는 것 같은 앙칼진 울음소리가 사방에 퍼졌다. 마침 객잔 안에 머물렀던 것이 천하대죄를 지은 것이 된 사람들이 귀를 막고 허덕였다.

경황 중에 말문을 잃었던 이가향이 지체 없이 점소이를 불렀다. 점소이가 바람같이 달려왔고 바람보다 빨리 주방으로 사라졌다. 일각 만에 점소이는 객잔 주인까지 양손에 요리 접시를 들고 함께 나타나게 하는 재주를 부렸다. 그제야 객잔 안이 예전의 평안함을 되찾았다.

언제 울었냐는 듯 연추상이 히히덕거렸다.

"헤헤, 새로 나온 요리 아까보다 더 맛날 거 같다. 냄새도 좋고 양도 훨씬 많고."

연추상이 젓가락을 들자 진연소와 이가향이 이제 좀 살겠다는 표정으로 마주 봤다. 진연명이 쓰게 웃으며 배가 볼록한 여우 새끼 설아를 안았다. 그의 손이 슬그머니 설아의 머리통을 쥐어박았다. 여우가 깽깽거리며 온몸을 비틀었다.

그러나 진연명의 품을 벗어나진 못했다. 원숭이 금아가 새침한 표정으로 여우 꼬리를 꼭 쥐고 있었기 때문이다. 원숭이가 힘을 줄 때마다 여우는 꼬리가 끊어지는 듯 깽깽댔다. 연추상이 식탁 맞은편에서 울부짖는 새끼 여우를 보며 대단히 흐뭇한 표정을 지었다.

그때 저편 일층 창가 자리에 앉아 있던 죽립 쓴 사내가 다가왔다. 잠이 든 어린 여자애를 품에 안은 젊은 여인도 뒤따랐다. 죽립을 벗자 삼십대 중반의 훤칠한 얼굴이 나왔다. 그가 걸어와 진연소에게 포권했다.

"진가장주 내외분께 인사 올립니다. 소생 이준(李俊)이옵니다."

요리 삼매경에 흠뻑 빠진 연추상의 작은 등을 두드리던 진연소가 고개를 돌렸다.

"아니, 섬전검(閃電劍) 내외 아닌가? 이 먼 호북엔 어쩐 일인가? 품에 아이까지 안고."

"소녀 가진경(價鎭景)이 철장 대협과 매향선자께 인사 올립니다. 두 분 별고 없으셨는지요?"

"엄부(嚴父)이신 기련노괴 가일청(價一淸) 노선배는 여전하시겠지? 그나저나 방금 전의 소동도 다 보았겠군."

"상공, 그놈들이 시비를 걸었으니 당해도 할 말이 없지요?"

처녀 시절 매향선자(梅香仙子)로 불리며 강호를 질타했던 이가향이 진연소에게 천연덕스럽게 말했다. 진가장 체면에도 결코 부끄러운 일이 아니란 뜻이었다.

그 뜻을 알아들은 이준이 엄지손가락을 재빨리 내밀며 말했다.

"대부인 말씀이 결코 틀리지 않습니다. 소생도 그놈들 짓이 어이없어 나서려 했지만 소장주님 무공이 고강해서 껴들 틈도 없었습니다. 정말 대단했습니다. 금호방의 삼호리들은 강호에서 꽤 이름난 고수인데 소장주님 일격에 손과 발이 부러졌으니 말입니다."

이준은 말끝마다 진가장 소장주를 들먹였다, 진연명이 소장주로서의 정식 절차를 아직 밟지 않은 줄 알면서도. 그가 이 말을 계속 입에 올리는 것은 또 다른 속셈이 있었다. 그래선지 진가장주 부부의 얼굴이 점점 부드러워졌다. 남편의 말에 가진경도 덧붙여 부추겼다.

"소장주님도 그렇지만 소부인께서도 금강소선(金剛小仙)이란 명호

가 결코 부끄럽지 않으시던걸요. 열화장을 쓰러뜨린 무당의 금강소선
이란 소문이 결코 과장된 것이 아니란 것을 똑똑히 볼 수 있었습니다.”

가진경의 말에 진연소가 고개를 갸웃했다.

“아니, 그게 무슨 말인가? 금강소선이라니, 금시초문인데?”

“장주님, 모르셨습니까? 남궁노대부인 칠순연회장에서 술 취해 난
동을 부린 열화장 장천림을 단 한 수에 쓰러뜨린 연추상 소부인을 무
림동도들이 그렇게 부르던 걸요.”

가진경의 말에 부지런히 돌아가던 연추상의 젓가락질이 일순 멈췄
다.

“엥? 금강소선이 뭐야? 상아 이름 왜 나와?”

웃음을 참지 못해 입을 막은 가진경이 대답했다.

“큭큭, 지금 제 앞에서 요리를 드시는 분이 무당파 장문인의 자부님
되시는 연추상 소부인이 맞으시지요. 그렇지요?”

“응, 근데 아까부터 상아 이름은 왜 자꾸 불러?”

“소부인께서 열화장을 한 수에 쓰러뜨린 걸 본 사람들 입에서 나온
얘기들이 여기저기 그런 소문으로 떠돌던걸요. 금강소선이라고. 호
호.”

가진경이 연추상을 보며 자꾸만 키득거렸다. 미심쩍어진 진연명이
혹시나 하며 섬전검 이준에게 물었다.

“저 혹시 상아를 지칭하는 그 별호에 한 글자가 더 있는데 말하지 않
고 웃고 계신 거 아닌가요?”

“아니, 소장주께선 무공뿐 아니라 눈치도 이만저만 아니십니다. 신선
선(仙) 자 대신 머리 두(頭) 자로 부르는 이들도 가끔 있는 걸 어찌 아시

고? 소장주님 면전에서 말씀드리긴 뭐하지만 뒤의 두 글자로 야차(夜叉)
라는 좀 무엇한 말을 붙이는 돼먹지 않은 무뢰한 놈들도 있다고 들었습
니다.”

　섬전검의 말에 진연명이 역시나 하며 목이 빠지게 긴 한숨을 내쉬었
다. 신나게 젓가락을 돌리던 연추상은 다행인지 불행인지 그 뒷말을
듣지 못했다. 진가장주 진연소가 그런 연추상의 뒷머리를 미소를 지으
며 쓰다듬었다.

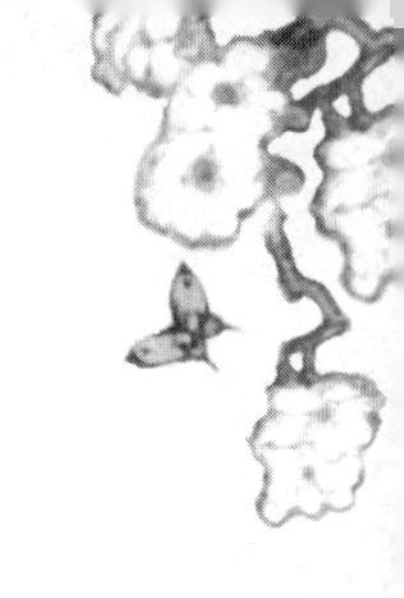

제5장

잘생긴 오라버니와 잘 먹는 언니

"언냐, 원숭이랑 여우 넘 예쁘다. 재주도 참 잘 넘고."

"헤헤. 그렇지. 다 이 언니가 가르쳤다. 대단하지. 야아, 설아! 다시 이리 와. 또 재주 안 넘을래. 앙?"

연추상이 입을 악다물고 여우 새끼를 향해 작은 주먹을 꽉 내둘러 흔들었다. 윽박질러진 하얀 여우 새끼가 강시처럼 비실비실 걸어와 바닥에서 뛰어올랐다. 내민 손바닥을 훌쩍 뛰어넘어 억지로 공중제비를 돌았다. 그런데 그게 다가 아니었다. 팔을 움츠렸던 연추상이 다시 내밀 때마다 뛰어올라 계속 공중제비를 돌아야 했다.

그게 벌써 삼각이 넘었다. 여우 새끼가 지쳐 헐떡였다. 여우 새끼 설아는 연추상의 요리를 단 한 번 훔쳐 먹은 죄로 미운털이 꽉 박혔다. 무려 몇 날 며칠 동안 곡마단에 들어간 듯 시도 때도 없이 공중제비를 돌아야 했다. 여우는 허기가 지고 눈알이 팽팽 돌았다. 영악한 여우가 그대로 당할 리 만무했다. 벌써 몇 번이나 산속으로 도망갔다. 그러나 그때마다 금빛 원숭이에게 떡이 되도록 얻어맞고 귀를 잡혀 질질 끌려왔다.

연추상이 다시 손을 내밀었다. 여우가 혀를 길게 빼물고 침까지 흘리며 공중제비를 돌았다. 그러나 이번엔 힘이 떨어져 바닥에 기어코 제 코를 처박았다.

깨개갱.

땅에 부딪친 여우가 서럽게 울었다. 지켜보던 작은 여자애가 가련하다는 듯 여우 편을 들었다.

"상아 언냐, 그만 하자. 설아 운다."

"흥, 아니다. 설아 조거 일부러 팍싹 엎어졌다. 순 엄살이다."

연추상이 어림없다는 듯 다시 손을 내밀었다. 여우가 슬금슬금 일어나 다시 뛰어오르려 했다. 그때 작은 여자애가 폴짝 다가가 여우를 잡아 품에 안았다.

"상아 언냐, 설아 제발 그만 뛰게 해라. 너무 불쌍하다. 응?"

섬전검 이준과 기련노괴 가일청의 외동딸 가진경 사이에서 태어난 이하영(李荷英)은 이제 여덟 살 어린 소녀였다. 이하영이 애처로운 표정으로 고개를 흔들며 연추상을 올려다봤다.

양쪽으로 묶어 가지런히 땋아 내린 나비 모양 댕기가 허공에 출렁였다. 연추상이 크게 한번 선심 쓴다는 듯 거만하게 여우를 내려다봤다. 그리곤 양손을 허리에 댄 채 호통 쳤다.

"흥, 설아 너 오늘 횡재했다. 영아 부탁이니 무려 두 살이나 더 먹은 이 언니가 안 들어줄 수 없지. 설아 너 영아한테 고맙다 해라. 이제 상공아한테 놀러 가자."

"응, 상아 언냐. 명 오라버니한테 가자."

원숭이를 어깨 위에 올린 연추상이 이하영의 손을 잡았다. 이하영의 목에 여우가 목도리처럼 답삭 달라붙었다. 당분간 결코 떨어지지 않으려는 듯 아교처럼 짝 붙었다. 이하영은 허전했던 목을 여우가 감싸자 보들보들한 촉감이 좋았다. 따뜻하기도 했다. 여우 몸통을 쓰다듬으며 살짝 웃었다.

이하영은 태어날 때부터 몸에 병을 안고 있었다. 조금만 움직여도 아팠다. 엄마, 아빠는 그런 그녀를 보며 늘 울었다. 무슨 절맥이라고 했다. 엄마 젖을 뗀 두어 살 때부터 밥보다 약을 입에 달고 살았다. 그런데도 몸은 갈수록 약해졌다. 외할아버지가 와서 한 번씩 온몸에 힘을 넣어줄 때 외엔 그녀는 늘 힘없이 잠만 잤다. 그런데 얼마 전 아빠가 무슨 벌의 침을 맞고 꿀을 먹으면 몸이 좋아질 수 있다 했다. 엄마, 아빠 손에 끌려 생전 처음 먼 길을 왔다.

그리고 어느 객잔에서 잘생긴 오라버니와 잘 먹는 언니를 만났다. 엄마, 아빠가 그 오라버니와 언니에게 한참 무엇인가 부탁했다. 요리 먹던 언니가 그녀를 보고 애처로운 표정을 지었다. 그리고 잘생긴 오라버니에게 뭐라 했다. 오빠가 고개를 끄덕이자 엄마, 아빠가 활짝 웃으며 그녀를 안았다. 그날 이후 이하영은 무당산으로 오게 됐다.

잘생긴 오라버니와 잘 먹는 언니가 늘 함께 놀아줬다. 잘 먹는 언니가 한번은 온몸에 벌침을 놓아줬다. 심하게 아프고 열이 났다. 언니는 몸이 낫는 것이니 괜찮다고 했다. 그래서 참았다. 한참 후에 그만 잠이

와서 자버렸다. 깨어보니 엄마, 아빠가 울고 있었다. 그 후로 잘 먹는
언니가 웬일인지 저는 안 먹고 달콤한 꿀을 먹으라고 줬다. 그 꿀을 먹
고부턴 조금씩 힘이 났다. 그래서 예전엔 감히 엄두도 못 냈던 문밖에
도 나가게 됐다.

잘 먹는 언니가 한 번 인상 쓰면 하얀 여우새끼가 폴짝 재주넘는 신
기한 것도 매일 보게 됐다.

*   *   *

정심전 옆에 붙은 작은 전각, 소심전(小心殿)에 짐을 푼 이준과 가진
경이 전각 앞마당에서 짐승들과 어울려 놀고 있던 두 여자애를 눈이
부신 듯 쳐다보고 있었다.

봄날의 여린 햇볕이 마당에 내리쬐고 있었다. 그래서 부부는 방금
연추상이 전각에 쳐들어와 자신들의 어린 딸 이하영의 손을 끌고 나갈
때 굳이 말리지 않았다. 형제 없이 외톨이로 자란 이하영도 연추상을
언니라 부르며 좋아했다. 늘 파리한 얼굴로 자리에 누워 있던 이하영
이 연추상을 따라 얼마 전부터 문밖 출입까지 시작했다.

방금 작은 원숭이가 어깨 위에 올라 머리를 쓰다듬자 간지럽다며 깔
깔 웃기도 했다. 여우가 재주넘는 것을 보곤 박수까지 쳤다. 연추상이
으스대며 여우를 구박할 땐 달려가 여우를 안고 달래기도 했다.

이준과 가진경은 지금 보는 것이 꿈이 아닐까 하고 눈을 비볐다.

분명 눈에 눈물이 고여 있는 걸 보니 꿈은 아니었다. 봄날 햇볕이 아
무리 따가워도 그게 눈물이 날 일은 아니었다.

이리된 것은 모두 다 진연명과 연추상 덕분이었다. 진연명과 연추상은 어린 이하영을 이대로 두면 일 년도 더 살 수 없다는 것을 어른들에게 전해 들었다. 그리고 그 병을 고치는 데는 대왕봉의 꿀을 먹은 자신들의 피가 가장 효과 빠른 특효약이란 것도 전해 듣고는 자신들의 새끼손가락을 깨물어 피를 흘려 그것을 이하영에게 먹였다. 그리고 연추상이 흑봉 벌침을 들고 이하영의 온몸을 고슴도치로 만들었다. 어린 딸의 전신이 순식간에 시꺼멓게 변했다. 그때 이준과 가진경은 자신의 딸이 죽어가는 걸로 알고 비명을 질렀다.

하지만 연추상이 별일 아니란 얼굴로 더 고침도치를 만들었다. 지켜보던 당가주 귀수독왕(鬼手毒王) 당평지가 벌침을 찌를 때마다 제 살을 떼내는 표정을 지었다. 연추상이 큰 숟갈에 꿀을 떠서 이하영의 입에 퍽퍽 밀어 넣자 당평지는 긴 한숨까지 내쉬었다.

알고 보니 당평지는 당문의 오대암기 호접표와 그 귀한 백옥고까지 뇌물 주듯 바치고 작은 호로병에 꿀을 조금 얻었다고 했다. 그만큼 저 침과 꿀이 진귀한 영약이었다. 그걸 연추상은 이하영에게 물처럼 죽처럼 떠먹였다. 그제야 이하영의 몸에 화색이 돌아오기 시작했다.

그래서 맥을 만져 봤다. 어찌했는지 막혀 있던 온몸의 대맥들이 뚫려 있었다. 실처럼 가늘고 약하던 세맥(細脈)들도 활기차게 뛰고 있었다. 길게 잡아도 남은 명줄이 십 년도 못 될 것이란 의원들 말이 한순간 물거품처럼 머릿속을 떠돌았다. 지긋지긋하던 병마의 사슬에서 이렇게 쉽게 딸이 해방된 것이다. 당가주 당평지는 약 달포만 더 조섭하면 굳어졌던 몸도 되살아날 것이라 덧붙였다. 이제 무공도 닦을 수 있고 대단한 성취를 보일 것이라고도 했다.

소심전 창문가에 서 있던 가진경이 남편 이준에게 환한 웃음으로 속삭였다.

"상공, 우리 영아가 밖에서 놀며 저리 웃고 있네요. 이게 혹 꿈은 아닌지요?"

이준이 가진경의 손을 잡았다.

"경매, 당가주가 영아가 꿀을 먹을 때마다 아쉬운 얼굴을 하는 걸 못 봤소? 진 소협은 흑봉이라 했지만 당가주 표정으로 봐선 분명 더 진귀한 벌인 것 같소. 게다가 흑봉 꿀로 치료받은 걸 절대 함구하라는 게 뭐겠소. 그걸 봐서 영아가 먹은 것은 흑봉 꿀보다 더 진귀한 영약일 거요. 어쨌든 평생 갚을 수 없는 큰 은혜를 입었구려. 진 소협과 진 소부인이 아니면 우리 부부와 영아는 무당산에 발도 못 붙였을 거요. 장인이 누구시오. 사파에서 이름 높은 기련노괴라 불리는 분이오. 사파를 경원시하는 정파, 그중에서도 소림과 버금가는 무당파에서 사파거두의 후손을 위해 이런 영약을 내놓겠소? 진가장주님과 실낱같은 친분은 있었지만 소부인이 영아를 친동생 삼겠다는 말이 없었다면 십중팔구 기련산으로 돌아가야 했을 거요. 소부인이 영아를 동생 삼겠다며 꼭 고쳐 줘야겠다고 하자 무당 장문인 부부의 얼굴이 대번 바뀌었소. 영아는 정말 소부인 덕분에 살아난 거요."

가진경이 눈물 가득한 눈으로 웃었다.

"암요. 남궁노대부인 생신에 진 소협이 흑봉 꿀을 구해 올렸다는 소문만 믿고 허겁지겁 무당으로 달려왔지요. 하나 그날 객잔에서 소부인을 만나지 못했다면 언감생심 영아가 무당산에 머물며 벌침과 꿀로 치료받을 수 있겠어요? 이미 아버님께 연통을 했습니다. 곧 감사 예물을 마련해 이리로 달려오실 겁니다."

"영아가 어떤 자식인데, 칠음절맥을 이겨냈다는 소식에 장인께서 달려오지 않으시겠소. 기련산 수만금 가산을 정리해서라도 들고 오실 분이 아니시오. 하지만 무당이 재물을 바라겠소? 아닐 거요. 그들은 그저 진 소협과 소부인이 영아를 동생 삼고 좋아하니 그저 지켜보고 있을 뿐이오. 보답은 바로 소부인에게 해야 할 거요."

섬전검 이준과 가진경이 무당산 아래 마을 객잔에서 서성였던 것은 흑봉 때문이었다. 그 희귀한 독벌 침과 꿀들이 어린 딸의 칠음절맥을 고칠 수 있는 유일한 약재란 것을 예전부터 의원들에게 들어 알고 있었던 것이다. 그러나 천지사방을 뒤져도 찾을 수 없던 그것이 남궁노 대부인 칠순 생신 때 나타났다.

어린 손자 부부가 무당산 깊은 산속에서 그 흑봉 꿀을 따왔다는 걸 귀동냥으로 들었다. 그래서 무작정 딸을 안고 달려왔다. 무당산 관문 앞에 엎드려 빌 요량이었다. 때마침 하늘이 도우셨는지 산 밑에 내려온 장문인 아들 부부를 우연찮은 소동 끝에 객잔에서 만날 수 있었다.

그 자리에서 염치불구 딸을 보여주며 살려달라 했다. 그들 부부의 하소연에 진가장주 부부는 안타깝다는 표정만 지을 뿐 말이 없었다.

그런데 한참 요리만 먹던 소부인이 갑자기 딸을 바라봤다. 그러더니 옆에 앉은 진 소협에게 딸을 동생 삼고 싶다고 떼를 썼다. 물끄러미 보던 진 소협이 고개를 끄덕였고 그제야 진가장주 부부도 같이 무당산에 오르자고 말했다. 오 년을 노심초사하게 했던 우환(憂患)이 풀리는 건 이렇게 한순간이었다.

* * *

“상공아, 상아 왔다. 영아도 왔다. 뭐 하는데?”

“어서 와. 글자 연습.”

진연명이 매원 전각 안 대청 탁자 위에 흰 종이를 펼쳐 놓고 붓글씨를 쓰고 있었다. 그의 옷과 손이 온통 먹투성이였다. 탁자 위엔 용이 새겨진 커다란 벼루에 잔뜩 먹물이 갈려져 있었다. 굵고 가는 붓도 여러 개 어수선하게 흩어져 있었다.

여러 명필의 서체집 속에 쓰고 버린 종이 뭉치들도 잔뜩 쌓여 있었다. 또 한자가 아닌 이상한 글씨들이 적힌 책도 있었다. 꼬불꼬불한 그 글자들이 연추상은 어디서 많이 본 듯했다.

“상공아, 이 꼬불이들 많이 본 거 같다. 어디더라?”

“맞춰봐라. 어딜까?”

“아아, 어디지, 어디지? 아, 맞다맞다. 그거 동굴 스님 할머니 석상!”

“쉬이, 더 말하지 마. 비밀 알지?”

진연명이 손가락에 입을 바짝 갖다 댔다.

“히히. 맞다, 비밀. 조동아리 꽉.”

연추상이 ‘꽉’ 하며 손으로 제 입술을 쳤다.

“아고, 아파랏. 근데 상공아, 이 꼬불이도 무슨 글자야?”

“이거 범어(梵語)라고 하는 천축 글자야. 주로 절에 사는 스님들 중에 학식 뛰어난 스님들만 아는 글자래. 장서고에서 어렵게 찾았다. 이걸 배우고 있는 중이야. 양피지 글 읽어보려고. 근데 내가 이거 공부하는 거 절대 비밀이다. 영아 너도 남들에게 말하면 안 된다.”

"응, 알았어. 명 오빠. 영아는 입 다물고 있을게."

어린 부부 옆에 서 있던 이하영이 집게손가락을 입술에 대며 대답했다. 그때 연추상이 진연명의 옷자락을 잡아 흔들며 졸랐다.

"알았다. 상공이랑 상아만 아는 거다. 근데 날도 좋은데 영아랑 산속 폭포 놀러 가자. 가재들 살이 통통 쪄 돼지가재 됐다. 주어서 귀 먹자. 히히."

"아직 글자 연습 덜 했는데. 마저 이것만 하고."

진연명이 쓰고 있던 글자를 다시 쓰려는 듯 천천히 붓을 들었다. 연추상이 싱긋 웃더니 획 하고 그걸 빼앗아 진연명의 얼굴에 그었다. 지렁이 같은 검은 자국이 금세 그려졌다.

"윽, 상아 너?"

"헹, 나가 놀자는데 글자 연습한다고 재니까 그랬다 뭐."

가만있던 진연명이 스스르 사라졌다. 분명 연추상 앞에 서 있던 진연명이었다. 그런데 언제 연추상의 옆에 서서 붓을 뺏어 들고 있었다.

먹물이 뚝뚝 떨어지는 붓을 든 진연명이 음침하게 '흐흐' 웃으며 연추상에게 걸어갔다. 연추상이 '악' 하는 비명을 지르며 후다닥 도망갔다.

"흐흐, 거기 안 서?"

"까악, 서면 상아 얼굴 까마귀 된다. 함 봐주라."

"봐주긴 뭘 봐줘? 내 얼굴 이렇게 해놓고. 상아 너도 당해봐라. 흐흐."

"꺅꺅, 안 된다. 상아는 요조숙녀다. 예쁘게 살아야 한다. 함만 함만. 응? 으아악.”

둘이 쫓고 쫓기며 대청 안을 돌아다녔다. 둘의 신형을 따라 세찬 바람이 일어났다. 대청 안에 자욱한 먼지가 가득 일어났다. 멀뚱히 지켜보던 이하영의 눈엔 희미한 그림자들만 어른거릴 뿐이었다. 얼이 빠진 이하영이 중얼거렸다.

“명 오라버니야, 상아 언냐, 어딨냐? 안 보인다. 그만 해라. 먼지 나서 영아 목 아프다.”

연추상의 어깨에 있던 원숭이 금아가 어느 틈에 쿵 하고 바닥에 떨어졌다. 머리를 쓰다듬던 금아가 꺅꺅거리며 전각 안쪽 남궁정의 침실로 신경질을 내며 달려갔다.

원숭이에게 들은 듯 잠시 후 남궁정이 대청으로 걸어나왔다. 그사이 진연명에 이어 연추상도 온통 먹투성이 얼굴이 돼 있었다.

“이놈들아, 할미가 시끄러워 낮잠도 못 자겠다. 오라비와 언니라는 것들이 얼굴을 온통 먹으로 도배하고 이리 요란을 떨어대느냐? 이런, 하영이가 저리 정신없이 서 있구나. 당장 그만두지 못하느냐?”

회족 비단 상인들이 데리고 다닌다는 흑인노에 곤륜노(崑崙奴)처럼 시꺼먼 먹물로 떡칠한 얼굴 두 개가 그제야 멈춰 섰다. 시커먼 얼굴들 중간에 눈인 듯 반짝이는 구슬 두 개가 깜빡거리며 말했다.

“할머니, 깼어? 죄송해. 시끄러웠지?”

“헤헤헤, 할머님아, 언제 나왔어? 그냥 자지.”

남궁정이 대청에 우두커니 선 이하영을 안아 들고 둘에게 다가갔다.

“이놈들아, 어린 하영이도 보고 있는데 다 큰 것들이 먹 장난이나 하고. 쯧쯧, 어여 이리 오너라. 얼굴이나 닦자."

진연명과 연추상이 투닥거리는 동안 얼굴을 찌푸리며 사라졌던 매원 시비 소향이 어느새 나타나 물수건과 대야를 갖고 왔다. 물수건으로 진연명과 연추상의 얼굴을 대충 닦은 남궁정이 이하영을 을러대며 말했다.

"착한 하영아, 어린 네가 오히려 더 의젓하구나. 혼인식까지 올린 것들이 오늘도 철없이 할미 속을 끓이는구나. 행여 너는 커서도 저 오라비와 언니를 닮으면 안 된다. 알겠느냐?"

"응, 할머니."

이하영이 연추상의 눈치를 살피며 남궁정의 말에 다소곳이 대답했다. 이하영의 대답에 진연명과 연추상의 얼굴이 갑자기 홍당무가 됐다. 연추상이 남궁정의 곁에 다가와 삐죽거렸다.

"치이잇! 할머님은 만날 상아만 뭐라 하구 영아는 귀엽다고만 하구."

"그거야 상아는 말썽만 피고 하영이는 조신하게 행동하니 할미가 그럴 수밖에."

"히이잉, 상아도 할머님아한테 잘한다, 요즘은."

"그럼 글공부에 요리 공부, 바느질 공부도 하면서 조신하게 지내야지. 늘 선머슴처럼 산을 뛰어다니기만 할 거냐?"

"안 뛰면 답답한데 어떡해? 그리구 글자 연습이랑 바느질이랑은 벌써 다 했다 뭐. 요리는 주방 가서 늘 하는 거구."

"쯧쯧, 말은 잘한다. 말대로라면 천하의 효녀가 따로 없겠구나."

"응. 상아 진짜 효녀 맞다. 전에 약초도 줬잖아."

"약초 먹여 할미 힘나게 해서 또 속 썩여 괴롭히려고? 아니냐?"

"에이, 왜 그래에? 상아 요즘 효녀 다 됐는데?"

"천하에 널린 효녀가 모두 자진(自盡)했느냐? 할미 속을 어떻게 하면 끓일까 밤낮없이 궁리하는 너희가 아니냐?"

"밤낮없이 궁리하는 건 할머님아 건강하게 사시게 하는 거구, 쬐에끔 시간이 남으면 맛나는 요리 연구한다. 그리고 가아끔 상공아랑 장난치는 건데?"

"그래, 오늘은 조금 시간이 남아서 얼굴에 먹으로 화장했느냐?"

"히히, 상아는 화장 안 한다. 그래도 예쁘잖아. 안 그래?"

"거참, 요즘 예쁜 여아들은 먹으로 화장하는 새 풍습이 유행이냐? 그것참 대단한 것이로다. 쯧쯧."

한마디도 지지 않는 연추상을 남궁정이 물끄러미 째려봤다. 계면쩍게 외면하던 연추상이 웬일인지 갑자기 살살 눈웃음을 쳤다. 그리곤 남궁정의 치맛자락을 슬그머니 부여잡더니 느닷없이 흥얼대며 춤을 추기 시작했다. 시선(詩仙) 이백(李白)의 산중답속인(山中答俗人) 이란 시에 연추상이 제멋대로 곡조를 붙여 만든 노래였다.

問餘何意棲碧山(문여하의서벽산).

笑而不答心自閑(소이부답심자한).

桃花流水杳然去(도화유수묘연거).

別有天地非人間(별유천지비인간).

어찌하여 푸른 산중에 사느냐고 물어와

슬며시 웃으며 대답하니 마음만 한가하네

복사꽃 흘러 물 따라 묘연히 가는 곳
인간 세상 아닌 별천지에 있네~

산속에서 별유천지(別有天地)를 노니는 기품있는 이백의 시와는 전혀 어울리지 않게 홍겨운 곡조였다.

이백과 연추상이 닮은 점이 있다면 다 같이 산을 좋아하고 남의 눈을 신경 쓰지 않고 제 하고 싶은 대로 산다는 것뿐이었다. 죽은 이백의 노화를 돋워 무당산에 다시 환생시키려 작심한 듯 연추상이 묘하게 엉덩이를 씰룩였다. 남궁정의 환심을 사려는 연추상의 비기(秘技)였다.

상체와 하체가 따로 노는 이 춤은 연추상이 원숭이 금아에게 훔쳐 배운 것이다. 금아가 주방의 술을 몰래 먹고 헤롱댈 때 연추상이 눈을 번뜩이며 따라 했다. 연추상은 이 춤을 배우기 위해 원숭이에게 엄청 술을 퍼 먹였다.

그래서 한때 대청각 술이 없어져서 마침 술을 찾던 장문인 부부에게 드릴 술이 없어 주방장이 당황하는 소동도 벌어졌다. 대청각 주방장의 저도 모른 피땀이 어린 이 춤이 계속될수록 삐죽 나와 있던 남궁정의 입술이 서서히 들어갔다.

"풋, 상아 언냐 엉덩이 봐라. 오리 궁뎅이 같다. 꿈틀꿈틀한다, 할머니."

남궁정의 품에서 이하영이 웃음을 터뜨렸다. 진연명이 낄낄거렸다.

"여자 원숭이다. 우와아~!"

남궁정이 피식 새는 웃음을 감추지 못하고 말했다.

"호오! 춤추는 아기 곤륜노 하나가 언제부터 무당산에 살았는고! 다
행히 시선 이백이 일찍 세상을 떴길 망정이지, 살아 있었다면 붓을 꺾
고 나자빠질 일이구나. 쯧쯧쯧."

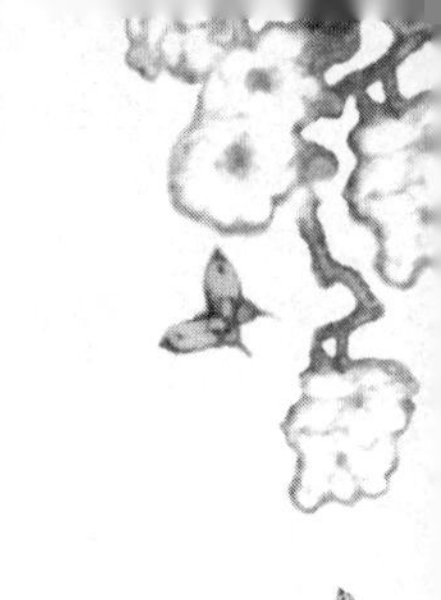

제6장

무당 주방 시녀?

'이런 봄기운을 느껴본 것이 그 언제였던가……. 오늘 무당산에서 그걸 느끼다니, 참으로 저주받은 인생이로다…….'

기련노괴 가일청은 이십오 년 전 자신의 젊은 아내 경윤정이 딸 가진경을 낳다 산고(産苦)를 이기지 못하고 세상을 떴을 때 사실상 자신의 반을 잃었다. 남은 반쪽이 있다면 외동딸 가진경이었다. 그 어린 것을 자신의 목숨으로 알고 애지중지 길렀다.

핏덩이가 예쁘게 자라 어여쁜 소저가 됐다. 그것이 어디서 번듯한 녀석 하나를 꼬여 혼인을 한 것이 구 년 전이었다. 일 년 후 죽은 아내 경윤정을 빼다 박은 손녀 이하영이 태어났다. 죽었던 그의 반쪽이 살아난 느낌이었다.

그런데 어쩐 일인지 손녀는 칠음절맥이란 천하에 보기 드문 희귀한 신체를 안고 있었다. 몸의 대맥(大脈) 일곱 곳이 막혀 열 살도 넘기지 못하고 말라 죽는 병이었다.

'아마 그때부터 세상이 보이지 않았던 것이야. 하늘이 내게 준 것은 시련이 아니라 그 자체로 끝없는 고통이라 느꼈으니. 보이는 것은 시름뿐이었지……'

가일청은 육십여 년 전 대홍수가 진 이름 없는 황하의 변두리 한 곳에서 태어났다. 굶주림과 역병에 부모들이 모두 죽어 거지로 자랐다. 열다섯 살 때쯤 그는 거지에서 황하 지역 수채의 한 곳인 용호채의 최말단 방도가 돼 있었다.

지나가는 상인들에게 통행세란 명목으로 금품을 빼앗아 연명하던 용호채였다. 그러나 채주의 과한 욕심으로 조정에서 조세로 받은 쌀을 수송하던 세곡선(稅穀船)을 털어 토벌됐다.

화포를 앞세운 대규모 관군에 의해 순식간에 수채가 사라졌다. 그는 스무 살에 다시 거지로 돌아왔다. 이후 천하를 떠돌았다. 살기 위해 안 해본 일이 없었다. 객잔 점소이로 접시를 날랐다. 표국의 쟁자수로 등짐을 날랐다. 마침내 황하 인근 어느 지방에서 시체를 치우는 장의사의 보조 점원으로 일하며 버려지거나 비명횡사한 시체까지 날랐다.

그만큼 혹독한 삶이었다. 누구도 도움의 손길을 내밀지 않았고, 그 또한 누구의 도움은 감히 바라지 않았다. 다만 착한 여자 하나 만나 남들처럼 번듯이 살아보는 것이 오직 남은 소망이었다.

그러던 어느 날 관도 위에 쓰러진 늙은 시체 한 구를 뒤지다 책자 하나를 발견했다. 후에 알았지만 전대의 강호십기 중 일인인 녹포괴조 고두승의 시신이었다. 그 품에서 당대의 절학으로 꼽히던 강호십대기공의 하나였던 일지공 비급이 나왔다.

당시 그는 일지공인지는 몰랐지만 무공비급인 것은 알았다. 산채와 표국에서 막일꾼을 한 그였다. 고강한 무공이 살아가는 데 얼마나 필요한지를 뼈저리게 체험한 그였다.

무작정 깊은 산속으로 들어갔다. 산짐승을 잡아 고기 조각으로 허기를 채웠다. 그도 없으면 산나물을 씹으며 무공을 닦았다. 스승 없이 비급만으로 익히는 무공은 위험천만하기 이를 데 없었다. 수십 번 생사의 고비를 넘기며 마침내 대공(大功)의 한 자락을 거머쥐었다.

이십 년 후 강호에 한줄기 손끝으로 상대를 제압하는 절세고수 한 명이 혜성처럼 등장했다. 수많은 사파고수들이 그의 일지공에서 나온 일지홍 지법에 제압돼 쓰러지거나 수하가 됐다. 세력을 만든 가일청은 노천 광산 지대로 이름 높은 기련산 일대를 평정했다. 기련문이란 흑도방파를 세웠다. 일대 오백여 리의 모든 이권들을 한 손에 주무르는 흑도의 수뇌가 됐다. 그게 이십오 년 전 일이었다.

힘과 세력이 생기자 재물과 사람도 따라왔다. 그때 만난 것이 은퇴한 관리의 딸이었던 아내 경윤정이었다. 무공도 모르는 양가의 규수였던 젊디젊은 아내는 이십 년의 나이 차에도 불구하고 그의 마음을 진정 사로잡았다.

생애의 가장 기쁜 날들이었다.

하나 봄날은 그리도 짧고 아름다웠다.

딸을 낳던 아내가 죽었고 대신 딸이 남았다. 딸이 결혼해 손녀를 낳았다. 대신 손녀가 칠음절맥이었다. 하늘은 원통하게도 그에게만은 늘 하나만을 허락했다.

소용없는 줄 알면서도 손녀의 천형(天刑)을 고치기 위해 수천 금을 들여 천하의 명의와 명약을 구했다. 안간힘을 썼지만 차도는 없었다. 명의란 자들은 돈만 밝혔다. 핑계로 흑봉이란 독물의 침과 꿀 이외엔 효험있는 약이 없다고 변명했다.

그런데 얼마 전 무당산에 말로만 들었던 그 흑봉의 꿀이 나타났다. 딸과 사위가 미친 듯 손녀를 안고 달려갔다, 정파인 무당에서 사파의 거두인 자신의 후손에게 그런 영약을 내줄 리 만무한데도.

무당은 그의 세력과 힘이 미치지 못하는 하늘 밖의 하늘, 천외천(天外天)의 영역이었다. 차마 말리진 못했지만 어떤 기대도 하지 않았다. 그에겐 늘 하나만을 허락하던 하늘이었다.

그런데 하늘이 미쳤는지 딸아이에게서 연락이 왔다. 무당에서 영약을 내주고 치료까지 해줬다 했다. 꿈인지 생시인지 부랴부랴 무당산으로 달려왔다. 밝게 웃는 손녀를 품에 안아보고 싶었다. 아니, 어쩌면 늘 하나만을 자신에게 허락하던 하늘을 맘껏 비웃어주고 싶었는지도 모른다.

'봄이 오는가, 이제? 이 박복한 늙은이에게도…….'

기련노괴 가일청의 애타는 마음을 알았을까 온 무당산이 봄빛으로 물들었다. 오랜 세월 깊은 겨울만 자리잡고 있던 가일청의 가슴에 몇 십 년 만의 봄이 찾아오고 있었다.

게으른 수하들이 지체하고 있었다. 단숨에 마차도 버리고 제자도 버리고 혼자 무당 관문으로 달려가고 싶었다. 하나 참아야 했다. 딸과 사위, 손녀가 지금 무당산에서 손님 대접받으며 머물고 있었다. 은인의 집에 가는데 예의는 차려야만 했다.

오색 보옥이 줄줄이 매달린 마차 주렴이 찰랑였다. 그것들이 서로 몸을 부딪칠 때마다 맑은 소리가 울렸다. 허리가 길게 빠진 몽고마 네 마리가 끌고 있는 사두마차 창문에서 가일청이 주렴 사이로 무당산을 보고 있었다. 이십대 초반의 젊은 여자 넷이 날렵하게 그에게 달려왔다.

"문주님, 선발대로 앞서 간 오사(五邪) 사형들이 방금 전서구를 보냈습니다. 이각 안에 무당 관문에 다다를 것으로 보옵니다."

"허어, 하영이 얼굴이 눈앞에 어른거리는구나. 은인 부부께 드릴 보은 예물들은 한 푼 소홀함없이 잘 준비돼 있으렷다."

"은인께 바칠 예물들에 어찌 소홀함이 있겠습니까? 심려치 마시옵소서."

기련사화 네 자매가 활짝 웃으며 말했다. 그녀들의 어깨너머 남녀 스무 명 문도가 등에 물건을 가득 실은 말들의 고삐를 쥐고 마차 뒤를 따르고 있었다.

"문주님, 도착했사옵니다. 무당의 제일 관문인 현악문(玄岳門)이옵니다. 무당의 관례상 이제 마차에서 내리셔야 할 줄 아옵니다."

기련사화의 맏언니 일화 봉현매가 주렴 사이로 얼굴을 내밀었다. 이화 봉현란이 몽고마의 꼬삐를 잡아채며 소리쳤다.

"문주님, 저기 아가씨가 뛰어오십니다."

가일청이 마차 주렴을 쳐내며 밖으로 튀어나왔다. 과연 무당 관문에서 딸의 손을 잡은 손녀가 달려오고 있었다.

“할아버지.”

“오오, 영아야, 할아비다. 뛰지 말거라. 천천히. 그렇지, 더 천천히.”

“할아버지, 이제 뛰어도 숨 안 차. 걱정 마.”

어린 손녀는 늘 보아왔던 파리한 혈색이 아니었다. 발갛게 핀 얼굴에 살이 올라 한 번도 보지 못한 보조개까지 패 있었다. 다가온 손녀를 꼭 쥐면 터질 듯 살그머니 안아 들고 볼을 비볐다. 오동통하니 살이 오른 몸뚱이가 전보다 묵직했다. 가일청의 노안에 가득 눈물이 고였다.

“왜 울어? 울지 마. 영아가 뭐 잘못했어?”

“아니. 이 할아비가 너무 좋아서 그런 게야.”

“잘 먹는 언냐가 벌침 놔주고 벌꿀도 줘서 영아 이제 힘 펄펄 난다, 할아버지.”

“그러냐. 이 은혜를 어이 다 갚을꼬?”

“할아버지가 영아 대신 잘 먹는 언냐한테 잘해줘. 알았지?”

“암암. 여부가 있겠느냐? 걱정 말거라. 할아비가 미리 다 준비했느니! 한데 영아야, 잘 먹는다는 소저가 혹 무당 주방 시녀냐?”

＊　　　＊　　　＊

푸르르르.

희고 까만 두 놈이 눈을 뒤룩뒤룩했다. 잔뜩 겁먹은 눈초리로 괜히 두 발로 땅을 툭툭 차며 자신있다는 듯 눈앞의 적들에게 잔뜩 시위를 하고 있었다.

푸른 비단 수전의에 짙은 녹색 옥비녀를 한 어린 계집애가 그 맞은

편에 서서 한쪽 다리를 까닥까닥했다. 눈을 가늘게 뜬 모양이 무척 흥미롭다는 표정이었다. 곱게 땋아 올린 계집애의 머릿결엔 어디서 따왔는지 붉은 매화꽃 한 송이가 달랑 꽂혀 있었다.

계집애가 입은 비단과 똑같은 색감의 푸른빛 장삼을 걸친 소년이 희고 까만 두 놈과 소녀를 번갈아 보고 있었다. 사내아이 얼굴엔 또 무슨 사고가 일어날까 전전긍긍하는 표정이 역력했다.

무당 장문인의 거처 대청각 앞 넓은 마당이 오랜만에 북적이는 사람들과 짐승들로 메워졌다. 저 멀리 보이는 자소봉 끝에 푸른 하늘이 걸려 있었다. 구름 한 점 없는 맑은 하늘에서 쏟아진 햇빛이 공터 둘레에 심어진 매화나무 가지들에 쏟아졌다.

가지들엔 막 피어나는 여린 꽃봉오리들이 가득했다. 가시지 않은 찬 겨울 기운이 따스한 햇볕과 섞여 사람들의 얼굴을 가볍게 스치고 있었다.

이십여 장의 넓은 공터엔 사람들이 두 무리로 갈려 마주 보고 있었다. 남빛 도사 복장에 일자건을 쓰고 송문고검을 든 삼십여 명의 사람은 대청각을 등지고 있었다. 그 가운데 무당 장문인 진휘소와 부인 당약란이 미소를 띠며 서 있었다.

이들 부부 사이에 머리에 붉은 매화꽃 한 송이를 꽂은 여자애가 다리를 까딱거리며 옆에 선 소년에게 새끼 새처럼 쫑알대고 있었다. 그들 뒤로 무당과 호원대(護院隊) 제자들이 송문고검을 들고 서 있었다.

등짐을 바리바리 실은 말 이십 마리를 끌고 온 사람들은 대청각을 바라보고 있었다. 그들은 방금 도착해 무당 장문인에게 인사치레를 하려 모인 기련산 기련문의 문주와 문도들이었다. 푸른 바탕에 붉은 무늬가 수놓인 장삼을 입은 기련노괴 가일청이 장읍하며 말했다.

"노부가 무당에 크나큰 은혜를 입었소이다. 손녀딸아이의 기이한 병을 장문인 아드님과 자부께서 혼쾌히 치료해 주셨으니 백골난망이로소이다. 하여 부족하나마 조촐한 보은예물을 준비했소이다. 도문인 무당에서 어찌 재물을 탐하겠소이까? 하여 이것은 재물이라기보다 하늘 같은 은혜를 입은 노부의 작은 정성이라 보시고 부디 거두어주시길 바라 마지않소이다."

진휘소가 천천히 읍하며 대답했다.

"기련산에 은거하신 노선배의 위명은 익히 들어 알고 있었소이다. 손녀께서 지니신 병마를 치료할 약재가 마침 무당에 있었기에 작은 도움이나마 되었다니 기쁘기 한량없소이다. 영민한 손녀께서 미거한 아들 부부와 우연히 인연이 닿아 형제처럼 친하게 되었으니 당연히 작은 도움을 드렸던 거외다. 해서 무슨 은혜라는 말씀은 당치 않소이다. 그러니 과한 예는 거두어주심이 옳을까 하오이다. 무당산까지 머나먼 노정을 왕림하신 노선배의 노고가 이미 갚음이 되지 않았나 사료되오이다."

진휘소의 말에 가일청이 크게 고개를 흔들었다. 장삼 자락을 활짝 휘두르며 다시 장읍했다.

"아니오이다, 아니오이다. 평소 노부가 무당을 천외천으로 경외하여 감히 발길조차 돌릴 수 없었는데 마침 손녀의 병마를 고쳐 주신 크나큰 은혜를 입었기에 달려올 수 있었소이다. 무림에 몸을 둔 동도들치고 은원을 확실히 하지 않는 자들이 없소이다. 만일 무당이 노부의 작은 정성이라고 박대하신다면 노부는 앞으로 무당을 감히 쳐다볼 수도 없게 되오이다. 또한 수많은 동도들이 은혜도 모르는 짐승 같은 자라 노부를 손가락질할 것이외다. 그러하니 작은 정성을 받아주서야 노부가 발 뻗고 남은 수명을 다 누릴 수 있을 것이외다."

진휘소가 어쩔 수 없다는 표정을 지었다. 주위를 둘러보며 양손을 좌우로 흔들었다.

"허허, 노선배께서 정성을 아니 받으면 속 좁은 소인배로 몰아붙이시니 어쩔 수 없이 감사히 받겠소이다. 하나 이는 무당이 아니라 미거한 아들과 며느리가 우연히 그리한 것이니 아이들에게 맡기겠소이다. 다만 철없는 아이들의 행동이 마치 큰 은혜를 베푼 것으로 외부에 알려질까 두렵소이다. 노선배께서는 이를 유념해 주시면 감사하겠소이다."

진휘소의 말에 가일청이 흡족한 표정으로 고개를 들었다. 무당 장문인의 말은 자신과 기련문이 무당파가 아니라 그의 아들과 며느리에게 사사로이 은혜를 입은 것으로 하겠다는 뜻이었다. 만일 무당에 도움을 받은 것으로 한다면 기련문은 어쩔 수 없이 두고두고 무당의 지시를 따라야 하는 가신(家臣)이나 속가(屬家)의 위치로 떨어진다. 그러나 장문인은 그런 우려를 깨끗하게 지워주었다. 장문인 아들과 며느리에게만 은혜를 갚으면 되었다. 게다가 벌써 하영이와 형제처럼 친하게 지낸다 했다. 사파인 자신의 가문이 정파의 거두인 무당과 동등한 입장에서 인연을 갖게 된 것이다. 그의 아들과 며느리가 무림에서 어떤 위치에 있는가? 강남을 떨어 울리는 항주 진가장을 이어갈 핏줄이었다. 남궁세가와 당문과도 이어져 있었다. 가일청은 속으로 떠올렸다.

하늘이 드디어 그 불공평한 저주를 거두었다. 박복했던 자신의 일생에서 이토록 기쁜 일은 이십오 년 전 아내 경윤정을 만난 이후 처음이었다. 가일청의 눈에 눈물이 또다시 고였다. 무당 장문 유운일검 진휘소의 호탕함에 저절로 고개가 숙여졌다.

진휘소와 가일청의 대화를 듣고 있던 연추상은 어느덧 몽롱한 눈이 됐다. 째질듯 입을 크게 벌리고 목젖이 다 보이도록 잔뜩 하품을 했다. 하마처럼 쫘악 벌려진 입속으로 하얀 이빨들을 훑어가는 혓바닥이 날름거렸다.

연추상이 연신 하품을 해대자 옆에 있던 진연명이 당황했다. 이대로 가만두면 곧 선 채로 잠들 것 같았다. 가끔 기막히게도 그녀는 아무도 모르게 선 채로 잠들곤 했다. 그러다 돌연 땅바닥에 쿠당탕 쓰러졌다. 그와 같은 불상사를 미리 막기 위해 진연명이 서둘러 연추상의 소매를 쥐고 흔들었다.

"상아야, 그러다 잠들어. 저번처럼 땅에 코 박을래?"

"우웅, 뭔 말이 이래 길어. 어른들 참 한심하다. 심심하면 코나 후비지. 지루한 말장난이나 하고 말야. 근데 선물 받을 거야, 안 받을 거야? 아버님아 말처럼 소인배 안 되고 대인배 되려면 어떻게 해야 돼?"

"쉿, 상아야, 작게 말해."

"뭘, 상아가 어쨌다고 그래? 근데 아버님아는 상아보고 아까부터 왜 자꾸 미거하대? 상아는 안 미거해, 아주 똑똑하단 말야. 미거는 헷갈리게 말장난이나 하는 아버님아가 미거야."

"쉿, 엄마 들어."

"들으면 어때? 근데 영아 할아버지는 왜 자꾸 쬐끄만 선물 준대냐?

그딴 건 안 줘도 되는데 말야. 상공아도 방금 들었지? 영아 할버지가 쬐끄만 선물 준다면서 안 받으면 짐승된대? 영아 할아버지 짐승 안 만들래다 상아 잠 온다. 씨이."

"곧 줄 거야, 좀만 기다려. 그리고 살살 말해. 엄마 벌써 듣고 째려본다."

"힛, 귀도 밝아."

한참 둘이 입을 모으고 궁시렁궁시렁댔다. 그때 푸른 바탕에 붉은 꽃무늬가 수놓인 화려한 장포를 입은 기련노괴 가일창이 마침내 두 손을 활짝 펴고 말했다. 연추상이 지루함을 견디며 참으로 손꼽아 기다리던 순간이었다.

"소장주, 소부인, 이놈들은 천리추라는 나귀 새끼들일세. 하루에 천리는 간다는 놈들이지. 마음에 드실는지 모르겠구려."

가일청의 말에 연추상이 화들짝 놀랐다. 아까부터 내심 탐내던 하양이와 감장이를 진짜 준다니? 쬐끄만 선물이 생각보다 무척 컸다. 게다가 두 놈이나 됐다. 연추상이 헤하고 나귀들을 봐라봤다. 진작부터 진연명과 연추상이 속닥거리는 걸 듣고 있던 당약란이 한심하다는 표정으로 연추상의 이마에 재빠르게 알밤을 먹였다.

"씨이, 누구얏?"

연추상이 저도 모르게 주먹을 꽉 쥐고 흔들었다. 그런데 당약란이었다. 연추상이 들고 있던 주먹으로 제 머리에 꽂힌 매화 꽃을 슬슬 문질렀다. 머리가 간지러워 무심코 손을 들었다는 듯. 그걸 본 당약란이 히쭉히쭉 웃으며 연추상이 머리에 꽂고 있던 매화 꽃을 빼내 얼른 자기 머릿결에 꽂았다.

연추상이 그걸 도로 뺏으려 당약란의 머리로 손을 내밀어 폴짝 뛰었다.

그러자 당약란이 제 발뒤꿈치를 길게 뻗었다. 목도 뻣뻣하게 길게 뒤로 뺐다. 연추상이 폴짝폴짝 손을 더 뻗었지만 당약란의 머리엔 닿지 않았다. 당약란이 연추상에게 날름 혀를 내밀었다. 분한 듯 볼따구니가 빨갛게 변한 연추상이 저도 날름 혀를 내밀어 응답했다.

시어미와 며느리가 소리없이 앙앙댔다. 그사이 진연명이 제법 묵직한 목소리를 빼내 저쪽에 선 가일청에게 말했다.

"하영이 할아버지, 이런 거 안 주셔도 되는데요. 할머니한테 들었는데 이 천리추란 나귀가 명마보다 더 귀한 것이라면서요. 돈 주고도 못 사는 것이라 들었는데. 이런 거 함부로 받으면 할머니께 혼나요."

"어허, 소장주께서 이리 겸양을 떠시면 이 늙은이 체면이 안 서오. 그냥 받아주시면 좋겠소."

진연명이 배운 대로 한 번은 고사했다. 가일청은 진연명이 어린 나이에도 불구하고 예의를 차리자 대견해하는 얼굴로 대답했다.

그러나 시어미에게 놀림당한 연추상이 어느새 씩씩대며 나귀들에게 걸어가고 있었다. 진작부터 눈여겨보고 있던 나귀 두 마리였다. 거절하는 진연명의 말은 들은 척도 않고 어느 틈에 나귀들 가까이 가서 거드름을 떨며 주인 행세를 하고 있었다.

그녀가 함지박만 해진 입으로 탐스럽다는 듯 나귀들의 귀와 등을 쓰다듬었다. 기다리다 지쳐 시어머니와 한바탕 푸닥거리까지 치른 연추상이었다. 고대하던 선물인 하얗고 까만 나귀들 등허리를 조물락거리며 재잘댔다.

"야야, 두 놈들아. 이 예쁜 상아가 오늘부터 주인이다. 상아한테 잘 보여라, 맛난 거 푸짐하게 얻어먹으려면 말야. 대신 밉보이면 좀 맞는다 알아서 해라. 히히."

짐승이지만 뭔가 불길한 느낌을 받은 나귀들이 푸들거렸다.

"희야, 하양이하고 까망이 중에 하난 상공아 거고 하난 상아 건데. 뭘로 할까 되게 헷갈리네? 에잇, 그렇다면!"

연추상이 갑자기 제 손바닥에 침을 까악 뱉었다. 놀란 사람들이 말릴 틈도 없었다. 거침없이 다른 한 손으로 그 손 위를 픽썩 내려쳤다. 침이 대번에 크게 튀었다. 그러나 그 방향은 그녀가 바라는 하양이와 까망이 나귀 그 어느 쪽도 아니었다. 가일청과 한참 얘기하던 진연명의 얼굴에 철픽 튀었다.

"윽. 더러워. 상아 너 일부러 그랬지?"

가일청과 예의를 갖춰 귀공자 행세를 하던 진연명이 순식간에 평소의 그로 되돌아왔다.

"헥, 미안, 상공아. 아냐. 절대 아냐."

"아냐, 너 일부러 날 겨냥해서 침 튀겼어. 그렇다면 좋아, 너도 한 번 당해봐라."

진연명이 코를 확 풀었다. 손바닥에 누런 콧물이 한 아름이나 흥건하게 떨어졌다. 콧물 쥔 손을 불끈 들고 진연명이 연추상의 곱게 빗은 비녀 머리를 겨누었다. 질겁한 연추상이 머리를 감싸 쥐고 달아나려 했다.

"으아아, 아니다. 실수, 실수다."

연추상이 서둘러 뒤돌아서며 내빼려 했다. 그런데 몸을 돌리던 순간 당황해 불끈 쥔 그녀의 주먹이 하필이면 콧김을 훅훅 뿜어내던 하얀 나귀 콧등을 정통으로 때려 버렸다.

푸르르르릉.

하얀 나귀가 까무라칠 듯 발광했다. 몸부림치던 하얀 나귀가 몸을 뒤틀며 세찬 뒷발질을 했다. 그런데 그 발굽이 옆에 있던 새까만 나귀의 옆구리에 박혔다.

크르르르릉.

얻어맞은 까만 나귀가 목청껏 울부짖으며 공중으로 펄쩍 뛰어올랐다. 그 서슬에 두 나귀 등에 묶여 있던 윤기 나는 옻칠 괘짝들을 묶고 있던 비단 끈이 풀어졌다. '쿵' 하며 괘짝들이 떨어지자 괘짝 덮개가 열리고 안에 든 내용물들이 막무가내로 쏟아졌다.

주먹만 한 검은 구슬들이 땅바닥에 쏟아져 사방으로 우수수 흩어졌다. 손바닥만 한 금괴들도 퉁퉁퉁 떨어졌다. 그중 검은 구슬 하나를 도망가던 연추상이 밟고 말았다.

연추상이 얼음판에 넘어지듯 땅바닥에 주르륵 미끄러졌다. 자그마한 연추상의 몸뚱이가 기울어져 바닥과 일자 형태로 잠시 허공 중에 떠버렸다. 그리고 그대로 떨어져 엉덩이가 깨지려는 순간 어디선가 하얀 비단천이 날아왔다. 비단천이 연추상의 작은 몸뚱이를 돌돌 말아 다시 공중에 띄웠다.

연추상이 갑자기 염해진 시체처럼 하얀 비단천에 싸여 버렸다. 그리고 한참이나 땅 위에서 팽이처럼 뱅뱅 돌다 천이 다 풀리자 기우뚱하며 떨어졌다.

"이런, 소부인, 괜찮으신가?"

비단천의 끝을 쥐고 있던 가일청이 급히 무릎을 꿇고 연추상을 일으켰다.

"흐아아아, 어지러. 어구구, 궁뎅이야."

엉덩이를 바닥에 찧은 연추상이 한참 머리를 흔들었다. 잠시 하늘과 땅이 제멋대로 돌고 있는 것처럼 느꼈던 것이다.

겨우 제정신을 차린 연추상의 눈에 가일청의 비단 장삼 끝자락과 가죽신이 보였다. 그러나 연추상의 눈알은 어느새 그 너머 곳곳에서 반짝이는 검은 구슬들과 번쩍번쩍 광채 나는 쇳조각들에게 꽂혔다.

"얼레, 이게 다 뭐래?"

연추상이 개미처럼 땅바닥을 쫄쫄 기어갔다. 방금 넘어질 뻔한 것도 가래침을 잔뜩 묻혀 쫓아오던 진연명도 어느새 잊어버렸다.

다만 햇살을 받아 반짝이는 검은 구슬들만 눈에 들어왔다. 남이 채 갈세라 허겁지겁 그것들을 주워 답싹답싹 제 소매 안에 감추었다. 그런 연추상을 향해 가일청이 빙긋 웃으며 말했다.

"노부가 소장주와 소부인 두 분 은인께 준비한 약소한 선물이라네. 동해바다 주산군도에서 자란 흑진주들과 노부의 기련산 금광에서 캐내 제련한 금괴들이라네. 은인들이 진가장을 물려받을 때까지 그저 푼돈이라 여기시고 가용하시게나. 노부가 가진 게 이것뿐이라 적이 모자라네."

금괴와 흑진주들은 손녀 이하영의 병을 고쳐 준 은인들을 위해 가일청이 준비한 선물이었다.

"하영이 할아버지, 이건 보화들인데 아직 어린 저희에겐 과한 물건들 같네요. 도로 거두어주세요."

값진 선물들을 보고 놀란 진연명이 급히 거절했다.

"아닐세. 진 소협과 소부인께 노부의 전 재산을 드려도 보답이 안 될 것이네. 이것들로나마 대신하려 하니 제발 받아주시게. 그렇지 않으면 노부가 어찌 발 뻗고 잠들 수 있겠는가?"

가일청이 고개를 저으며 간곡히 말했다.

그러나 가일청의 호소는 이미 쓸데없는 것이었다.

진연명이 잠시 사양하는 동안 연추상이 구슬에 이어 금괴까지 깡그리 주워 담고 낑낑대고 있었다. 그걸 모두 들고 벌써 제 거처로 향하고 있었다. 원숭이 금아가 강제로 끌려온 군사들처럼 노역에 동원됐다. 제 몸의 두 배나 되는 괘짝을 머리에 이고 가던 연추상이 뒤돌아보며 말했다.

"영아 할아버지, 상아가 몽땅 다 들고 간다. 맘 놓고 발 뻗어. 야, 금아, 후딱 들고 안 따라오니? 오늘 저녁 굶어볼래? 알아서 해라. 앙?"

꺄꺅.

원숭이가 제 작은 몸뚱이보다 훨씬 큰 또 다른 괘짝을 이고 연추상의 뒤를 비실비실 따라갔다. 그러다 애처로운 눈빛으로 홀쩍 뒤를 돌아봤다. 혹 진연명이 이 강제 노역을 멈춰주길 간절히 바라는 눈빛이었다.

그러나 진연명은 물론, 무당 사람 어느 누구도 이미 벌어진 사태를 말릴 순 없었다. 연추상의 눈에 띈 이상 저것들을 도로 물린다는 것은 호랑이 이빨 사이에 낀 고기 조각을 빼내는 것이었다.

진휘소 이하 무당 제자들이 통통거리며 뛰어가는 연추상과 원숭이 금아를 하염없이 바라보고만 있다.

기련노괴 가일청의 품에 안겨 있던 이하영이 말했다.

"상아 언냐, 이 나귀들 잘 달린다. 참 빠르고."

"그래. 그럼 함 타봐야지. 히히."

연추상이 검은 나귀 등에 달랑 올랐다. 고삐도 잡지 않고 등에 찰싹 달라붙었다. 놀란 나귀가 몸을 뒤틀며 흔들었다.

푸르릉.

"소부인, 위험하네!"

가일청이 서둘러 달려가 나귀의 고삐를 잡았다. 그러나 연추상은 나귀 등에서 떨어지긴커녕 재밌다고 소리쳤다.

"야호, 더 흔들어라. 울렁울렁한다. 배 타는 거 같다."

나귀가 잠시 더 몸을 흔들었다. 그러나 연추상이 두 팔과 다리로 빈대처럼 달라붙어 허리를 꼬집자 비명을 지르곤 곧 잠잠해졌다.

가일청이 기이한 눈으로 연추상을 보며 말했다.

"이놈들은 좀처럼 낯선 사람은 제 등에 올리지 않는 놈인데. 어찌 저리 쉽게 타는지 이상하구려."

"하영이 할아버지, 원래 상아가 짐승들하고 잘 친해져요."

진연명이 서둘러 변명했다. 사실 금방 친해지긴 했다. 그러나 그건 연추상의 입장에서 그렇다는 뜻이었다. 짐승들 입장에선 연추상은 무서운 저승사자였다. 오죽하면 무당산 짐승들의 왕초인 원숭이 금아마저도 연추상에겐 설설 기었다. 연추상에겐 짐승들을 제압하는 이상한 힘이 있다고 사람들은 말했다.

사실 이상한 힘은 아니었다. 그냥 힘이었다. 그것의 정체는 한 푼의

잡티도 섞이지 않은 순수한 우격다짐이고 순수한 폭력이었다. 작은 주먹 한 방이면 뭐든 폭삭 고꾸라져 발발 떨었다. 안 되면 그냥 꼬집혔다. 그럼 살이 푹푹 떨어져 나갔다.

나귀 등에 탄 연추상이 고삐를 받아 벌써 저편으로 달려가고 있었다. 가일청이 뭐라 할 틈도 없었다. 달그락거리며 나귀가 미친 듯이 넓은 마당을 뛰어 저편까지 달려갔다 다시 달려왔다. 사실 나귀는 연추상에게 꼬집혀 진짜 반쯤 미쳐 가고 있었다. 이런 사정을 모르는 어린 이하영이 중얼거렸다.

"상아 언냐 이상해. 나귀도 금방 타고. 영아는 한 번도 못 탔는데."

진연명이 말했다.

"하영아, 타고 싶어, 나귀? 나랑 타볼래?"

"응, 명 오라버니, 태워줘."

"하영이 할아버지, 그래도 돼요?"

가일청이 불안한 표정을 지우지 못했다. 그러나 이하영을 보곤 마지못해 고개를 끄덕였다.

"소장주, 조심해서 천천히 움직이시오. 고삐는 노부가 쥐고 있겠소."

"네, 그러세요. 하영아, 이리 올라와라."

진연명이 나귀 등에 천천히 올라탔다. 나귀를 다독이며 가일청이 들어준 이하영을 받았다. 가일청이 나귀 고삐를 잡고 마치 하인처럼 앞장섰다. 나귀가 천천히 움직였다.

진연명 앞에 앉은 이하영이 잔뜩 기대하는 환한 웃음을 지으며 가일청의 뒤통수를 바라봤다.

나귀 고삐를 쥐고 앞장선 가일청의 눈빛이 봄날 햇빛 속에서 햇빛보다 더 따스하게 변했다. 푸드득거리는 나귀 고삐를 잡은 그가 이하영을 안고 있는 진연명을 돌아봤다. 이십오 년 만에 그가 보인 얼굴 중 가장 환한 표정이었다.

"세상에, 장인께서 노복들처럼 나귀를 끌고 가시는구려. 경매, 저분이 기련산 표범으로 불리시는 그분이 맞으시오? 보고도 못 믿을 괴사구려."

"호호, 상공도 참, 아버지가 어때서요? 보기 좋기만 한데요?"

"경매, 경매는 딸이라서 잘 모르겠지만 저분은 사파거두 중에서도 성미 괴팍하고 손이 맵기로 유명한 기련노괴라 불리시는 분이오. 오죽하면 별호에 괴이할 괴 자(怪字)가 다 들어 있겠소. 그만큼 범인(凡人)들 보기엔 종잡을 수 없는 분이오. 게다가 또 얼마나 자존심이 강한 분이시오. 누구에게도 허리를 굽히시지 않는 분이 장인이오. 그런데 어제 무당 장문인께 깊은 장읍을 하시더니 지금 보시오. 나귀를 다 끌고 계시오. 사위인 나도 황당해서 어쩔 줄을 모르겠소."

"피이, 상공은 모르겠지만 소첩에겐 어릴 때부터 자주 해주신걸요?"

"정말이요? 허참, 아무튼 영아가 저리 좋아하고 장인께서 밝게 웃으시니 그동안 죄스럽던 마음이 많이 가시는구려. 그동안 내가 천고의 죄인이 아니었소, 경매와 영아에게."

"무슨 말씀이세요. 영아를 저리 낳은 소첩이 죄인이었지요."

"허허, 그만 합시다. 한데 저 나귀 둘이 다가 아니겠지, 경매?"

"그럼요. 아버지가 어떤 분인데. 소첩의 아버님은 한번 마음에 드시면 끝없이 퍼주시는 분이에요. 아마 저녁때쯤 소부인에게 다시 한 아름 안기실 거예요. 남궁노대부인과 무당 장문인께선 선물을 넌지시 거절하셨지만 그것들마저 소부인에게 다 안기실걸요?”

“그러실 거요. 장인이 천리추 새끼 두 마리와 금괴, 흑진주로 성에 찰 분이시오? 또 다른 상자 안에 든 물건들이 뭔지 궁금하구려. 도대체 뭐가 들었는지 경매는 혹 알고 있소?”

“호호, 상공도 상자 안 물건이 탐나는가 봐요?”

“이런! 내가 욕심 많은 것을 어찌 알았소?”

“욕심없는 상공이라면 처녀 시절 소첩을 그리 따라다녔겠어요? 그땐 미치는 줄 알았어요.”

“어허, 그때 일은 왜 거론하는 거요? 민망스럽게.”

“호호, 상공도 부끄럽긴 부끄러운 모양이지요. 기련산 중턱 회연봉 고목나무 밑에서 내 손을 잡고 막무가내로 끌고 갈 땐 그렇지 않았잖아요?”

“큼큼, 또 왜 그러오? 얼굴 붉어지게.”

“왜긴요? 그때 하영이가 내 몸에 들어섰으니 하는 말이지요.”

“허, 정말 그땐 내 정신이 아니었소. 당신이 하늘에서 내려온 선녀처럼 보였으니.”

“호호, 소첩도 처녀 땐 곱긴 고왔지요.”

“흠, 그땐 그랬었소.”

“아아니! 그럼 지금은 전혀 아니란 말이 아닙니까?”

“아니, 뭐 그런 뜻으로 한 말이 아니잖소?”

“아니긴 뭐가 아닙니까? 이제 하영이 병이 거진 다 나았고 하니 몰래 숨겨둔 어여쁜 처자에게 가려는 게지요? 그렇지요?”

"아니, 그럴 리가 있소? 내가 천벌받을 일이 있소?"

"아니에요. 상공이 죄진 것처럼 화들짝 놀라는 걸 보니 소첩이 아직 눈치채지 못한 뭔가가 분명 있어요. 전에 영아와 산 아래 객잔에서 묵을 때도 상공이 나 몰래 지나가는 처자들 뒤꼭지를 유심히 보곤 했어요. 어서 이실직고해요. 숨겨둔 처자가 있지요? 어서요?"

"……."

딸과 장인 모습에 웃음 짓던 젊은 부부가 끝내 큰 소리로 싸우기 시작했다.

다음날 아침 섬전검 이준의 얼굴이 그의 딸 이하영이 한여름 철 가장 즐겨 먹는 어느 과실의 겉모습을 하고 있었다.

진연명과 함께 나귀 등에 올라타 하루종일 무당산을 누볐던 이하영은 그날 밤 내내 정신없이 곯아떨어졌다. 푹 자고 느지막하게 일어난 이하영이 점심때 이준의 얼굴을 보고 중얼거렸다.

"아빠! 얼굴 언제 수박 됐어?"

수박의 껍질같이 세로 줄이 죽죽 그어져 있던 이준의 얼굴이 이번엔 그 속살같이 울긋불긋해졌다. 이하영의 옆에서 뒤돌아 앉아 있던 가진경이 돌아앉으며 샐쭉해서 소리쳤다.

"흥, 딸애한테 그런 소리 들어도 싸요. 어디 몰래 바람피울 궁리나 하고 말이야."

제7장

삼십 년 만에 내려진 장문령부

"아니, 이런 어처구니없는 일에 그런 내막까지 있었다니. 장주께서 하신 말씀이 정녕 사실이오이까?"

진가장주 진연소의 말이 끝나기 무섭게 무당 장로 무운(霧雲) 도장이 말문을 열었다. 혹 아니라고 말해주길 간절히 바라는 표정이었다. 그러나 무운 도장 자신도 이런 희망이 부질없는 것임을 잘 알고 있었다.

"그렇습니다. 이는 한 치도 그름이 없는 사실입니다, 무운 장로."

"허허, 노도들이 산속 깊이 있어도 세속간(世俗間)을 잘 살피고 있는 줄 알았건만 그동안 눈 뜬 장님으로 살았구려. 이 지경이 되도록 까맣게 몰랐다니……."

무당 장로원 원주 형운(熒雲) 도장이 힘없이 중얼거렸다.

"아니, 명아와 상아가 어떤 아이들인데 무당 코앞에서 그런 일을 당했다는 말인가? 장문인의 아이들이기 전에 우리 무당파의 아이들일세. 하북에서 겨우 비단 장사를 업으로 하는 자들이 무당 앞을 지나면서 그런 행패를 부렸다니? 설사 두 아이가 장문인의 자식이 아니라 일개 촌부의 자식들이라 할지라도 그런 일을 당할 수는 없음이야. 이는 장문인의 수치일 뿐 아니라 우리 무당의 수치일세. 명아와 상아가 무공을 따로 배우지는 않았지만 남달리 영특하고 천품을 타고난 재질이 있어 위기를 모면한 것은 천만다행한 일일세. 하나 이 일은 설사 장문인이 만류한다 해도 묵과할 수는 없는 일일뿐더러 일 뒤에 숨어 있던 내막들은 더 더욱 용서할 수 없는 중차대한 화근이라 할 수 있을 것일세."

무당 장로회의에서 논의되고 있는 것은 진연명과 연추상이 얼마 전 산 아래 상춘객잔에서 시비가 붙었던 일과 관련이 있었다. 장로원 원주 형운 도장의 말에 장문인 진휘소가 대답했다.

"형운 대사형, 할 말이 없습니다. 소제도 그간 각 지역 속가에서 올라오는 말들만 철썩같이 믿고 있었던 허수아비 장문인이었습니다. 자식 부부에게 이런 어처구니없는 일이 생기지 않았다면 말입니다. 일을 저지른 자들도 무당산에서 내려온 아이들인 것은 감히 예상치 못했기에 그간 저희가 해왔던 대로 무심코 횡포를 부렸던 것 같습니다. 다행히 이번 일로 가형(家兄)께서 몰래 사람들을 풀어 그간의 경과를 일부나마 귀띔해 주셨기에 지금에야 전모를 파악하고 이렇게 자리를 마련하게 되었습니다. 여러 사형들께도 송구하옵니다."

무당파 대소사를 논의하는 태화전 대전(大殿)에 무당 장문인 진휘소와 진가장 장주 진연소, 무당장로 십여 명이 모여 있었다. 두 개의 처마를 가진 이 웅장한 건물 주위를 지금 무당 장문인을 호위하는 호위원(護衛院) 소속 제자들이 철통같이 둘러싸고 있었다.

그만큼 현재 논의되는 것이 무당파 내에 큰 반향(反響)을 불러일으킬 화약고의 불씨임이 틀림없었다.

자소궁 내에 자리한 좌우 다섯 개의 방 중간에 자리한 이 대전 바닥에 깔린 투명한 회백색 벽돌들 위로 벽감(壁龕)으로 선 옥황대제(玉皇大帝)와 양쪽에 선 금동(金童)과 옥녀(玉女)의 모습이 비쳐지고 있었다.

어린아이 몸통처럼 굵은 황초들이 대전 곳곳을 대낮처럼 환하게 밝히고 있었다. 그 앞에 선 무당 장문인 진휘소가 장로들을 향해 말할 때마다 대전 전체에 그의 거대한 그림자가 일렁였다. 장로들의 얼굴에 그 그림자가 흘깃 스쳐 갔다. 장로들 표정이 그림자보다 더욱 어두워졌다.

내공이 가득 실린 진휘소의 목소리가 흘러나올 때마다 대전 전체를 쩌렁쩌렁하게 울렸다. 장로들이 귀를 기울이며 그의 말을 듣고 있었다.

일의 발단은 얼마 전 금호방 행수 상진양 일행이 비단을 호송하던 중 산 아래 객잔에서 진연명과 연추상과 시비가 붙은 일이었다. 금호방 보표 삼호리가 어린 연추상의 미모를 탐내 납치하려 했다.

그 결과 진연명에게 제압당해 일당들이 모두 무당산으로 끌려왔다. 그들을 문초하자 심상찮은 말들이 튀어나오기 시작했다. 우연한 사고지만 장문인 아들 부부와 관련된 사안은 쉽게 넘어갈 일은 아니었다. 그런데 경과를 파고들수록 그게 문제가 아니었다. 뿌리가 깊고 오래된

부패한 일들이 드러났다.

무한에 자리한 호북성 비단 상인들의 연합체인 금호방 방주 정규가 무한에 있는 무당속가인 무한표국 국주인 경천장(驚天掌) 이적산(李適山)과 밀접한 관계를 맺고 있었던 것이다. 호북은 무당파의 힘이 절대적인 지역이다. 무당속가인 무한표국이 무한성의 상권과 치안 등에 일정한 영향력을 행사하고 있었다.

당연히 무당은 금호방의 우발적 행위를 소상히 파악하려 급히 제자들을 무한표국으로 급파했다. 표국주 이적산이 금호방 방주 정규를 대동하고 당장 입산하라는 장문인의 명이 내려졌다. 그들의 입을 통해 사태의 경위와 그 대책을 논의하려는 의도였다.

그런데 며칠 후 정규가 가산을 정리해 사라졌다는 이적산의 소식이 왔다. 이적산은 본산에 나타나지 않고 인편으로 소식만 전했다. 다시 제자들이 무한으로 갔다. 그런데 무한표국도 비어 있었다. 표국주 이적산까지 식솔들과 관원들을 데리고 행방불명됐다. 무당속가가 본산 장문인의 명을 어기고 도주한 전대미문의 사건이 일어난 것이다.

대규모의 제자들이 파견돼 조사를 벌였다. 진가장주 진연소도 진가장 호위들을 몰래 변복시켜 무한으로 보냈다. 금호방과 무한표국의 연관 관계가 드러났다. 그 둘이 이름만 다를 뿐 실상 하나의 조직이었다.

무당 장문인 아들 부부를 납치하려 한 금호방 보표들이 안하무인으로 날뛸 수 있었던 힘은 무당속가인 무한표국이 그 뒷배경이었다. 금호방의 보표 삼호리가 무당의 힘을 빌어 무당 장문인 아들 부부를 박했던 어처구니없는 일을 벌인 것이었다.

무당속가들은 본산에서 허락한 사업 외엔 절대 이권에 개입할 수 없었다. 도가의 맥을 잇고 있던 무당이 세속의 이권에 깊이 개입하면 문파의 정신이 흐려진다는 조사들의 유훈이 문규로 엄격히 지켜지고 있었다.

그런데 무한표국 국주 이적산은 이 문규를 정면으로 어기고 그동안 호북성 비단 유통을 독점해 막대한 부(富)를 쌓았다. 본산에 알려지면 그는 파문당하고 재산은 모두 몰수될 것이다. 이적산은 이를 알고 정규를 먼저 도피시킨 후 자신도 식솔들과 함께 사라진 것이다.

문제는 무한표국만이 아니었다. 제자들을 변복시켜 호북성 각 지역을 몰래 조사한 결과 거의 모든 지역에서 이런 일들이 벌어지고 있었다. 변복하고 암행한 진가장 호위무사들의 보고도 마찬가지였다.

그동안 무당 본산은 속가들의 이런 눈속임에 철저히 당하고 있었던 것이다. 일 년에 한 번 적당한 액수의 기부금으로 생색내며 무당의 힘을 업고 상권을 독점해 막대한 부를 챙긴 자들이 도처에 산재했던 것이다.

비단 한 필이 장강을 넘어오면 원가의 열 배 이상 뛴다. 장기간에 걸친 운송비와 인건비, 세금 등이 소요 경비로 지출되지만 이런 가격은 대단한 폭리였다. 비단뿐 아니라 차와 다른 생필품들도 마찬가지였다.

일반 평민들은 울며 겨자 먹기로 높은 가격으로 물건들을 사서 쓸 수밖에 없었다. 물품마다 제각각 운송과 판매를 하는 독점하는 조직이 가격을 정해 팔고 있기 때문이다. 각 지역의 무당속가들이 본산의 눈을 속이고 상권을 독점해 높은 가격을 매긴 물품들을 운송, 판매함으로써 자신들의 사리사욕을 채우고 있었던 것이다.

"장문인, 이 일을 이제 어찌 처결할 것이오?"

향후 대책을 묻는 장로원 원주 형운 도장에게 장문인 진휘소가 서슬 퍼런 목소리로 대답했다.

"뿌리를 캐내야 합니다. 오래전부터 관행적으로 이런 일이 벌어진 것으로 압니다. 이미 사부님께 아뢰고 장문령부를 발동할 수 있는 허락을 받았습니다. 이 자리에 계신 사형들께서 믿을 만한 제자들을 데리고 직접 각 지역을 나누어 살펴주십시오. 정확한 증거가 모아지면 문규를 어긴 자들은 모두 본산으로 소환해 엄격히 죄를 물을 것입니다. 본산에도 혹시 그들과 연이 닿아 있는 제자들이 있을 수 있습니다. 밝혀진다면 누구를 막론하고 일벌백계로 다스릴 것입니다. 사형들께 이런 무거운 책임을 맡겨 드리는 것을 죄송스럽게 생각합니다."

장로들의 고개가 일제히 끄덕여졌다.

"무량수불. 차라리 잘된 일일세, 장문인. 이로써 무당의 정기가 되살아난다면 노도들이 무엇을 두려워하겠는가?"

"명아와 상아 일은 그 아이들이 잘못한 일이 아닐세. 오히려 아이들에게 큰 상을 내려야 할 것이야. 아이들이 아니었다면 어찌 이런 더러운 흑막이 속가들 속에 숨어 있던 것을 밝힐 수 있었겠는가?"

하북성 일대의 기존 질서가 송두리째 흔들리고 있었다. 도가의 힘을 빌어 부와 권력을 독점하고 횡포를 부리던 자들에게 한꺼번에 폭풍이 몰아칠 전조(前兆)였다.

그날 저녁 무당산에 자리한 팔궁(八宮), 이관(二關), 칠십이암묘(七十二岩廟), 삼십구좌교량(三十九座橋梁)의 궁주(宮主), 관주(關主), 전주(殿主), 암주(庵主)들에게도 추상같은 명이 떨어졌다. 각 처소에 배당된 제자들을 준비시켜 언제든 움직일 채비를 갖추라는 장문령부가 발동된 것이다. 지난 삼십여 년 만에 처음 있는 일이었다.

그 시각, 자소궁이 멀리 보이는 정심전 이층 침상에서 어린아이 둘이 소곤거리고 있었다.

"상공아, 상아는 밤송이하고 전생에 원수졌던 모양이다."

"응? 밤 까먹는 거 좋아하잖아? 생밤에다 군밤까지 다 잘 먹으면서 뭔 말이야? 흐흐! 알밤은 안 좋아하는 거 맞는 거 같다. 만날 엄마한테 맞으니까."

"저번에 할머님아 잔치 때도 밤송이가 덤볐고, 상춘객잔에서 요리 맛나게 먹을 때도 밤송이가 상아한테 덤볐잖아?"

"으응, 그건 그렇네. 밤송이 하나는 상아한테 이마가 까졌고 다른 밤송이들은 나한테 손발이 까졌네. 그렇게 보면 나도 밤송이랑은 원수 됐네? 흐흐."

"상공아, 우리 앞으로 밤송이랑은 놀지 말자. 귀찮다."

"그게 맘대로 돼? 어디 밤송이가 한둘이야?"

"그건 그렇네. 참, 저번에 먼저 덤볐던 밤송이 어떻게 됐대?"

"아, 그 뭐 열화장인가 하는 밤송이? 그 밤송이는 할머니 친정에 잡혀가서 매 맞고 옥에 갇혔대. 남궁 조카 있잖아. 다음 대 남궁가 가주 된다는 그 조카가 나한테 저번에 말해줬어."

"아~ 그래. 불쌍하다 그 밤송이. 상아한테 매 맞고 옥에 갇히고. 괜히 미안하네. 그때 상공아 말대로 참을 걸 그랬나?"

"에이, 그때 오향장육 먹지 말고 먼저 들어갔으면 종아리도 안 맞고 좋았을 텐데."

"미안, 상공아. 하지만 말야, 그때 오향장육 딱 한 점만 먹고 갈랬는데, 그 밤송이가 꽥 소리 지르는 바람에 말야. 안 그랬음 나중에 할머님아한테 종아리도 안 맞았을 텐데. 그때 상아 피났다."

"흐흐, 하지만 상아도 그 밤송이 머리에 피나게 했잖아. 쌤쌤이지 뭐."

"그건 그렇네. 참, 상춘객잔 밤송이들은 어떻게 됐대? 알아, 상공아?"

"아, 그거. 그 밤송이들 그때 백부한테 잡혀와서 되게 혼났다 하더라. 그리고 그 뒤에 어떻게 된 건지는 나도 몰라."

"헤헤, 그때 상공아가 안 나섰으면 상아가 당숙아한테 뺏은 나비 있잖아? 뭐라더라. 맞다, 호접표. 그걸로 밤송이들 혼내주려 했는데. 그때 그거 날렸으면 그 밤송이들 좀 가려웠을 거야. 헤헤. 아쉽다, 못 써먹어서."

"헛, 상아야, 그거 쓰면 안 돼. 그거 엄마 친정 당문에서도 유명한 암기야. 그거 쓰면 반쯤 죽는다더라. 앞으로 그거 쓸 생각도 하지 마."

"웅, 한 번은 써보고 싶은데. 상공아가 그러니까 좀 그렇네. 알았다. 뭐 봐가면서 쓰면 되지."

"상아야, 잠 온다. 이제 그만 자자."

"엥? 상아는 잠 안 오는데? 상공아, 좀만 더 얘기하자. 응? 근데 그동안 너무 방 안에만 있었나 봐. 몸이 찌뿌듯하고 살도 막 찌는 거 같아. 밖에 놀러 가자, 내일. 전기봉(展旗峰) 폭포 밑에 가재 많이 컸겠다. 밤송이보다 더 통통하게 컸겠다. 가시도 없고. 귀 먹으러 가자. 응?"

"안 돼, 할머니한테 허락 안 받고 가면 또 종아리 맞아."

"할머님아가 가라 할까? 아닐걸. 그냥 몰래 가서 가재들 살찐 것만 보고 오자. 응?"

"그럴까? 새벽에 몰래 갔다 점심 전에 돌아와서 모른 체할까? 아니다. 내가 할머니 졸라서 정식으로 허락받아 가면 되지 뭘."

"히히, 알았다. 그럼 이만 자자. 내일 새벽 일찍 일어나 상공아가 할머님아한테 갔다 와라."

"그래, 그럼 잘 자."

"응, 상공아도 잘 자."

"쪼옥."

"헤헤."

제8장

쌍둥이 아기 부처

무당산 제일 높은 봉우리인 천주봉 아래는 너른 분지였다. 구름 자욱한 봉우리들 속에 감춰진 가파른 암반과 암반 사이엔 높은 처마들을 하늘로 뻗어 올린 전각군들이 고풍스런 위용을 드러내고 있었다. 장엄한 풍화와 침식의 세월을 이겨낸 운모편암들 속에 뿌리박은 그 전각들은 오랜 무당파의 역사를 말없이 증언하고 있었다.

푸른 하늘 사이로 새하얀 구름과 안개에 뒤덮인 높고 낮은 여러 봉우리가 제 품 속의 평평한 분지 속으로 삐죽삐죽 고개를 들이밀었다. 그 봉우리들의 어깨너머로 구름과 안개를 뚫고 나온 한줄기 햇살이 수많은 전각 중 어느 한 곳에 내리쬐고 있었다.

그 햇살을 받고 있는 곳에서 힘찬 기합 소리가 울려 퍼졌다.

"핫!"

"타앗!"

장문인의 집무실이 자리한 상청궁 뒤편 둘레 십여 장의 넓은 연무장
엔 웃통을 벗은 백여 명의 무당 제자가 교두(敎頭)인 이대제자 현무(玄
武) 도장의 구령에 따라 몸을 움직이고 있었다.

한 줄로 선 무당 제자들의 손에는 제각기 자신의 머리통보다 조금
작은 쇠로 만든 공, 즉 철구(鐵球)가 들려 있었다. 그와 마주 보고 서 있
는 또 다른 일군(一群)의 무당 제자들 손에는 같은 크기의 돌로 만든 석
구(石球)가 들려 있었다.

햇볕 속에 드러난 제자들의 벌거벗은 윗몸은 온통 땀으로 젖어 있었
다. 그러나 근육들은 그렇게 불거져 보이지 않았다. 강인한 육체의 단
련을 우선시하는 소림사 계통의 불문 무공과는 달리 육체 속에 숨어
있는 기운을 단련하는 내가기공(內家氣功)을 중시하는 무당파였기 때
문이다.

현무 도장의 구령이 또다시 연무장을 울렸다.

"투(投)!"

철구와 석구를 한 손에 들고 있던 제자들이 신호에 따라 일제히 공
중으로 던졌다.

"타앗!"

일제히 던져진 쇠로 만든 공과 돌을 깎아 만든 공들이 공중에서 교
차됐다. 그리고 그것들은 다시 자리를 바꿔 앞에 선 제자들의 손으로
빨려 들어갔다. 현무 도장이 다시 목소리를 높였다.

"접(接)!"

"핫!"

공을 받아 든 제자들이 그것들을 한 손으로 머리 위에서 허리 아래 쪽으로 돌리며 일제히 몸을 비틀었다. 무거운 공들이 바닥으로 떨어지지 않고 제자들의 손끝에서 접시처럼 빙글빙글 돌았다. 현무 도장이 다시 큰 소리로 외쳤다.

"도약(跳躍)!"

"타압!"

제자들이 공을 가슴에 안고 공중으로 뛰어올라 제비처럼 한 바퀴 돌아 다시 바닥으로 착지했다. 무거운 공을 들고 움직이는 것으로는 보이지 않는 날렵한 자세였다.

지금 제자들이 수련하고 있는 것은 무당파 기공의 기초가 되는 건곤구공(乾坤球功)이었다. 건곤구공은 주로 손 힘과 발놀림을 키우기 위한 기공법이었다. 두 근(약 1킬로그램) 무게의 둥근 철구 혹은 석구를 한 손으로 높이 던지고 받으며 손발의 힘을 키우는 방법이었다.

손으로 던지고 받는 것이 익숙해지면 두 발목에 무거운 모래주머니와 철추(鐵錘)를 매달게 한다. 그리고 가파른 산길과 비탈길을 오르내리며 철구와 석구를 던지고 받는 연습을 하게 된다. 단순한 방법이지만 부드럽고 유연한 몸놀림을 하기 위한 최적의 몸을 만드는 방법이었다.

이 건곤구공에 익숙해지면 제자들은 각기 체형과 성격에 맞는 심법(心法)을 전수받게 되고, 또 그 심법의 성질에 맞는 신법(身法) 또는 보법(步法)을 배울 수 있게 되는 것이었다. 그러나 이 건곤구공만 제대로 익혀도 어느 경지까지 자유자재로 몸을 놀릴 수 있는 경공(勁功)을 구사할 수 있었다.

"상공아, 야아~ 저거 잼나겠다. 상아도 함 하고 싶다. 공 던지기."

"히히, 상아도 웃통 벗고 한번 연무장에 나가볼래?"

"히잉, 하고 싶은데 옷 벗고는 못하잖아? 상아 시집갔다, 상공아한테."

"왜? 나한테 시집온 거랑 공 던지기 하는 거랑 뭐가 상관있는데? 나가서 해봐라."

"약 올릴래? 그럼 상아 확 빨가벗고 저기 나간다. 함 해보까?"

"헉, 안 되지, 그건."

"좀 전엔 해보라고 했다간 헷갈리게 지금은 또 왜 안 된다고 하는데?"

"상아 벗은 건 나 말고는 아무도 보면 안 되니까 그렇지. 히히."

"그렇지만, 고차만 입고 나가서 공 던지기 하면 안 될까? 공 던지고 싶다. 씨이."

"아아, 고차만 입고 나가면 그게 빨가벗고 나가는 거랑 뭐가 다르냐?"

"다르지. 빨가벗은 거는 아니잖아. 상공아, 하고 싶다. 공 던지기. 아님 저기 빤질빤질하는 공 하나 몰래 훔쳐 와봐라. 상아가 들고 가서 갖고 놀게."

"저거 보기보다 꽤 무겁다. 대장간에서 쇳물 부어 만든 통짜 쇠공이고 돌로 깎아 만든 돌공이다. 무게가 두 근이나 나간다."

"히히, 상아가 힘센 거는 상공아도 잘 알잖아. 괜찮다. 공기놀이하기 딱 좋겠다."

"헉, 저걸로 공기놀이한다고? 안 돼, 야아. 그러다 떨어뜨리면 발등다 깨진다. 아니면 방바닥 폭삭 꺼진다.”

“히히, 안 떨어뜨리면 되잖아. 저런 거 몇 개만 있음 하루종일 안 심심하게 놀 수 있겠다.”

“안 돼, 그건 절대 안 돼. 우린 방 탁자랑 침상이랑 남아나는 게 없겠다. 그러다 신경질난다고 나한테 확 던지면 내 얼굴 다 깨진다. 절대 안 돼.”

“히잉, 그럼 다른 놀이 뭐 있냐? 재밌는 거 말해봐라. 아님 당장 가서 공 몇 개 가져온다. 상아가 달라는데 저기 현무 사질이 안 주고 배길까?”

“혁, 상아야, 그러지 말고 우리 은선암묘 동굴에서 찾은 무공 그거 해보자.”

“응, 뭐?”

“있잖아. 도사 할아버지 뱃속에서 나온 거. 뭐더라? 이름 하난 대단히 거창했는데? 아, 맞다. 불가일신공(佛家一神功) 금강반야공(金剛般若功)이다. 우리 그거 한번 해보자.”

“아, 맞다맞다. 은선암묘 동굴에서 찾았던 거 상아도 까먹고 있었다.”

“게다가 사태 할머니 뱃속에서 나온 거도 있었잖아? 음, 그것도 이름 하난 거창했는데. 뭐라더라?”

“아, 그건 상아가 안다. 불가이신공(佛家二神功) 천수관음장(千手觀音掌) 난화불혈수(蘭花佛穴手)라 했다.”

“맞다, 그거. 우리 그거나 해보자. 이딴 공 던지기 백날 해봐야 힘만 빠지고 실속없다. 애들도 아닌 어른들이 애들처럼 만날 공 던지기 놀이나 하면서 말야, 무슨 대단한 무공 익힌 고수입네 하고 으스댄다. 산 아래에서 어수룩한 사람들 오면 내가 도사입네 하고 퍼런 도포 입고 수염 쓱쓱 만지면서 재기만 하더라."

"맞다, 상공아. 지들은 만날 큰 공 들고 공기놀이하고 논다. 그리곤 도 닦았다고 도사 흉내는 되게 내더라."

"상아야, 우리 오늘부터 아무도 몰래 부처님이 가르쳐 줬다는 일등 짜리하고 이등짜리 무공 익혀서 사람들 놀래켜 주자."

"히히, 좋다. 일등이랑 이등짜리 부처님 체조 함 배워보자. 그럼 혹시 아냐? 상공아랑 상아랑 금빛 반짝반짝 하는 부처님 될지? 둘 다 반짝반짝 하면 으쓱으쓱 재면서 무당산에서 제일 큰 우진궁대전 대청 앞에 떠억 앉아보자. 그러면 바보 같은 사람들 와서 상공아랑 상아한테 철퍼덕 엎어져서 소원 빌면서 넓죽넓죽 절할 거다. 그거 엄청 잼나겠다."

"흐흐, 상아 부처니임, 소인 놈에게 복을 팍팍 내려주시옵소서어."

"오오냐. 이 상아 부처님이 복 팍팍 내려주마. 히히, 상공아 부처님아. 이 예쁜 소녀에게 맛나는 요리 엄청엄청 내려주시옵소서어?"

"오오냐, 상아야. 이 연명이 부처님이 맛나는 오향장육에다 마파두부까지 접시째로 팍팍 내려주마. 낄낄."

"상공아 부처니임, 상아가 가암사드리옵니다."

"흐흐, 그래야지. 가암사 많이많이 해야지. 그래야 또 몰래 상춘객 잔 갔다가 아빠한테 종아리 맞지?"

"떼엑."

"큭큭."

어린 부부가 앉아 있는 곳은 천주봉 분지에 자리한 상청궁 뒤편 넓은 연무장이었다. 둘레 십여 장의 연무장 주위엔 수백 년 된 매화나무들이 굵은 가지들을 비틀며 자라 있었다. 매화나무들은 원래 다른 수목들보다 키가 적게 자란다. 대신 넓게 가지를 펴고 향기 짙는 꽃을 피웠다. 가을이면 꽃 진 가지들에는 향긋한 매실(梅實)이 열린다. 매실은 간과 신장을 보(補)하는 약재로 또는 술을 담그면 향긋한 매실주가 되었다.

진연명과 연추상은 수백 년 묵은 매화나무 몸통을 타고 올라와 가로로 길게 뻗은 두툼한 매화나무 가지에 참새처럼 나란히 앉아 있었다. 그들은 눈앞 넓은 연무장에서 무당파 삼대와 사대제자들이 수련하는 건곤구공 연무를 구경하며 입을 나불대고 있었다.

원단 전날, 산 아래 상춘객잔에 몰래 다녀왔던 것이 들통나 할머니 남궁정의 거처로 도망갔던 어린 부부였다. 그러나 그곳까지 회초리를 들고 쫓아온 당약란을 피해 눈 오는 산속으로 도망갔다. 어른들 눈을 피해 운암봉 중턱에 자리한 동굴로 몸을 피한 그들은 그곳에서 원숭이 금아를 따라가 은선암묘를 발견했다.

그리고 원숭이가 건네주는 노도사와 노사태 석상에서 나온 구슬을 무작정 챙겨 먹고 생사지경(生死之境)을 헤맸다. 다행히 서로의 양기와 음기가 중화 작용을 일으켜 환골탈태(換骨脫胎)를 했지만 준비 안 된 몸에 들어간 영약은 탈을 일으키기 마련이었다.

그들은 전혀 모르고 있었지만 그들 몸에 들어간 것은 노도인과 노사태가 생전에 쌓았던 원정(元精)이었다. 원정은 태어날 때부터 가지고

있던 선천(先天)의 정으로서 평생 동안 수련한 후천(後天)의 기운까지
합해진 가히 기운의 덩어리였다.

그 덩어리들을 사탕 받아먹듯 덥석 받아먹은 어린아이들이 온전할
리 없었다. 다행히 노도인의 양기를 흡수한 진연명과 노사태의 음기를
몸에 받은 연추상이 저도 모르게 껴안음으로써 서로 대사 교환 작용을
일으켜 겨우 살아날 수 있었던 것이다.

이런 천우신조(天佑神助)를 한 번 겪었으나 이것이 다가 아니었다.
진연명과 연추상은 서로 양기와 음기를 주고받아 몸속에서 음양의 균
형은 대충 맞췄으나 그 기운들이 단전으로 흡수되지 않고 전신세맥(全
身細脈)으로 널리 퍼져 깊숙이 숨어 있는 상태였다.

숨어 있는 기운들을 심법을 통해 순환시켜 주지 않으면 언젠가 그것
들이 몸에서 용솟음쳐 오를 수밖에 없었다. 무서운 기운이 몸속에 숨
어 호시탐탐 드러날 기회만 노리고 있음을 어린아이들이 알 턱이 없었
다.

부작용 중 하나가 급격한 두뇌 활동의 증가였다. 또 성격이 급해지
고 화나는 것을 잘 참지 못하게 된 것이었다. 그것은 너무나 소리없이
진행되어 본인들은 물론, 그들 주위의 가족들도 아직 모르고 있었다.
특히 연추상에게 그런 현상이 강하게 일어났다. 연추상이 노사태의 원
정을 삼키고 그 음기를 감당하지 못해 몸이 얼어붙었을 때 곁에 있던
진연명의 양기를 흡수했다.

그러나 그것은 너무 과했다. 그래서 연추상은 저도 모르게 사물에
대한 이해력이 급격히 증가했다. 또 예전보다 말이 많아지고 빨라지고
있었다. 재미있는 일에는 정신없이 달려들었고 마음에 들지 않은 일을

보며 금방 화가 났고 참을 수 없는 성격으로 변하고 있었다.

게다가 충만한 기운이 체내에 잠재함으로써 이유 모를 자신감에 충만해진 상태였다. 작은 것에 쉽게 울고 웃는 성격이 형성돼 가고 있었던 것이다.

다행히 진연명은 연추상의 음기를 대부분 수용했다. 원래부터 활달한 성격에 음기의 영향으로 차분함까지 갖춘 성격으로 변하고 있었다. 그러나 그의 전신세맥에도 언제 터질지 모르는 활화산 같은 기운의 덩어리가 숨어 있었다. 정교한 심법 수련을 하지 않는다면 그것이 터져오르는 날, 막을 방도는 없는 무서운 힘들이었다.

자신들 몸에 일어나고 있는 변화를 알 리 없는 어린 부부는 동굴 사건을 일으키고 집안 어른들의 꾸중을 듣고 얼마간 금족령으로 발을 꽁꽁 묶여 방 안에서 전전긍긍했다.

그러나 어린 부부는 그 후에 일어난 속사정은 모르고 있었다. 그들의 말을 들은 장문인 진휘소가 다음날 아무도 모르게 몸을 빼내 은선암묘로 달려가 아들과 며느리가 겪었던 일의 사실 여부를 확인했다.

진휘소는 은선암묘의 주인공들이 살았던 시기가 무당산에 무당파가 막 개파됐던 때이거나 아니면 그 이전의 시기였던 것으로 추측했다. 석벽에 새겨진 그림이나 노도인과 노사태 석상들이 입고 있는 옷차림이 그 시기를 가르쳐 준 열쇠였다.

은선암묘에서 나온 두루마리에 기록된 무공과 석벽에 새겨진 또 다른 무공들의 구결 또는 수련법도 특이했다. 석벽에 새겨진 무공들은 도가의 무공과 도인술이었다. 그러나 두 석상 뱃속에서 나온 양피지 두루마리에 기록된 무공들은 천축어인 범어(梵語:산스크리트 語)로 기록된 불가 무공이었다.

같은 장소에서 도가와 불가라는 뿌리가 전혀 다른 무공들이 발견된 것은 결코 평범한 사실이 아니었다. 그러나 그 이유를 유추할 수 있는 흔적은 없었다.

무당 장문인 진휘소는 일단 동굴의 존재를 비밀에 부치기로 했다. 그것은 먼저 아이들을 위해서였다. 무당산에는 무공이라면 자다가도 일어나는 무공광들이 부지기수였다. 만일 그들이 이 사실을 알면 동굴에 몰려와 온갖 분탕질을 일으킬 것이 눈에 선하게 떠올랐던 것이다.

그들은 또 아이들이 기연을 얻은 것을 안다면, 그 비밀을 밝히기 위해 아이들에게 접근해 온갖 짓을 벌일 것이 분명했다. 게다가 혹여 이 사실이 무당산을 넘어 밖으로 알려진다면 무림의 명숙이라는 자들까지 몰려와 기웃거릴 것은 누구라도 쉽게 알 수 있는 당연한 이치였다.

그래서 진휘소는 그의 모친 남궁정과 다시 한 번 의논하고 은선암묘 동굴의 존재 자체를 일체 함구하기로 결정했다. 그것은 그의 사문 무당파 인물들에게도 해당됐다. 입소문은 한번 퍼지면 막을 수 있는 것이 아니었다.

그 덕분에 어린 부부는 자기들이 겪은 일이 얼마나 대단한 것인지 전혀 짐작도 못하고 예전처럼 천연덕스럽게 지내고 있었다.

"상공아, 가자. 공 던지기 놀이 이제 새거 안 나온다. 아까 본 거 또 한다."

"진짜 볼 거 몇 개밖에 없네. 저걸 일 년은 계속한다더라. 안 지루한가 몰라?"

“히히, 바보들이다, 상공아. 열심히 공놀이하면 나중에 공이 펑 하고 변해서 맛나는 오리 구이로 변해서 나 잡슈 하고 기어오나?”

“맞다, 상아야. 저러다 공이랑 친해져서 나중엔 공들이 형니임 하고 밤에 같이 자자며 찾아오겠다. 킥킥.”

“에이, 그만 가자. 가서 후딱 저녁 먹고 부처님 체조나 하자, 상공아. 상아도 빨랑 부처님 함 돼봐야지.”

“큭큭, 무당산에 곧 아기 부처 하나 나오겠다.”

“히히, 그거 하나 아니다. 금방 쌍둥이 부처가 에헴 하고 나올 거다.”

　　　　　　＊　　　　　＊　　　　　＊

불교적 수련법 또는 도교적 수련법들은 그 연원은 각기 다른 곳에서 출발했지만 겉으로 드러난 행법들은 대동소이(大同小異)했다.

특히 내공법의 공리(功理:행공의 원리)는 수련하는 사람의 인체 속에 흐르는 기운의 흐름을 통제함으로써 그 효능을 높인다는 목표점에서 동일한 가치관을 추구하고 있었다.

내공 수련은 수련자의 인체에서 특정한 부위를 하나의 면(面)으로 확정하고 그런 면들을 먼저 기운으로 단련한다.

이렇게 단련시킨 하나의 면에서 몇 가닥의 선(線)을 형성해서 기운의 길을 만들고 단련한다. 이어 가닥가닥의 선에서 몇 개의 중요한 집중점(執中點)을 농축시켜 점들을 단련하는 것이다.

이렇게 농축된 점들이 바로 인체의 대혈(大穴)들이다.

다시 이러한 인체 대혈들을 하나의 점(點)으로 보고 그 점에서 다시 선으로 선에서 다시 면으로 가는 역방향의 원리를 이용해 순환시키며 단련하는 것이다.

이런 과정에서 면은 신체 각부가 되며, 선은 기운들이 흐르는 혈도(穴道), 점은 각각의 혈(穴)에 해당하는 것이다.

이렇게 회전하는 과정을 거치는 것이 불교와 도교의 내공 수련 방식이었다.

인체 내에서 이렇게 순환하며 반복하는 내기(內氣)의 운행은 그것이 수련이 깊어지면 인체 밖의 외부와 감응하게 된다. 서로 감응하여 기운을 주고받는 기의 대사 과정이 이어지고 그 가운데 기운의 흐름이 높고 깊어지는 경지에 이르게 된다.

조금 더 구체적으로 들어가면 이런 내공 수련 방법은 동작의 유무에 크게 두 가지로 나뉘어졌다. 움직임없이 정지한 상태에서 수련하는 정공(靜功), 움직임 속에서 수련하면 외동공(外動功)이 되었다.

일반적인 것은 정공(靜功)이 주류였다. 그리고 그 정공에서 수련하는 자세에 따라 바르게 앉은 자세에서 하는 정좌공(定坐功), 누워서 하는 와공(臥功) 등으로 크게 나눌 수 있었다.

이 각각의 과정에서 갖가지 부작용과 위험이 따른다. 전통적인 도가와 불가에서는 오랜 세월 동안 이어진 축적된 경험을 통해 이런 위험과 부작용을 최소화하고 기운의 상승 작용을 돕는 방법들을 가지고 있었다. 이것이 내공 수련에 스승과 사문이 필요한 이유였다.

정심전 이층 진연명과 연추상의 침실에 어린 부부가 나란히 앉아 있었다.

은선암묘 동굴 노도인 석상의 뱃속에서 나온 두루마리를 보고 진연명이 베껴온 기혈운행도(氣穴運行圖)가 그들 앞에 놓여 있었다.

두루마리에 적혀진 수행법은 천축의 말인 범어로 기록돼 있어 진연명으로서는 해독할 수 없었다. 다만 그림은 인체의 기의 흐름을 나타내어 주고 있기에 그림에 그려진 대로 기를 운행해 보기로 둘이 합의했었다.

진연명과 연추상은 알 수 없었지만 양피지의 기록된 기공은 천축에서 건너와 중원 각지로 퍼진 소림사 기공의 뿌리가 되는 내공법이었다. 숭산 소림사에서도 그 원본이 이미 실전돼 버린 금강반야공이었다.

소림사에서 만일 이 사실을 알았다면 소림 방장과 조사원의 늙은 고승들이 당장 무당파로 달려올 일이었다. 그러나 이를 알 리 없는 진연명과 연추상이 조용히 정좌해 그림대로 기운을 돌리기 시작했다.

어린 부부가 그림을 보며 기운 공부를 시작한 것은 벌써 일주일째였다.

처음엔 그저 심심해서였다. 무당 제자들이 무공 수련하는 것을 보고 몇 번 따라 해봤지만 그 방법들이 자기들 보기엔 시시했다. 그렇다고 누구에게 배우고 싶은 마음도 없었다. 그들에게 무공을 가르쳐 주겠다는 사람들은 무당산에선 너무 많았다.

가까이는 진연명의 부친 진휘소와 모친 당약란이 있었다. 진휘소는 어린 연명 부부에게 무당파 기공에서부터 진가장의 가전무공을 전수해 주려 했다.

진연명의 모친 당약란은 사천당가에서 몰래 가져온 독공을 전수하려 했다.

사천당가의 여자들은 원래 가전의 무공을 전수받지 못했다. 여자들이 결혼해 친정을 떠나면 그 무공들이 유출될 것을 두려워해서 내린 조치였다. 그러나 당약란은 어릴 때부터 무공과 독공에 대단한 성취를 보였다. 그것을 본 전대 당가 가주이자 그녀의 아버지인 당고취(唐高趣)가 당가비전의 독공 몇 가지를 전수해 주었던 것이다. 무공과 독공에 특별한 소질을 보인 그의 딸 당약란에게 일찌감치 데릴사위를 데려와 짝 지어주면 된다는 계산이었다.

그러나 당약란은 전대 진가장 안주인인 남궁노대부인 남궁정의 눈에 띄어 그녀의 아들인 현임 무당 장문인 진휘소와 맺어지게 되었다. 전대 당가주 당고취의 입장에선 거절할 수 없는 혼사였다. 딸이 시집가 만일 아들이라도 낳는다면 그의 미래의 항주 진가장 장주가 그의 외손자가 되는 것이었다. 게다가 무당파 장문인의 장인이 되는 것이었다. 대륙의 한쪽 구석에 위치한 사천당가의 입장에선 중원의 노른자위에 위치한 진가장과 무당파와 직접적인 인연 관계를 맺는 것은 천금을 주고도 이루기 어려운 절호의 기회였다.

서둘러 딸을 시집보낼 수밖에 없었다. 자연히 당약란은 친정인 사천당가 비전의 무공과 독공을 일신에 지닌 채로 무당산에 들어왔던 것이다.

항주 진가장주인 진연소 또한 어린 부부에게 가전무공을 전수해 주기 위해 안간힘을 쓰고 있었다. 그에겐 가문의 전통을 잇기 위한 고육지책(苦肉之策)이었다. 진연명과 연추상은 그가 보기에도 무공을 익히기엔 타고난 천품이 있었다. 재빨리 가전무공을 전수해 아이들을 확실하게 진가장에 잡아둬야 했다. 혹시 동생 부부에게 다시 태기(胎氣)가 있어 진연명의 남동생이라도 태어난다면 무당파에서 이 아이들을 그대로 놔둘 리 없었다. 동생에게 진가장을 물려주고 아이들을 당장 무당파에 잡아둘 것이 자명했다.

그래서 모친의 생신을 핑계로 항주 진가장에서 머나먼 이곳 호북성 무당산에 와서 차일피일 돌아가지 않고 마냥 머물고 있는 것이었다.

진연소의 정실부인인 매향선자 이가향 또한 마찬가지였다. 진가장에 시집와서 안주인이 된 지 이십여 년이 다 되었지만 태기가 없었다. 다른 명문들 같았으면 그녀는 진즉 쫓겨나도 할 말 없는 입장이었다. 다행히 남편 진연소와 사이가 좋아 화목하게 지내고 있지만 가문의 후계 문제만큼은 그녀에겐 치명적인 아픔이었다.

그래서 십여 년 전 시동생 부부에게서 아들이 태어나자 마치 자신의 일인 것처럼 기뻐했다. 세월이 지나며 아이가 자라고 또 어여쁜 배우자까지 얻었다. 그런데 어린 조카며느리까지 둘 다 처음 보는 대단한 재질을 가진 아이들이었다. 어찌 기쁘지 않겠는가. 하루라도 빨리 이 아이들을 항주 진가장으로 데려가 키우고 싶었다. 다만 늙은 시어머니와 동생 부부 눈치만 보며 손꼽아 기다리고 있었다.

그녀는 진연소와 혼인을 올리기 전 처녀 시절, 불문성지인 사천 아미산에 위치한 아미파의 속가제자로 이름을 날렸다. 전대 아미 장문인 백미 신니(白眉神尼)가 바로 그녀의 스승이었다. 그녀는 아미파의 관음금정신공(觀音金頂神功)을 극성으로 익혔고 아미파 비전검법의 하나로 빠르고 표홀하기로 이름난 난피풍검법(亂披風劍法)의 고수였다.

이가향은 특히 연추상의 앞뒤없이 천연덕스러운 성격이 너무나 마음에 들었다. 그녀는 내심 아미산에 살아 있는 그녀의 스승 백미 신니를 어떻게든 설득해 연추상에게 관음금정신공과 난피풍검법을 전수해 줄 생각이었다. 연추상의 재질로 봐서는 아미파 무공을 충분히 세상에

드날릴 수 있게 될 것으로 확신하고 있었다. 그래서 그녀는 어떻게든 기회를 잡아 연추상에게 무공을 가르치려 했다.

다섯 살 어린 소녀 이하영의 외할버지인 기련산 기련문주 기련노괴 가일청도 마찬가지였다. 그는 손녀딸이 연추상의 동정심에 빌붙어 절증을 치료받고 난 후 그 고마움에 무당산으로 찾아왔다.

그때 진연명과 연추상을 보고는 한눈에 빠져 버렸다. 세상 부러울 것 없이 자라는 철없는 아이들이었지만 그 성격들이 너무나 화통했다. 어린 진연명은 재질과 성격에서 그가 만나본 무림의 어떤 명가의 자제들에게서도 찾아보기 어려운 겸손함과 덕성이 배어 있었다.

배워 익힌 것이 아니었다. 그러면서도 적당한 위엄이 있었다. 그것은 가르친다고 되는 것이 아니었다.

그래서 그는 이 기회에 아예 무당산에 눌러앉아 버렸다. 다행히 누구 하나 눈치 주지 않았다. 그는 진연명과 그의 손녀 이하영을 어떤 구실을 만들어서라도 맺어버릴 결심이었다.

항주 진가장은 대대로 손이 귀했다. 그런 연유로 정실 외에 자손을 보기 위한 측실 하나쯤은 얼마든 가능했다. 손녀가 측실로 들어가더라도 그에겐 하나도 부끄러울 것이 없었다. 그는 원래 궁벽한 집안 출신이었다.

그러자면 먼저 진연명보다 연추상의 환심을 사야만 했다. 남궁노대부인 남궁정과 무당 장문인 진휘소가 연추상을 친딸보다 더 아끼는 것을 눈치챘기 때문이었다. 만일 연추상이 싫어한다면 그의 손녀 이하영은 진연명의 근처에도 갈 수 없을 것이 너무도 자명했다. 그래서 가일청은 어떻게 해서든 연추상의 마음을 얻으려 했다. 재물에다 무공까지 가진 모든 것을 아낌없이 안기려 했다.

무당산의 장로들인 진휘소의 사형들도 진연명과 연추상의 자질이 남과 달리 빼어난 것을 내심 보물처럼 아끼고 있었다. 그들은 진연명이라면 무당파의 무명(武名)을 전대 사조 고학 도장에 이어 중원 전역에 널리 휘날릴 수 있을 것으로 확신하고 있었다.

다만 진휘소의 모친인 남궁정과 항주 진가장주 진연소의 의중을 적당히 살피고 있는 중이었다. 그들은 진휘소와 당약란에게서 진연명의 동생이 태어나기만을 눈 빠지게 기다리고 있었다. 그런 연후에 진연명에게 무당파 무공을 전수하려 했다.

무당파의 무공은 도가가 그 뿌리였다. 재질이 따르지 않으면 그 깊고 깊은 정화를 체득하기가 지극히 어려웠다. 특히 깊이 들어갈수록 그 차이는 심해졌다. 연추상은 여아였지만 사물을 바라보는 눈이 범인(凡人)과 달랐다. 겉으로 보면 장난 심한 개구쟁이에 불과했지만 싹을 보면 나무를 알 수 있는 법이었다. 대기(大器)는 만들어지는 것이 아니라 하늘이 뿌려주는 것임을 그들이 모를 리 없었다.

*　　　　*　　　　*

"상공아, 손바닥하고 발바닥이 간질간질한다. 꼭 뭐가 핥는 거 같다."

"야, 운공 중에 입 열면 안 좋다더라. 참고 계속해 봐라."

"히히, 가만있으니까 심심하다. 허리도 약간 결린다. 상아는 누워서 하련다."

"야, 내공 수련할 땐 정좌하는 게 제일 좋다더라. 그냥 앉아서 해라."

"히히, 누워서 하는 그 뭐냐, 와공(臥功)도 괜찮다더라. 상아는 옆으로 누워서 할래."

"아휴, 그럼 알아서 해라. 아빠한테 들었는데 이 기공은 누워서 해도 된대. 그리고 움직이면서 해도 된다더라. 운공 중에 말해도 되고, 잠자면서 해도 되고. 그만큼 대단한 공력이래. 그렇다고 상아 너 잠자면 안 된다. 나 혼자 낑낑대면서 하고 싶진 않다. 알았지, 상아야?"

"히, 알겠다, 상공아."

진연명은 침상 위에 허리를 곧게 펴고 발바닥을 모은 자세였다. 혀끝을 입천장에 대어 임맥과 독백이 끊어지지 않게 했다. 연추상은 한쪽 손으로 머리를 짚고 비스듬히 침상 위에 누워 눈을 반개(半開)했다.

그렇게 둘은 진휘소가 두루마리에 기록된 범어를 번역해 가르쳐 준 대로 깊이 숨을 들이켰다.

아주 느리고 낮은 고요한 호흡이었다. 어린 부부는 예전부터 호흡하는 방법을 자세히 배워 알고 있었다.

잡생각을 하지 않고 온몸의 힘을 다 빼고 부드럽게 숨을 내쉬고 들이켰다. 그리고 의식은 장심과 발바닥 용천혈에 두었다.

아직 내공이 제대로 형성되지 않아 텅 빈 단전이었다. 장심과 발바닥 옴폭한 정중앙에 자리한 용천혈에서 시원하고 따뜻한 기운이 차례로 몰려왔다.

반 각 정도 그렇게 호흡에 몰두하자 온몸 구석구석에서 전에는 느낄 수 없었던 잠재된 힘들이 꼬리에 꼬리를 물고 일어나기 시작했다.

그 잠력(潛力)들이 끝 간 데 없는 지평선을 달리는 말처럼 온몸을 돌아 단전으로 뻗어나갔다.

단전에서 일차 모인 그 기운들이 잠시 아랫배 주위를 감싸고 머물렀다. 꿈틀꿈틀하는 뱀 한 마리가 제 몸뚱이를 휘젓는 것 같았다. 이윽고 그 뱀들이 사방으로 길게 뻗은 강줄기처럼 기복이 심한 산골짜기와 강변을 헤집었다. 뱀들이 강물처럼 몸속을 지나갈 때마다 닿아 있던 혈도들이 부실하게 쌓은 제방과 둑처럼 속절없이 허물어지기 시작했다.

허물어지는 것들은 마치 모래성 같았다. 물이 스며들면 스스로 물속으로 뛰어들어 흔적도 없이 사라졌다. 잔뜩 얼었던 겨울 강이 봄을 맞아 한꺼번에 녹아버리는 것 같았다. 그렇게 온몸을 돌고 돈 기운들은 어느샌가 머리끝 백회혈에 닿았다.

백회혈 주위가 마치 불타는 것같이 뜨거워졌다. 이어 갑자기 얼음처럼 차가워졌다. 백회혈 주위에서 갑자기 네 곳의 점이 단단해졌다. 전신을 돌아 휘몰아친 기운들이 네 곳의 점에 이르러 미친 듯 맴돌았다. 그러나 네 곳의 점은 너무나 완고하게 부풀어 오르는 기운의 발목을 잡았다.

한바탕 요동을 치던 기운들이 다시 몸을 내려가 단전으로 모였다. 단전에서 뭉쳐진 기운들이 또다시 머리끝을 향해 더욱 세차게 달려가기 시작했다. 달려간 기운들은 폭포수를 거슬러 오르는 물고기 떼처럼 무작정 네게의 점을 향해 돌진했다.

기운들과 부딪친 네 곳의 점 주위에서 마치 쇳물이 끓는 듯한 불꽃이 일어났다. 너무나 뜨겁고 갑작스런 고통이었고 예기치 못한 진통이었다.

진연명과 연추상이 거의 동시에 온몸을 떨기 시작했다. 아이들의 몸이 동시에 아주 조금 허공으로 떠올랐다. 그리고 작게 진동했다. 아이들은 전혀 몰랐지만 그들의 백회혈 주위 네 곳의 점은 옛사람들이 언급했던 이른바 '사대문신(四大門神)'이었다. 백회혈 주위에서 기운의 접근을 막고 있는 사대문신들은 내공을 수련하는 사람이라면 누구든 넘어서고 싶어하는 난관(難關) 중의 난관이었다.

이 관문을 돌파해야 진정한 의미의 내공 수련과 진정한 의미의 무공 공부에 한 발짝 다가갈 수 있었다.

하승(下乘)과 중승(中乘), 상승(上乘)의 세 단계로 나눠진 인체의 승화 과정에서 중승을 뛰어넘어 상승의 단계로 들어가는 발판인 셈이었다. 수십 년 면벽좌선하며 내공을 닦은 무당산의 도사들도 하승의 단계조차 뛰어넘기가 어려웠다.

그런데 진연명과 연추상은 이미 하승의 단계를 넘어 중승의 초입으로 근접하고 있었다. 지난번 은선암묘 동굴에서의 기연으로 상승의 단계로 들어갔어야 하지만 그때 아무런 준비도 없이 겪었기에 불완전한 환골탈태를 경험했던 것이다. 그러나 지난 일주일간의 금강반야공 수련이 그때의 미진했던 부분을 저절로 보완하고 있었다.

잠시 허공 중에 살짝 떠 있던 어린 부부의 몸이 떨리며 조용히 침상으로 내려왔다.

그때 둘의 머리끝 백회혈에서 약한 금빛 기운이 어리기 시작했다. 그 금빛 기운들이 서서히 전신으로 흩어지며 용천혈 주변 네 곳의 점이 얼음처럼 녹아 서서히 사라져 버렸다. 그와 동시에 떨리고 있던 아이들의 몸도 고요함을 되찾았다. 아이들은 저도 모르게 그사이 잠이 들어 있었다.

사내아이는 꼿꼿하게 척추를 세우고 양다리를 교차시켜 정좌한 자세였고, 계집아이는 한 손으로 제 머리를 받치고 비스듬하게 누운 자세였다.

제9장

귤 내기

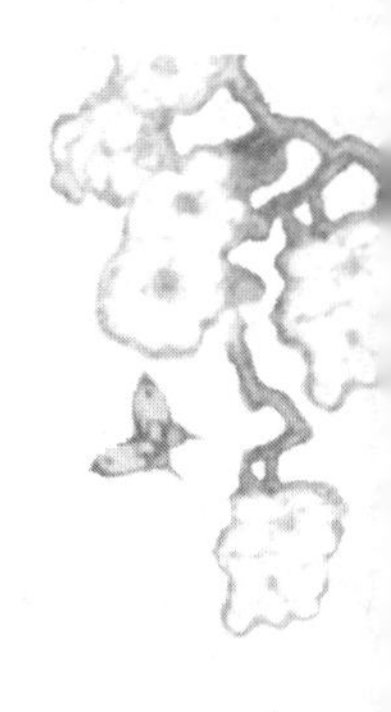

우진궁대전(遇眞宮大殿)과 태화대전(太和大殿)은 무당산에서 그 크기와 규모가 제일 큰 전각이었다.

이 두 개의 전각은 서로 마주 보고 있었다. 두 전각이 마주하고 있는 중간 지대에는 거대한 광장이 자리잡고 있었다. 광장 중앙에는 도가의 경배 대상인 도가 삼천존상(三天尊像)이 있었다. 무당산에 오르는 일반 향화객들의 주된 참배 장소였다.

우진궁대전과 태화대전은 또한 무당 제자들이 아침저녁으로 신선께 향을 올리고 경을 읊는 공과예식이 거행되는 전각들이었다. 천여 명에 이르는 무당 제자들이 둘로 나뉘어 매일 두 번 예식을 올렸다.

두 전각은 지난해 황제의 명으로 말끔하게 새로 단장됐다.

돌아가신 선황(先皇)의 명복을 빌기 위해 황제가 명을 내려 도교의 성지(聖地)인 무당산에 있는 이 두 건물들을 새로 수리했던 것이다. 건물들이 수리된 후 두 전각에는 선황제를 위한 제단(祭壇)이 만들어졌고 황제의 모친인 태후가 이곳에 들러 선황제를 위한 제사를 지냈다.

그런 연유로 태화대전의 출입문도 지난해 황제의 명으로 북경(北京)에서 만들어진 것이었다.

수백 년 된 적송(赤松)을 통으로 잘라 만든 목판 위에 솜씨 좋은 장인들이 온갖 상서로운 무늬들을 아로새긴 목공 예술의 걸작품이었다.

부귀를 상징하는 붉은색으로 물들여진 바탕에 청동판을 덧붙였다, 그 청동판에는 거대한 학(鶴)을 타고 구름 가득한 하늘을 날아가는 천신(天神)의 모습이 웅장하게 새겨져 있었다.

이 비천천신상(飛天天神像)이 새겨진 우진궁대전의 문이 서서히 양쪽으로 열렸다. 무당 제자 네 명이 양쪽에 서서 힘겹게 그 문을 밀어젖혔다.

문이 열리자 푸른색 도포와 일자건을 쓴 도사 차림의 무당 제자들이 고요히 걸어나왔다. 도교 천존께 경건하게 향과 꽃을 올리고 경전 봉송을 하는 아침 공과예식을 막 끝낸 참이었다.

침묵 속에서 길게 줄을 지어 나오는 도사들 얼굴에는 경건함이 짙게 배어 있었다. 한 줄로 늘어선 도사들이 마악 태화대전 출입문을 나서 돌계단을 내려가려 할 때였다.

그때 제자들 귀에 경건함과는 전혀 어울리지 않은 이상한 소리가 들려왔다. 그것은 여름날 더위에 지친 강아지들이 거칠게 호흡하는 소리와 비슷했다. 그리고 하나가 아니었다.

"헥헥."

"헥헥."

늘어선 제자들의 맨 앞에서 행렬을 이끌고 있던 무당 이대제자 현정 도장이 뒤를 돌아봤다. 바로 뒤에는 그를 따르고 있던 그의 사제 현소(玄素) 도장이 있었다. 현소 도장 또한 영문을 모르겠다는 듯 당황스런 표정이 역력했다. 현정 도장이 돌아보며 말했다.

"현소 사제, 이게 뭔 소린가? 내가 뭘 잘못 들었나?"

"사형, 저도 방금 이상한 소리를 들었습니다."

현소 도장이 현정 도장의 얼굴을 마주 보며 되물었다.

"뭔가 쌕쌕거리는 신음 소리 같은 게 들렸는데?"

현정 도장이 고개를 갸웃했다.

"강아지들이 물 먹는 소리 같은 게 들렸는데요?"

현소 도장이 대답했다.

잠시 가만 서서 귀를 기울이던 현정 도장이 갑자기 태화대전 출입문 왼쪽에 서 있던 거대한 해태상(海苔像)을 노려보며 큰 소리로 소리쳤다.

"어떤 무엄한 놈들이냐? 감히 태화대전 앞에서 아침 공과예절 시간에 상스런 소리들을 내는 놈들이?"

그런데 대답도 없이 조금 전과 같이 가쁜 숨소리만 들려왔다.

"헥헥."

"헥헥."

아침 공과예절이 끝난 후엔 제자들 모두 침묵을 지키며 아침 식사가 준비돼 있는 원화전까지 고요히 걸어가야 하는 것이 무당파의 규율이었다. 그렇게 제자들을 이끌고 걸어가야 할 현정 도장이 줄 맨 앞에 서서 큰 소리를 냈다. 그의 뒤를 따르고 있던 수백 명의 무당 제자가 이게 무슨 일이냐는 눈빛으로 앞에 선 현정 도장과 현소 도장을 살폈다. 뒷줄에선 투덜대며 길게 고개를 내밀어 앞쪽을 살피는 눈들도 많았다.

한 줄로 걸어가던 중에 예고도 없이 앞사람이 서면 따라가던 사람들은 앞사람의 등에 부딪치게 돼 있다. 이른 아침 시간인지라 침묵 속에서 어영부영 졸고 있던 제자들도 섞여 있었다. 그들은 앞서 걷던 사람들이 갑자기 멈춰 서자 제 이마를 그 뒤통수에 부딪쳤다. 작게 비명을 지르는 소리도 들려왔다.

"억!"

"왜 가다 서."

"사형, 졸았지?"

"으응, 안 졸았어."

"졸았잖아? 왜 이마로 내 뒤통수를 쳐?"

"그래, 서서 잤다. 왜?"

"큭큭."

삽시간에 경건한 분위기가 어수선해졌다. 웅성웅성하는 소리가 여기저기 들려왔다. 이런 소동을 일으킨 장본인이 된 현정 도장은 미안한 기색도 없이 태화전 출입문 왼쪽의 서 있는 돌로 조각한 거대한 해태상을 노려보며 소리쳤다.

"어떤 놈들이냐? 당장 나오지 못하겠느냐?"

그러나 해태상 뒤에선 방금 전과 같은 요상한 신음 소리만 들려왔다.

"헥헥."

"헥헥."

더 이상 참을 수 없었던 현정 도장이 해태상 뒤로 걸어갔다. 어떤 제자 놈이기에 몰래 아침 공과를 빼먹고 해태상 뒤에 숨어 이상한 숨소리를 내는가 해서였다. 공과를 빼먹은 것도 크게 징계받아야 할 일이지만 석상 뒤에 숨어 괴상한 숨소리를 내는 것은 무당 제자들 전체를 비웃고 욕하는 짓이었다. 어떤 놈이든 발견된 놈은 본 문에서 파문당할 대죄를 저지르고 있었다.

머리끝에서 연기가 날 정도로 노한 현정 도장이 해태상 뒤로 뛰어갔다. 그러나 그곳에는 너무나 어이없는 장면이 그를 기다리고 있었다. 미간을 크게 찌푸리며 크게 한숨을 쉰 현정 도장이 앞을 보고 말했다.

"아아니, 사숙, 사숙모. 여기서 대체 왜 이러고 있습니까?"

해태상 뒤에는 진연명과 연추상이 나란히 서서 두 손에 철구들을 하나씩 들고 있었다. 앞쪽으로 내민 둘의 손에 들린 것은 무당 제자들이 건곤구공을 연습할 때 쓰는 둥근 쇳덩이였다.

그리고 둘은 양발을 어깨 넓이로 벌리고 허리를 편 채 엉덩이를 뒤로 쑥 내밀고 있었다. 말을 타고 말 위에 앉아 있는 자세, 이른바 마보(馬步)였다. 무공 수련의 기초 자세였다. 이 자세는 때로 무공 수련을 게을리 하거나 나쁜 짓을 저지른 제자들에게 벌을 주는 용도로 자주 쓰이는 자세이기도 했다.

방금 모든 제자들이 공과를 마친 이른 아침 시각이었다. 현정 도장은 그의 나이 어린 사숙과 사숙모가 왜 여기 이렇게 엉거주춤 서 있는지를 이해할 수 없었다. 당황한 그의 머릿속에 혹시나 하는 생각이 떠올랐다. 그래서 물었다.

"사숙, 사숙모, 지금 벌서고 있습니까?"

그러나 땀을 뻘뻘 흘리며 무거운 철구를 들고 있던 어린 부부는 쌕쌕거리는 거친 숨소리만 내며 대답이 없었다. 답답해진 현정 도장이 또다시 물었다. 이 천둥벌거숭이 같은 어린 사숙과 사숙모가 아마 심한 장난을 치다 어른들에게 걸려 이렇게 벌을 서고 있는 것으로 그는 이해했다.

그렇다 해도 이건 너무 심한 벌이었다. 철구는 건장한 무당 제자들이 수련하는 도구였다. 아직 어린 나이인 그의 사숙과 사숙모가 이것을 들고 벌서기에는 너무 무거웠다. 도대체 얼마나 큰일을 또 벌였기에 그 자애로운 장문인이 아들과 며느리에게 이토록 심한 벌을 내렸을까 궁금하기도 했다.

그래서 또 물었다.

"아니, 어제 무슨 일을 저질렀습니까? 그래도 그렇지. 이건 너무 심합니다."

"헥헥."

"헥헥."

그래도 나란히 철구를 든 채 마보를 취하고 있던 어린 부부는 말이 없었다. 가쁜 숨소리만 높아졌다.

게다가 진연명은 조금 괜찮았지만 연추상은 허벅지가 바들바들 떨리고 있었다. 비 오듯 흐르는 땀이 그녀의 얼굴에서 흘러내려 녹빛 비단으로 만든 수전의 자락을 흠뻑 적시고 있었다.

철구를 품에 안고 있던 연추상의 가는 팔도 발발 떨리고 있었다. 바닥은 그녀의 몸에서 떨어진 땀으로 젖어 있었다.

　아무리 망나니처럼 무당산을 온통 휘젓고 다니는 어린 사숙과 사숙모였지만 너무 불쌍했다. 지켜보다 못해 질린 표정의 현정 도장이 소리쳤다.

　"사숙, 사숙모, 이제 그만 하십시오. 이러다 큰일납니다. 철구를 떨어뜨리면 발등이 크게 상합니다. 이제 그만 하세요. 그렇지 않으면 제가 강제로라도 빼앗을 수밖에 없습니다."

　"헥헥."

　"헥헥."

　그러나 어린 부부는 둘 다 현정 도장의 말에 대답이 없었다. 거친 숨을 몰아쉬며 두 눈만 똥그랗게 뜨고 현정 도장을 쳐다보곤 제 옆을 열심히 힐끔거리고 있었다.

　지켜보다 애가 탄 현정 도장이 크게 소리치며 어린 부부에게 다가갔다.

　그때 진연명과 연추상의 눈동자가 다급하게 돌아갔다. 진연명은 몹시 불안한 표정이었다. 그는 연신 눈짓으로 그에게 다가오는 현정 도장에게 다가오지 말라고 외치고 있었다.

　진연명은 아직 체력에 여유가 남아 있었지만, 그러나 연추상은 지금 억지로 버티고 있는 중이었다. 그녀는 지금 거의 탈진할 지경에 이르러 있었다. 진연명에게 말을 걸며 다가서는 현정 도장을 본 연추상의 눈에서 잠깐 희열(喜悅)의 빛이 강하게 스쳤다. 뭔가를 간절히 바라는 눈빛이었다.

　진연명에게 다가서던 현정 도장은 원단 전날, 이 망나니 같은 어린 사숙과 사숙모가 몰래 뱀술을 담가 먹은 그의 약점을 잡고 협박해 벌

꿀을 빼앗아갔던 일을 떠올리고 있었다. 이것을 지켜봤던 삼대와 사대의 아래 제자들이 그것을 온 산에 소문내고 다녔다. 덕분에 지금 그의 체면이 말이 아니었다. 괘씸했던 그 일이 생각난 현정 도장이 입맛을 다시며 잠시 망설였다. 이대로 그냥 둬서 혼나는 모습을 보고 싶기도 했다.

그래도 눈앞의 정경은 너무 심했다. 그래서 그는 진연명이 들고 낑낑대고 있던 둥근 쇳덩이를 말없이 빼앗아 옆에 서 있던 그의 사제 현소 도장의 손에 넘겼다.

"사숙, 이제 그만 하십시오. 벌이라면 이만큼 받았으면 되었습니다. 장문인께는 제가 말씀드리지요."

그래도 어린 부부를 가여워하는 마음에 한 행동이었다. 그러나 그가 받은 보답은 의외로 가혹했다.

"왜 그래? 아구구, 졌다. 누가 도와달랬어? 시키지도 않는 일을 왜 해? 멍청아."

그에게 둥근 쇳덩이를 빼앗긴 진연명이 부들부들 떨며 그를 노려봤다. 그리곤 대뜸 그의 무릎을 걷어찼다. 동시에 철구를 들고 헉헉거리던 연추상이 들고 있던 것을 바닥에 '쿵' 던져 버리고 만세를 불렀다.

"와아아. 이겼다."

얼떨떨한 얼굴을 한 현정 도장 앞에서 진연명이 바닥에 주저앉아 원망의 눈빛을 보냈다. 그러나 연추상은 현정 도장의 주위를 빙글빙글 돌며 환호성을 질렀다. 그렇게 팔짝팔짝 뛰던 연추상이 주저앉아 있는 진연명에게 달려가 손을 내밀었다.

"상공아, 내뇌라. 으히히."

"으이그, 억울해라. 다 이긴 건데, 현정이 저놈만 아니었음."

"히히, 어쨌든 상아가 이긴 거 맞지? 약속대로 다 내놔라."

"어휴, 아까워라. 마지막 남은 건데. 상아야, 딴 거 대신 주면 안 될 까?"

"히히, 그건 안 되지. 다 내놔라. 내기 졌잖아?"

"에이, 여기 있다. 다 가져가라. 씨이."

"아휴, 이 예쁜 것들. 상공아, 고맙다. 으히히."

진연명이 품속에서 뭔가를 꺼내 연추상에게 건넸다. 괜히 끼어들어 욕만 먹은 현정 도장이 도대체 뭔가 하는 표정으로 그것을 보았다. 그 것은 노란 색깔을 띤 과일이었다. 그것은 강남에서 주로 자라는 것으 로 겨울이 지나 새 봄인 지금 호북 무당산에서는 결코 볼 수 없는 과일 이었다.

사연은 이러했다. 진연명의 본가인 항주 진가장 장주 부인 이가향이 얼마 전 남궁정과 어린 부부를 위해 항주 진가장의 얼음 창고에 보관 해 오던 귤을 배편으로 무한으로 실어와 다시 인편으로 무당산까지 가 져왔던 것이었다.

어떻게든 어린 부부의 환심을 사고 싶었던 그녀였다. 먹을 것을 좋 아하는 어린아이들은 당연히 뛸 듯이 기뻐했다. 이가향은 귤들을 무당 산 곳곳에 적당히 돌렸다. 장로들과 무당 장문인 진휘소의 스승인 전 대 장문인 경허 도장에게도 돌아갔다.

남궁노대부인 남궁정과 어린 부부들에겐 제일 많이 돌아갔다. 제 몫 을 넘겨받은 어린 부부는 그것이 귀한 것임을 알고 즐겨 먹었다.

진연명은 시큼한 그 귤들이 너무 맛이 있어 참을 수 없었다. 먹다 보니 어느새 제 몫을 거의 다 해치웠다. 그러나 계집애인 연추상은 아껴 가며 요령껏 조금씩 먹었다. 식사 때마다 귤을 가져와 제 접시 위에 귤 즙을 살살 뿌려가며 진연명을 약 올리듯 야금야금 먹었다.

지켜보던 진연명이 제 몫이 거진 다 떨어져 가자 연추상의 것이 탐이 났다. 그래서 어젯밤 연추상에게 내기를 걸었던 것이다. 건곤구공연마에 쓰는 철구를 들고 누가 오래 버티는가 하는 내기였다.

연추상이 처음엔 고개를 가로질렀다. 나이 어린 제가 이기기엔 진연명의 체력이 강했다. 얼마 전부터 은선암묘 무공을 몰래 수련해 온몸에 힘이 넘쳐 나고 있었지만 무공은 진연명도 같이 수련하고 있었다. 아무래도 불리할 것 같았다. 게다가 연추상에겐 아직 귤이 충분했다. 진연명의 몫을 노릴 이유도 없었다.

그러자 진연명은 솔깃한 제안을 추가했다. 연추상이 이기면 다섯 배를 주겠다고 했다. 연추상이 귤 한 개를 걸면 자신은 다섯 개를 걸겠다는 얘기였다.

연추상이 들어보니 꽤 괜찮았다. 은선암묘 무공을 하고 난 후 온몸에 기운이 넘쳐 나고 있었기 때문이다. 그래서 새벽녘에 대청각 뒤편 연무장으로 가서 철구들을 갖고 가던 중에 태화대전 앞을 지나가게 되었다.

그때 연추상의 머리에 앙큼한 생각이 떠올랐다. 아무래도 그녀가 조금 불리했다. 태화대전 안에선 제자들이 아침 공과예절을 하고 있었다. 여기에서 내기하면 공과를 마친 제자들이 나오다 분명 보게 될 것이었다. 그러면 아무것도 모르고 둘을 말릴 제자들도 분명 나올 것이었다. 그래서 연추상은 멀리 갈 것도 없이 여기 해태상 뒤에서 당장 내기하자고 제안했다. 그리고 한 가지 조건을 더 붙였다.

내기하는 중에 먼저 입을 열거나 누가 와서 공을 뺏아가도 뺏긴 사람이 지는 것으로 하자고 했다. 그렇지 않으면 내기를 하지 않겠다고 버텼다.

진연명이 연추상의 속셈을 당장 간파했다. 연추상이 지나가는 제자들의 도움을 은연중 기대하고 있는 것을 눈치챘다. 하지만 설마 그런 일이 일어나겠는가 생각하고 내기에 들어갔던 것이다.

진연명은 자신이 연추상에게 결코 지지 않을 것을 확신했다. 그러면 당연 연추상의 귤을 뺏어 먹을 수 있을 것이었다.

그런데 저 바보 같은 현정 사질의 등장으로 모든 것이 물거품이 돼버렸다. 연추상에게 마지막 남은 귤을 넘겨준 진연명이 바닥에 주저앉아 현정 도장을 노려보며 말했다.

"현정 사질 너, 앞으로 몸조심해라."

"상공아, 약 오르지. 헤헤. 현정이 사질아, 자알했다. 올만에 귀여운 짓 했다."

진연명의 등 뒤에서 연추상이 현정 도장을 향해 눈을 찡긋했다.

제10장

고학(孤鶴) 도장

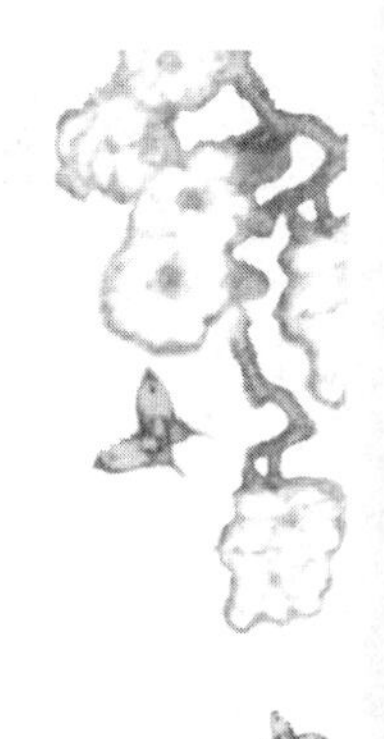

멀리 보이는 첩첩한 산봉우리 사이로 제법 푸른 기운이 섞여 있었다. 사시사철 자욱한 안개가 끼는 무당산이 오늘은 그 우윳빛 장막을 걷고 밝은 햇빛 속에 그사이 꼭꼭 숨겨뒀던 나신을 드러내고 있었다. 산봉우리들이 머리와 허리에 하얀 눈들을 안고 있었지만 지난겨울같이 혹독한 추위는 이미 한풀 가서 있었다.

지난 겨울 눈사태가 밀어닥친 계곡의 얼음장 밑으로는 맑은 물들이 흘러가고 있었다. 작은 물길들이 바위틈과 언덕을 지나 다른 물줄기와 합류했다. 여울과 웅덩이를 지나 폭포에 닿자 더 큰 물줄기로 바뀌었다.

세차게 폭포에서 떨어진 물줄기는 깊은 계곡 아래로 빨려들었다. 그곳엔 온 산에서 달려온 물들이 모여 깊은 수심을 이루며 흘러가고 있었다. 산 전체가 이미 물소리로 한껏 젖어 있었다.

물소리가 춘삼월 햇빛 속에 봄기운을 알리며 흘러갔다. 차가운 겨울 기운이 아직 조금은 섞여 있었다. 그러나 늘 짙게 깔리던 뭉게구름들도 지금은 햇빛에 녹아든 듯 잠시만 쬐어도 따스한 기운이 뻗어왔다.

＊　　　＊　　　＊

무당산 동쪽 끝자락에 오뚝 솟은 전기봉 아래 깊은 골짜기 아래는 낮에도 인적이 드문 깊은 숲이 있었다. 수백 년 된 아름드리 나무들이 제멋대로 서로 가지를 걸쳐 하늘로 뻗어 있었다. 덕분에 숲 속은 대낮에도 햇빛이 잘 들지 않을 만큼 어둠침침했다. 지붕처럼 둘러쳐진 그 나뭇가지들 밑은 햇빛을 받지 못해 작은 잡목들과 잡풀들은 아예 자라지도 못했다.

대신 몇십 년이나 묵은 나뭇잎이 푹푹 쌓여 썩어가는 기름진 거름밭이 돼 있었다. 이런 토양은 쥐와 토끼, 노루와 사슴, 원숭이와 산돼지 등 온갖 크고 작은 짐승들과 버섯 종류와 고사리 등 음지 식물들의 천국을 만들었다.

오소리와 살쾡이, 부엉이 같은 작은 육식동물들이 먹잇감을 찾아 들끓었다. 그리고 그것들마저 노리는 늑대들과 곰, 호랑이 같은 덩치 큰 육식동물들까지 불러들였다. 숲이 더 이상 뻗어가지 못하고 멈춘 곳은 바로 운모편암(雲母片巖)으로 이뤄진 깊은 계곡이었다.

계곡 위로 삼십여 장쯤 올라가면 아래선 보이지 않는 움푹 빠진 평평한 자리가 하나 있다. 그곳에 오래된 동굴 하나가 있었다.

동굴은 아주 예전부터 청심동(淸心洞)이라 불리었다. 현 주인의 전대 주인, 그리고 전전대 주인 때도 이곳은 청심동으로 불리며 대대로 맥을 이어왔다.

무당파 제자들 중 진정 도를 닦아 우화등선할 제목들이 비밀리에 뽑혀 이곳을 이어가고 있었다. 이곳 무당산에 무림 구대문파의 하나인 무당파가 생기기 이전부터 비밀리에 지속돼 온 관행이었다.

도교 종파로서의 무당도(武當道)는 현(現) 왕조가 들어서기 아주 오래전부터 무당산에 있었다. 도교 종파들에게는 북극진무현천상제(北極眞武玄天上帝)가 무당산에 머무르고 있다며 일찌감치 성지(聖地)로 숭배해 오고 있었다.

청심동은 그런 북극진무현천상제를 믿고 따르는 도파(道派)의 하나였다. 무당 도인들 중 한 명이 비밀리에 뽑혀 동주(洞主)로 이곳에 거주하며 도를 닦으며 무공을 익혔던 것이다.

이 청심동 동굴 속에서 돌연 폐부를 찌르는 깊고 깊은 한숨 소리가 울려 나왔다.

"휴우~!"

일각 후 또 한 번 한숨 소리가 흘러나왔다.

"아휴우~!"

반 각 후 더욱더 절실한 한탄의 소리가 들렸다.

"노도가 청심동에서 도를 닦은 지 어언 오십 년이 넘었구나. 올해도 또 계절이 바뀌어 또 이렇게 봄은 속절없이 오는데 노도의 가슴속엔 언제 봄이 오려나? 이곳에서 도를 이루고 무공을 닦는 것이 정녕 우화등선하는 길인가?"

　오십여 년 전 무당파의 대장로를 지냈던 당대 청심동주 고학(孤鶴) 도장이 자탄하며 읊조렸다.

　"사부께서 이르시길 도를 이루신 옛 성현들께서 정기신(精氣神) 삼보(三寶)가 마음을 텅 비게 하면 신명과 정신이 하나가 되어 고요하고 적적해진다 하셨다. 뜻을 안정시키면 근원이 혼합되고 인정이 성품과 화합하듯이 몸과 마음과 뜻이 합해져 정기신 삼보가 통합된다 하셨다."

　고학 도장이 갑자기 왕소금 뿌려진 미꾸라지처럼 파닥거리며 바닥을 박찼다.

　"이 무슨 개소리란 말인가? 오십 년 넘게 쫄쫄 굶어가며 차가운 돌바닥에 앉아 좌선에 들었건만 정기신 삼보가 통합돼 몸과 마음과 뜻이 고요해진다고? 지랄 같은 소리하고 있네. 까딱하면 굶어 뒈질 뻔했다. 자주 굶어도 잘 버티는 특이체질을 타고 났길 다행이지, 아니면 오십 년 동안 일찌감치 빼빼 마른 해골이 됐을 게야. 마음이 텅 비고 고요해진다고? 말한 놈 저는 그렇게 돼봤나? 아니, 세상에 마음이 고요해지면 그건 벌써 숨이 꼴깍한 시체야, 시체. 아이고! 내가 미쳤지. 오십 년 전에 그 미친 사부에게 깜빡 속아 그 좋은 대장로 자리까지 홀랑 내던지고 아무도 없는 이 깊은 산중에서 생지랄을 떨었구나. 아이고오, 불쌍타아, 고학아. 너는 어찌 이리 지지리도 복도 없느냐? 아이고오!"

　고학 도장이 청심동 차가운 돌바닥을 손바닥으로 퍽퍽 내려치며 어린아이처럼 서럽게 울었다. 그가 돌바닥을 내려칠 때마다 망치로 돌을 깨는 소리가 꽝꽝 하며 울렸다.

　떨어져 나간 돌조각 파편들이 동굴 벽에 부딪치며 팍팍 불똥을 튀

졌다. 한참이나 울부짖으며 죄도 없는 돌바닥을 두드리며 화풀이를
하던 고학 도장이 미친 듯 벌떡 고개를 들었다. 그의 얼굴에 오십 년
간 고행(苦行)으로 맺힌 온갖 감정들이 가득 서려 있었다.

그의 눈알이 타는 듯 빛났다.

"내 이 사부 놈이 일찍 죽지 않았으면 목이라도 죄어 한을 풀겠구먼.
등선했는지 어쨌는지 저 세상으로 도망간 지가 벌써 사십 년이라 쫓아
갈 수도 없고. 아이고, 억울해라. 이 절통한 한을 어떻게 풀꼬?"

울부짖던 고학 도장이 땅바닥에서 갑자기 얼굴을 들었다.

"가만있자. 똑같이 나 같은 놈 하나 만들어 고놈도 나처럼 오십 년
후에 땅 치고 울게 하면 속이라도 좀 풀릴까? 그래 볼까? 조오타. 어디
나같이 멍청한 놈 하나 꼬여내서 적당히 무공도 가르쳐 주고 백 년 동
안 도 닦으면 우화등선한다고 거짓말 좀 하자. 흐흐흐."

고학 도장 얼굴에 오십 년 만에 웃음꽃이 만발했다.

"클클클, 그거 아주 좋은 생각이로다. 그동안 무공이야 닦을 만큼 닦
았으니 세상에 노도를 당할 놈은 없을 것이야. 미친 사부 덕분에 줄창
앉아 있다 보니 탈태환골까지 해서 앞으로 백 년은 끄떡없이 살 터. 이
참에 한세상 아주 재미나게 살아보자. 멍청하고 얼굴, 몸매 어여쁜 처
자도 하나 살살 꼬여서 품에 안고 살아도 보고, 토끼 같은 자식도 낳아
길러도 보자. 으아아, 노부가 이 생각을 왜 진작에 못했을꼬? 천하의
바보 맹추로다! 고학아, 고학아."

고학 도장이 제 머리를 퍽퍽 소리나게 두드렸다.

무당산 전기봉 아래 깊은 골짜기 속에 자리한 청심동 동굴 바닥에

거지 같은 몰골을 한 고학 도장이 미친 듯이 머리를 흔들고 있었다. 그는 오십 년 만에 세상에 나갈 궁리를 했다. 그러나 오랫동안 세상과 담을 쌓고 살아온 머리를 갑자기 굴리려니 그저 터질 듯 아프기만 했다.

무슨 생각이 났다가도 금방 사라졌다. 사라진 생각을 쫓아가면 또 다른 생각이 떠올랐다. 생각이 꼬리에 꼬리를 물었다. 나중엔 이 생각 저 생각이 뒤섞여 종잡을 수도 없게 됐다.

고학 도장이 머리를 쥐어짜고 있을 때 그의 귀에 어렴풋이 어린애들 목소리가 들렸다. 고학 도장이 머리를 설설 흔들었다.

"어허, 노부가 얼마나 오래 굶었는지 환청이 다 들리는구나. 불쌍한 고학이여, 정신 차리거라. 깊고 깊은 이 산중에 어린애라니. 천 년 묵은 여우가 둔갑해 초조해진 너를 홀리려는 게야."

청심동 동굴 바닥에서 고학 도장이 힘없이 중얼거렸다. 그때 천 년 묵은 여우가 둔갑해 그를 홀리는 소리가 또 들려왔다.

"야아, 맛나겠다. 우와우와, 신난다."

캐갱.

고학 도장의 귀가 순간 당나귀 귀처럼 펄럭였다. 진짜 천 년 묵은 여우가 나타난 모양이었다. 어린 여자 아이의 목소리와 여우 울음 소리가 뒤섞여 있었다. 게다가 그의 코를 어지럽히는 고소한 냄새까지 흘러나왔다. 고학 도장이 눈을 감고 소리쳤다.

"요괴야, 물러가라. 무량수불, 무량수불."

그가 다 낡아 빠져 이제 깃털도 남지 않은 불진을 휘둘렀다. 그리고 도교의 온갖 신들의 이름을 진언처럼 중얼댔다.

"원시천존(元始天尊) 옥황상제(玉皇上帝) 무형천존(無形天尊) 무시천존(無始天尊) 범형천존(梵形天尊) 현천상제(玄天上帝) 문창제군(文昌帝君) 후토(后土) 서낭신(城隍神) 화합신(化合神) 삼관(三官) 재신(財神) 개격신(開格神) 동악대제(東嶽大帝) 노군(老君)이시여. 이 늙고 외로운 고학을 살피소서. 무량수불. 무량수불."

그가 도교의 있는 신 없는 신, 생각나는 모든 신들을 무작정 주워 모아 왕창 읊조렸다. 그러나 오히려 둔갑한 여우 목소리는 더 높아졌다. 오십여 년 동안 벽곡단만 먹으며 굶주린 고학 도장의 창자를 유혹하는 고소한 냄새도 점점 짙어졌다.

"어허, 이것이 진짜 천 년을 묵어 도력이 하늘에까지 이르른 요물이로고! 여기가 어디인가? 북극진무현천상제(北極眞武玄天上帝)께서 계신다는 도가의 성지인 무당산이 아닌가? 이 성지에 와서 이리 요사스럽게 쇠약해진 노도를 유혹하는구나. 게다가 이렇게 도가의 여러 제신까지 연이어 외치건만. 꿈쩍도 하지 않고 더 높은 소리와 강한 냄새로 유혹을 멈추지 않는구나. 이를 대체 어쩐다."

그때 마지막 남은 벽곡단까지 벌써 이십여 일 전에 먹어치운 그의 위장을 자극하는 소리가 또 들려왔다.

"헤헤, 먹자먹자. 넘 잘 익었다. 우와, 매콤 고소 짭짤한 냄새 난다. 최고다."

캐갱캥.

갸악걍.

고학 도장의 얼굴이 비장하게 변했다. 더 이상은 참을 수 없다는 표정이었다. 주먹을 불끈 쥔 그가 결연히 일어서며 말했다.

"조오타. 노부가 오늘 이 요물과 사생결단을 치르고 말리라. 더 이

상 앉아 있으면 어차피 굶어 죽을 터. 이래 죽으나 저래 죽으나 죽는
건 매한가지. 차라리 요물을 퇴치하고 허기진 배를 채워 요기를 하고
말리라. 가자 고학아, 오십 년 만에 나서는데 무슨 이유를 대든 다 밖
으로 나가고 싶어하는 내 핑계니라. 그럴 바엔 과감하고 솔직해져야
할 것이로다. 으아, 더 이상은 못 참겠다. 배고파 미치겠도다.”

“상공아, 맛나겠다. 우와우와, 신난다.”
캐갱.
연추상이 모닥불이 피워진 불가에서 손뼉을 치며 팔짝팔짝 뛰었다.
불가엔 원숭이 금아가 잡아온 산돼지 새끼가 나무 꼬챙이에 꿰여져 통
째로 구워지고 있었다. 하얀 여우 새끼 설아도 덩달아 신나 했다.
진연명과 연추상이 오랜만에 무당산 동쪽 끝자락에 전기봉 아래 계
곡으로 나들이를 왔다.
지난겨울 몇 번의 사고를 쳐 금족령으로 발이 묶였다. 이어 몸 아픈
이하영이 느닷없이 달라붙어 대왕봉 침과 꿀로 치료하느라 바빴다. 그
후 난데없이 나타난 이하영의 조부 기련노괴의 선물 공세에 한동안 들
떠 정신이 없었다.
이런저런 이유가 겹쳐 어린 부부가 시도 때도 없이 즐겨 하던 산속
나들이가 한동안 뜸했었다. 또다시 좀이 쑤신 연추상이 진연명을 부추
겼다. 산에 놀러 가자고 했다. 가서 통통한 가재를 잡아 불에 구워 맛
난 소금에 갖은 양념장도 뿌려 먹자고 살살 꼬드겼다.
마다할 진연명이 아니었다. 진연명도 답답한 정심전 거처에서 벗어
나 이제는 추위가 가신 산속 공기를 마음껏 들이키고 싶던 참이었다.

그래서 기회를 노려 오늘 아침 할머니 남궁정에게 애걸복걸했다.

전기봉 계곡 아래 산속 폭포로 천렵(川獵) 가고 싶다고 마구 강짜를 부렸다. 할머니 남궁정은 처음엔 고개를 설레설레 저었다. 둘이 아직 어린 나이여서 너무 위험하다는 이유였다. 호랑이나 표범, 곰 같은 무서운 산짐승들이 전기봉 숲에 우글우글하다고 만류했다.

그러나 진연명은 할머니 남궁정의 소매를 부여잡고 눈물, 콧물까지 달달 섞어 안달복달했다. 곰이나 호랑이는 전혀 무섭지 않다고 징징댔다. 자신과 연추상은 물론이고 금모신원 금아까지 그딴 것들 한주먹감밖에 안 된다고 무작정 장담했다.

게다가 이번엔 호신용 소검도 갖고 가겠다고 했다. 그러니 아무 걱정 하지 말라고 가슴을 팡팡 두드렸다. 마지막엔 허락하지 않으면 몰래 전기봉 폭포 밑 깊은 물에 퐁당 뛰어들어 죽어버리겠다며 엄청난 말로 남궁정을 협박했다.

그것이 결정적이었다. 마침내 마지못한 남궁정의 허락이 떨어졌다. 그러나 어린 부부는 이미 며칠 전에 아무도 모르게 우선 일차 원정을 했었다.

그때도 가재가 우글우글했다. 그러나 그날은 진연명이 굴즙 뿌린 연추상의 가재를 장난삼아 빼앗아 먹다 연추상이 울며불며 매달려 분위기가 썰렁해져 버렸다. 그 사건 이후 며칠 동안 연추상은 진연명만 보면 고개를 돌리며 뿔난 송아지처럼 콧김을 흥흥댔다.

그러나 오늘은 어른들이 공식적으로 허락한 새해 들어 첫 부부 산행(夫婦山行)이었다. 어린 부부가 가솔(家率)들인 원숭이와 새끼 여우까지 대동하고 의기양양하게 폭포로 개선장군처럼 진군했다.

폭포 가엔 호랑이와 곰 같은 무서운 산짐승은 없었지만 그와 버금가는 맛을 지닌 통통한 가재들이 부지기수로 서식하고 있었다. 추운 겨울을 참으로 힘겹게 견디고 그들 일행을 눈 빠지게 기다리고 있었다.

돌바닥인지 가재 바닥인지 몰랐다. 뒤지면 기어나왔다. 돌을 들면 드서주슈 하는 듯 바로 밑에 웅크리고 고개 들었다. 나중엔 가만히 서 있어도 알아서 발밑으로 꿈틀꿈틀 기어와서 대령했다. 이런 기특하고 고마운 것들을 쏙쏙 항아리에 주워 담았다. 준비한 나뭇가지에 순서대로 끼워 금방 피운 모닥불 위에 얹어 호호 불며 구웠다.

게다가 올 때엔 전혀 예상치도 못한 어마어마한 횡재까지 했다. 덕분에 오늘 천렵은 무당파의 단체 식당인 원화관 요리들보다 천 배 만 배 군침나는 화려한 요리들로 치를 수 있게 됐다.

진연명이 소금 가루를 새끼 돼지 몸통에 뿌렸다. 타다닥 하며 불꽃이 일었다. 돼지 몸통에서 지글지글하며 기름이 흘러 불 속으로 떨어졌다. 진연명이 그것을 불 위에서 천천히 돌리며 굽기 시작했다. 연추상의 입에 침이 꼴깍 넘어갔다. 하얀 새끼 여우 설아는 벌써부터 입가에 침을 질질 흘리며 바싹 불 옆에 붙어 있었다. 그러나 원숭이 금아는 연추상의 뒤에 있는 넓적한 바위 위에 앉아 딴 곳을 바라보고 있었다. 팔짱을 낀 금아가 심통난 표정을 짓고 있는 것은 다 이유가 있었다.

이유는 간단했다. 불가에서 지금 신나게 구워지는 저 아기 돼지는 원숭이가 억지로 잡아온 것이었다. 원숭이는 돼지고기를 먹지도 않았다. 그런데 산속에서 돼지를 잡아온 것은 연추상의 어거지와 그 뒤를 이은 협박 때문이었다. 애초에 전기봉 골짜기에 있는 이 폭포로 올 땐 가재를 잡아 구워 먹자는 것이 일행의 순수한 목표였다.

그러나 산속을 들어오자 순식간에 처음의 순수함이 사라졌다. 숲 속에서 꿀꿀대며 나무뿌리에 코를 처박고 있던 돼지 일가족을 발견한 연추상의 눈이 반짝였다. 갑자기 말랑말랑한 새끼 돼지고기 생각에 회가 동해 버렸던 것이다. 즉시 애꿎은 원숭이 금아의 호출령이 떨어졌다. 냉큼 가서 잡아오라는 뜻을 담은 연추상의 손가락이 돼지들을 가리켰다. 당연히 원숭이가 난색을 표하며 격렬히 반항했다.

제 먹을 것도 아닌데 왜 제가 힘들게 잡아야 할지 모르겠다는 표정을 지었다. 정당한 사유를 들어 반항한다는 뜻으로 가슴을 팍팍 두드리며 발로 땅을 꽝꽝 굴렀다.

대번에 전기봉 산속에서 한바탕 즉석 난투극이 벌어졌다.

콧김을 씩씩거린 연추상이 소매 걷고 달려들었다. 주먹을 불끈 쥔 원숭이가 금빛 털을 곤두세우며 마주 섰다. 그러나 애석하게도 원숭이는 연추상의 주먹 한 방을 피하다 살짝 돌아서며 내지른 교묘한 뒷차기에 걸려 배꼽을 움켜쥐고 나자빠졌다. 원숭이는 호랑이와 곰도 잡는 제 주먹이 연추상에겐 더 이상 통하지 않는다는 걸 알고 금방 백기를 들고 항복했다.

낙담한 원숭이가 처량하게 숲으로 들어갔다. 잠시 후 꽥꽥거리며 달아나는 산돼지 일가의 비명이 온 산에 메아리쳤다. 숲속에서 '퍽퍽' 하며 구타하는 소리가 몇 번 들렸다. '꾸에엑' 하며 다 죽어가는 구슬픈 신음 소리가 이어졌다. 곧 원숭이가 기절한 새끼 돼지 한 마리의 꼬리를 끌고 어슬렁거리며 나타났다. 지금 불 위에서 진연명의 손끝에 뒤쳐지는 바로 이놈이었다.

진연명이 또 다른 연추상의 협박 작품을 허리에 찬 주머니에서 꺼냈

다. 연추상이 무당파 제자들의 식사를 책임지는 원화관 관주 현휴 도
장에게 갈취해 온 것이었다. 이것은 사천지방에서 많이 쓰는 특별 양
념, 즉 어향(魚香)이었다.

사천소금에 간장, 당분 가루, 식초, 빻은 고추, 파, 생강, 마늘 등을
넣어 버무린 짜고 맵고 시큼하고 달기도 한 양념장이었다. 흔히 어향
육사로 불리기도 하지만 배합 방법에 따라 조금씩 다른 맛을 내는 신
기한 향신료였다.

진연명이 이 어향을 익고 있는 돼지 몸통 위에 주룩 붓고 작은 붓으
로 살살 발랐다. 매캐한 향기가 코를 찌르듯 풍겨왔다. 연추상이 히히
웃으며 불가에 쪼그려 앉았다. 일찌감치 불가에 엎드려 있던 여우가
흘린 침이 땅바닥에 툭툭 떨어졌다.

이어 세 번째 연추상의 협박 작품이 진연명의 품에서 등장했다. 진
휘소와 당약란, 남궁정과 어린 부부의 식사를 책임지고 있는 대청각 주
방장을 몰아붙여 가져온 산서 서봉주(西鳳酒)가 든 호리병들이었다.

이것은 두 가지 이유로 연추상에 의해 대청각 주방장 손에서 갈취됐
다.

첫째 이유는 혹시 산속에서 짐승을 잡아 궈 먹을 때 이걸 부으면 비
린내가 가신다는 것이었다. 둘째 이유는 배를 채운 뒤 원숭이 금아에
게 이걸 처먹여 헤롱헤롱하게 만든 다음 금아의 엉덩이춤을 또 한 번
더 구경하겠다는 깜찍한 의도였다.

연추상은 아직 원숭이 금아의 비기를 모두 훔치지 못했다고 아쉬워
하던 중이었다. 이것만 십이성 완벽하게 터득할 수 있다면 할머님아와
아버님아, 그리고 젤 까다로운 어머님아까지 한 방에 깜빡 보낼 수 있

다는 게 연추상의 노림수였다.

진연명이 독한 서봉주를 거진 다 익어가는 새끼 돼지 몸통에 주욱 부었다. 원숭이 금아가 아쉽다는 듯 옆에서 바라보며 짭짭 입맛을 다셨다. 진연명이 씨익 웃으며 호로병을 금아에게 내밀었다. 어쨌든 오늘 식사의 성찬인 산돼지를 잡아온 일등공신이었다. 돼지를 잡아오기 전 연추상에게 얻어맞아 뾰로통해진 원숭이를 달래고도 싶었다.

호로병을 받은 원숭이가 기쁜지 크게 걕걕거리며 진연명을 껴안았다. 그리곤 호로병을 들고 주욱 제 입에 들이부었다. 꼴각하며 그게 원숭이 목을 넘어 위장으로 넘어갔다. 순간 진연명은 맞은편 칡덩굴 속에서도 꼴각하는 침 넘어가는 소리가 들린 것도 같았다. 잠시 손을 멈추고 귀를 기울였지만 별다른 낌새가 없었다.

문득 뭔가 타는 냄새가 났다. 산돼지는 아니었다. 진연명이 불가로 주저앉아 한참 침을 꼴딱꼴딱 삼키고 있던 연추상에게 퉁명스레 말했다. 바보같이 뭐 하고 있느냐는 뜻이었다.

"상아야, 뭐 해? 가재 다 탄다. 좀 뒤집어."

"아앗, 그렇네. 상공아, 미안."

연추상이 불 위에 있던 가재들이 꿰인 나무 꼬챙이를 얼른 뒤집었다. 그런데 너무 서둘렀다. 꼬챙이를 뒤집는다는 것이 타고 있던 나무 장작까지 함께 뒤집어 버렸다. 불길이 확 오르며 불통이 튀었다. 그 불똥들이 마침 불가에 닿을 듯 엎드려 있던 여우 등에 떨어졌다. 하얀 새끼 여우는 제 등에 불똥이 떨어지자 그 열기에 데어 미친 듯 푸다닥거리며 돌바닥에서 몸부림쳤다.

예기치 못한 상황에 당황한 연추상이 땅바닥을 뒹구는 여우를 잡아 폭포 쪽으로 황급히 던졌다. 등에 불이 붙은 여우 새끼가 폭포를 향해 불화살처럼 날아갔다. 그리곤 계곡 위에서 세차게 떨어지는 폭포수 줄기에 맞아 그 아래 깊은 웅덩이로 퐁당 떨어졌다.

깨깽.

여우는 갑자기 등에 불꽃이 떨어지고 생살이 타는 고통에 휩싸였다. 그런데 갑자기 몸뚱이가 공중을 날아갔고 철벽같은 물줄기에 부딪쳤다. 그리고 차가운 물속에 떨어져 버렸다. 물속에서 정신없이 울부짖었다. 그것이 차가운 물을 쉴 새 없이 꼴깍꼴깍 들이키게 만들었다.

물 먹은 여우의 몸이 점점 물속에 잠겼다. 보다 못한 진연명이 숲 가에 떨어져 있던 긴 나무 막대를 들어 물속 여우에게 휘저어 그 몸뚱이를 건져 냈다.

물속에서 파김치가 된 여우가 겨우 진연명의 나무 막대를 잡고 물가로 끌려왔다. 진연명이 불쌍한 듯 여우를 안고 보따리에서 꺼낸 수건으로 몸뚱이를 닦아줬다. 여우가 온몸을 부르르 떨었다. 한참 만에 여우가 겨우겨우 제정신을 차렸다. 미안해진 연추상이 여우 새끼 설아에게 다가가 등을 쓰다듬었다.

"설아야, 미안."

하지만 하필 연추상이 쓰다듬은 곳이 물에 데인 자리였다. 쓰라린 상처를 연추상이 건드리자 여우가 갑자기 몸을 비틀며 저도 모르게 연추상의 손등을 할퀴고 말았다.

깽.

"악."

연추상의 손등이 여우의 손톱에 긁혀 피부가 갈라졌다. 놀란 여우가 진연명의 품에서 몸을 비틀어 벗어났다. 여우가 황급히 폭포 반대편의 숲 속으로 달아났다. 연추상의 손등에서 핏방울이 방울방울 떨어져 내렸다.

"상아야, 괜찮아?"

진연명이 연추상의 손등을 잡고 입으로 피를 빨았다. 바들바들 몸을 떨던 연추상이 발칵 화를 내며 달아난 여우를 불렀다. 그러나 여우는 숲 가에 자라난 굵은 칡덩쿨 위에 올라가 이쪽을 노려보고 있었다.

"야, 설아, 너 이리 안 와? 안 오면 혼난다."

연추상이 불렀지만 여우는 이쪽을 돌아보며 꼼짝도 하지 않았다. 그러자 화가 난 연추상이 바닥에 있던 큼지막한 돌멩이를 손에 들었다. 그리고 또 한 번 여우를 불렀다.

"설아 너 안 오면 이거 던진다. 함 맞아볼래?"

그러나 여우는 연추상의 말을 들은 척도 않았다. 옆에 있던 진연명이 연추상을 말렸다. 그러나 연추상은 제 힘껏 돌멩이를 던졌다. 그것은 하지만 엄포였다. 연추상은 애초부터 여우를 맞출 생각이 없었다. 자기가 먼저 잘못한 것을 알고 있었던 것이다. 그래서 여우가 있는 자리보다 훨씬 뒤쪽을 겨냥해 세차게 던졌다. 아무튼 화난 것을 이것으로 풀려는 의도였다. 돌멩이가 여우 뒤쪽의 칡덩쿨 우거진 숲으로 힘차게 날아갔다. 그런데 돌멩이가 떨어진 곳에서 예기치 않은 사람의 비명 소리가 들려왔다.

＊　　　＊　　　＊

청심동 동굴 속에 있던 고학 도장이 제운종 신법을 최고로 발휘해 달려온 곳은 그의 귀와 코를 자극하던 소리와 냄새가 흘러나온 전기봉 계곡 아래였다. 까마득한 계곡 아래 사뿐히 내려앉은 고학 도장은 그의 귀를 어지럽힌 것들을 쉽사리 발견할 수 있었다. 그가 폭포 앞 우거진 덩굴 속에 신형을 숨기고 그것처럼 훔쳐봤다.

지난해 무성하게 자라났던 칡덩굴이 누렇게 뒤엉켜 그의 낡고 색 바랜 도포와 마침 같은 색깔을 띠고 있었다. 그가 그 속에 숨어 덩굴들 틈으로 요물들을 세세하게 관찰하기 시작했다. 고학 도장의 귀와 코를 어지럽히던 요물들은 계곡 아래 폭포 옆 평평한 바위 위에 앉아 있었다.

그런데 한 마리가 아니었다. 떼거리였다. 아마 단체로 도를 닦은 여우 일가족 같았다. 모습도 각양각색(各樣各色)이었다.

아직 제대로 도를 덜 닦은 놈은 여우의 모습을 벗어나지 못하고 있었다. 조금 더 묵은 놈은 금빛 털을 한 원숭이의 모습이었다. 조금 더 오래 묵은 두 놈은 아마 여우 가족들의 어미와 아비인 듯 어린 사내아이와 계집애의 모습으로 변신(變身)해 있었다. 얼마 전 그의 귀를 어지럽힌 요상한 소리는 필시 지금 어린 계집애 모습을 한 암여우가 낸 소리였을 것으로 짐작했다.

여우 가족들이 함께 먹으려 뭔가를 불에 굽고 있었다. 고학 도장은 오십여 년 수도 중 우연히 깨달은 천안통(天眼通)을 발휘해 눈앞의 여우 일가들을 샅샅이 살폈다.

통통한 새끼 산돼지가 입과 항문을 나무 막대에 관통된 채 불 위에서 잘잘 구워지고 있었다. 폭포 물가에서 방금 잡은 듯 팔뚝만 한 가재들 수십 마리가 나무 막대기에 줄줄이 꿰여져 붉은색 살들을 탐스럽게 드러내며 불 위에서 익어가고 있었다. 고소한 냄새가 그의 코를 찔렀다.

고학 도장이 작게 혀를 차며 내심 감탄에 감탄을 거듭했다.

'이것들이 천 년 동안 먹는 도만 줄창 닦았는가? 저놈의 도 닦은 여우 일가붙이들은 먹성도 과연 엄청나구나. 건장한 사내 이십여 명이 한 끼에 먹어치울 분량을 겨우 네 놈이 먹으려 달려들다니. 무량수불. 아이구, 배고파라. 무량수우불.'

역시 도를 닦은 요물들은 달라도 뭔가 달랐다. 생(生)으로 된 날것이 아니라 불에 구워 먹을 줄도 알았다. 또 그것이 다 익을 때까지 침을 질질 흘리면서도 불가에서 참는 법도 알고 있었다. 게다가 가장(家長) 여우가 무언가 품에서 꺼내는가 했더니 온갖 냄새가 뒤섞인 양념장까지 뿌릴 줄도 알았다.

잠시 후 더 놀라운 일도 일어났다. 양념장이 바닥에 떨어지지 않게 아비 여우가 작은 붓까지 꺼내 들고 양념장을 찍어 돼지 새끼 몸통에 살살 바르고 있었다.

오십여 년 만에 처음으로, 미치도록 향긋하고 매콤한 냄새가 그쪽에서 풍겨왔다. 고학 도장 입에서 저절로 침이 흘러나와 땅바닥에 후두둑 떨어졌다. 이놈의 여우들이 그를 애태워 죽이려 아예 작당을 한 것 같았다.

하지만 꼭 그런 것은 아닌 것도 같았다. 도 닦은 여우들이 뭐 때문에 비쩍 마른 그를 노리겠는가? 오십 년 동안 벽곡단만 집어삼켜 살점 하나 없는 비쩍 마른 그의 몸뚱이였다.

어쩌면 도 닦은 여우들은 아무것도 모르고 그저 저희 일가붙이들만의 먹이 잔치를 하는 것일지도 몰랐다. 아무리 도를 깊이 닦았어도 거의 백 년 동안 무공을 익힌 그의 자취를 찾을 수는 없었다.

그때 아비로 보이는 가장 여우가 또 품에서 뭔가를 꺼냈다. 그것은 호로병이었다. 그 호로병의 마개가 열리자 그가 오십 년 전 무당파 대장로 시절 그때도 몰래 숨겨두고 아껴 먹던 귀한 산서 서봉주였다.

수수와 누룩을 담가 빚은 저 비싼 고량주를 아비 여우가 돼지 몸통에 주욱 부었다. 그리고는 금빛 원숭이 모습을 한 새끼 여우에게 주었다. 새끼 여우가 좋아하며 그걸 받아 쭈욱 들이켰다. 그걸 보던 그의 목줄도 마치 자신이 술을 마시듯 쭈욱 들이켜지며 입에 침이 철철 흘러나왔다. 꿀꺽하며 목젖이 움직이며 큰 소리로 침이 삼켜졌다.

그때 아비 여우가 이쪽을 흘깃 보는 것 같았다. 그러나 곧 불 가로 다시 고개를 돌렸다. 그의 가슴이 두 근 반 세 근 반 방망이질하다 멈추었다. 너무 놀랐다. 도 닦은 여우가 자신의 종적을 그만 찾아낸 줄 알았다.

그러나 고학 도장은 배고픔과 술고픔을 더 이상은 참을 수 없었다. 무려 오십여 년 만이었다, 이리도 군침 돌게 하는 풍성한 잔칫상을 본 것은. 그래서 도저히 그냥 지켜볼 수 없었다. 그가 덩굴 속에서 십이성 모든 공력을 깡그리 끌어 모아 무당면장(武當綿掌)으로 여우들을 쳐 죽이려 했다. 그리고 여우들의 음식을 차지할 요량이었다.

그때 어미 여우가 무슨 이유인지 발칵 놀라며 갑자기 불붙은 장작을 휘둘렀다. 제일 어린 도 덜 닦은 여우 새끼가 그만 장작에 붙은 불이 털에 옮겨져 바닥을 뒹굴었다.

다급해진 어미 여우가 불붙은 새끼 여우를 폭포 쪽으로 던졌다. 불붙은 것을 끄려면 물속이 제일 확실한 법이었다. 불붙은 새끼 여우가 폭포수에 부딪치고 이어 물속으로 떨어졌다.

물속에서 물을 들이켠 새끼 여우를 아비 여우가 기다란 장대를 가져와 건져 냈다. 불쌍한 듯 안고 달래었다. 어미 여우도 다가가 위로했다. 그런데 새끼 여우가 화가 난 듯 어미 여우 손등을 그만 할퀴고 달아났다.

새끼 여우가 고학 도장이 숨어 있는 숲 속 바로 앞 칡덩쿨 위에 자리 잡고 상처를 달랬다. 그때 어미 여우가 달아난 새끼를 불렀다. 하지만 새끼도 화가 난 듯 어미가 불러도 그 자리에서 꼼짝도 하지 않았다. 몇 번이나 애타게 새끼를 부르던 어미도 드디어 화를 내며 바닥에서 돌멩이 하나를 집어 들고 위협했다. 부르는데 안 오면 마치 던질 기세였다. 그런데도 새끼는 여유만만 들은 척도 하지 않았다. 마침내 참고 참던 어미가 손에 든 돌멩이를 던졌다.

그런데 아뿔싸! 왜 그 돌멩이가 하필이면 예상치도 못하게 고학 도장 얼굴로 날아왔다. 보통 때면 이런 돌멩이쯤 피하는 것은 일도 아니었다. 경황 중에 고학 도장이 몸을 날려 피하려 했지만 오래 굶은 그의 몸이 제대로 움직이지 않았다. 게다가 날아온 돌멩이가 또 하필이면 그만 그의 제일 약한 부위인 턱주가리에 정통으로 부딪치고 말았다.

"허억."

숲 속에 신형을 숨기고 있던 고학 도장이 날아온 돌멩이에 맞아 짧은 비명을 지르며 쓰러졌다. 고학 도장은 그동안 너무나 굶었는지 쓰러진 후 정신이 가물가물했다. 아무리 힘을 주어 일어서려 버둥거렸지만 굶고 굶은 빼빼 마른 몸이 공력을 받쳐 주지 못했다.

몇 번 뒤척이며 안간힘을 쓰던 고학 도장이 마침내 힘이 다해 꼴깍 정신을 놓고 말았다.

꿈속에서 고학 도장은 열 살 어린 나이로 돌아가 있었다. 스승의 손을 따라 고향 만리장성(萬里長城) 부근 농가에서 흙투성이 부모들과 작별 인사를 하고 있었다.

흉년이 들어 모두가 굶주리고 있었다. 장성 너머 흉노족들이 식량을 약탈하기 위해 출몰하고 있었다. 관군들이 장성에서 힘겹게 그들과 사투를 벌이고 있었다. 그사이 인근 민가들엔 산적들이 들끓고 있었다. 전염병까지 돌았다. 모두들 살기 위해 생지옥의 아비규환(阿鼻叫喚)을 만들고 있었다.

평생 흙더미에 파묻혀 살았던 그의 부모들은 어쩔 줄을 몰라 했다. 일 년째 비가 오지 않아 바짝 마른 대지를 바라보며 한숨만 쉬고 있었다. 흙으로 만든 오막살이 부근엔 흔한 풀뿌리 하나도 남아 있지 않았다. 굶주린 사람들은 풀뿌리는 물론 때로는 흙을 가져다 끓여 먹기도 했다.

이웃 마을에선 사람들이 어린 자식을 삶아 먹었다는 흉흉한 소문까지 나돌았다. 굶주림에 정신이 나간 사람들이 떠돌이 들개처럼 들판을 맴돌았다. 견디다 못한 그의 부모들은 그의 어린 여동생을 지나가는 여행자들에게 노비(奴婢)로 팔기로 했다.

잠결에 그 소리를 들은 그가 어린 여동생을 껴안고 부모들에게 대들었다. 그것만은 안 된다며 악을 썼다. 부모들이 그런 아들을 껴안고 흐느꼈다. 그때 집 앞을 지나던 도사 복장의 노인 하나가 가족들의 울음 소리를 듣고 사립문 밖에 서 있었다.

도사가 다가왔다. 그의 부모들을 불렀다. 그리고 부모들에게 뭐라고 얘기했다. 도사와 얘기를 주고받은 부모들이 갑자기 몇 달 만에 밝은 표정을 지었다. 잠시 후 그의 부모들이 도사를 데리고 방 안으로 들어 왔다. 잠시 주저하던 그의 부모들이 용기를 낸 듯 어린 그에게 말했다.

"아두(阿頭)야, 너는 당장 이분을 따라가거라. 이분은 그 유명한 무 당파의 도사님이시다. 이분이 너를 거두어주시겠다고 하시는구나. 게 다가 네가 이분을 따라가면 네 어린 여동생을 남에게 팔찌 않아도 될 것 같다. 도사께서 쓰고 남은 노잣돈을 주시겠다지 뭐냐? 이 흉년에 그 것만 있으면 다시 비가 올 때까지 먹을 것을 사고 땅에 뿌릴 씨앗도 살 수 있을 것 같다."

열 살짜리 어린아이인 그에게는 청천벽력 같은 소리였다. 어린 그에 게 가족들과 헤어져 집을 나가라는 소리였다. 어린 그가 고개를 내저 으려 했다. 그러나 앞에 앉은 부모들 품에 힘없이 안겨 있는 어린 여동 생의 얼굴을 보는 순간 입에서 말이 나오지 않았다.

어린 그가 집을 나가야 남은 가족들이 살 수 있는 것이란 것이 어린 그의 가슴에 아프게 다가왔다. 갑자기 눈물이 앞을 가렸다. 하염없는 눈물이 가슴 저 깊은 곳에서 해일(海溢)처럼 밀려왔다. 목구멍 깊은 곳 에서 폭포수 같은 설움이 밀려왔다.

꺽꺽 소리 내어 울던 그의 작은 어깨를 어미가 잡고 흐느꼈다. 아비 도 그의 머리를 잡고 통곡했다. 어린 여동생이 힘없이 눈을 뜨고 하염 없이 그를 봐라봤다.

사립문 밖으로 나간 늙은 도사가 누런 먼지만 가득한 지평선을 등지고 서 있었다. 그가 집에서 나오기만을 기다리고 있었다. 어린 그는 그 늙은 도사를 때려죽이고 싶었다. 가족들을 살려준 은인이기도 했지만 그를 가족들 품에서 떠나게 하는 원흉이기도 했다.

며칠을 굶었는지 어질어질한 정신을 추슬러 방을 나왔다. 푸석푸석한 나무 울타리를 젖히고 집 밖에 섰다. 방 안에선 통곡하는 부모의 울음소리가 터져 나왔다. 그는 먼지만 가득한 땅에 머리를 박고 절을 했다. 이대로 집을 떠나면 아마 다시는 만나지 못할 것 같은 예감이 엄습했기 때문이다.

한 번, 두 번, 세 번, 아홉 번을 마지막으로 절을 마치고 돌아섰다. 돌아서서 머나먼 지평선을 바라보고 있던 늙은 도사가 열 살짜리 어린 그의 손을 잡으며 말했다.

"애야, 노도는 무당파의 도사로 도명은 청진자(靑進子)라고 한다. 이제부터 너는 내 제자가 될 것이다. 너는 도문과 인연이 있느니라. 평생 외롭게 살아갈 팔자인 듯하니 이제부터 도명을 고학이라 하리라. 너는 도를 닦아 아주 먼 훗날 무당산에서 신선의 반열에 들게 될 것이니라."

열 살짜리 남자 아이 조두(趙頭)는 그렇게 고학이 되었다. 이제 스승이 된 늙은 도사가 해지는 지평선을 등지고 서서 아련한 표정으로 또다시 말했다.

"고학아, 너는 평생 고고한 학처럼 그렇게 산속에서 살아가리라. 저 높은 창공을 홀로 날아가는 외로운 학처럼 푸른 세월을 살아가리라. 알겠느냐? 높디높은 창공을 훨훨 날아가는 외로운 학이 되리라."

늙은 스승의 얼굴이 이상하게 변하며 같은 말을 계속해서 읊었다.

“외로운 학이 되리라. 외로운 학이 되리라. 외로운 학이 되리라……”

앵무새처럼 같은 말을 되풀이하던 스승 청진자가 점점 더 소리를 높였다. 점차 커진 소리가 마침내 귀를 멍멍하게 하는 천둥 소리가 되어 울려왔다. 머리가 심하게 아팠다.

그런데 그에게 소리치던 스승 청진자가 갑자기 하늘로 날아오르기 시작했다. 날아 오른 그의 모습이 공중에서 돌연 새하얗게 변했다.

새하얀 안개처럼 변한 그의 형체가 서서히 학처럼 부리가 길어지고 몸엔 날개가 돋아났다. 커다란 학이 되어 있었다. 스승이 변한 그 학이 푸른 하늘로 더 높이 더 멀리 솟아오르며 외쳤다.

“외로운 학이 되리라. 외로운… 외로……”

끼루룩.

스승의 말소리도 서서히 학의 울음처럼 끼루룩거리기 시작했다. 그러자 하늘 저편에서 또다시 학 수백 마리가 나타나 그 울음소리를 맞이하며 끼루룩거렸다. 천지가 온통 끼룩끼룩대는 학의 울음소리로 넘쳐 났다. 새파란 창공이 새하얀 학 떼로 물들었다. 그리곤 끼룩끼룩 내는 울음소리만 들려왔다.

고막 속이 웅웅거렸다. 머리가 아파진 고학 도장이 찡그리며 몸을 꿈틀댔다. 눈알이 움직이며 서서히 눈꺼풀을 떠졌다. 전기봉 위 푸른 하늘 속으로 유유히 흘러가는 뭉게구름들이 고학 도장의 눈에 들어왔다.

고학 도장이 힘없이 고개를 돌렸다. 전기봉 계곡 속으로 세차게 떨어지는 폭포의 물줄기가 보였다. 산 위에서 계곡 아래 수십 장을 내려온 폭포의 물줄기에서 떨어져 나온 물방울들이 그의 뺨에 튀었다.

차가웠다. 그렇다면 이것은 꿈이 아니었다. 그렇다면 방금 보았던 백 년 전 고향의 풍경과 그의 부모들, 그리고 어린 여동생, 사십여 년 전에 이미 세상을 떠난 스승 청진자의 모습은 무엇이었던가? 설마 꿈이었던 것인가? 그럼 여기는 어디이고 자신은 왜 이곳에 이렇게 누워 있는 것인가? 고학 도장의 머릿속에 지난 백이십여 년의 삶이 일순간에 주마등처럼 스쳐 갔다.

스승의 손을 잡고 고향을 떠나 무당산으로 들어왔다. 궁벽한 시골 촌놈이라고 나이 많은 사형들에게 놀림감이 되기도 했다. 도사가 뭔지 무공이 뭔지도 모르는 열 살짜리 소년에겐 모든 것이 새롭고 신기하기만 했다.

새벽마다 일어나 산을 뛰어다니며 체력을 길렀다. 뛰고 또 뛰었다. 이른 아침을 먹고 스승에게 불려가 글을 배우고 예절을 배웠다. 점심을 먹으면 커다란 전각 안에 들어가 도가의 경전을 외워야 했다. 한 글자라도 틀리면 나이 많은 그의 사형들은 여지없이 꿀밤을 때렸다.

경전 외우기가 끝나면 넓은 마당으로 나가 무공 연습을 해야 했다. 마보라며 두 발을 어깨 넓이로 벌리고 양손을 허리춤에 댄 채 엉거주춤 서 있으라 했다. 그러면 허벅지와 허리, 어깨까지 달달 떨리며 온몸이 비명을 질렀다. 다리가 떨려 주저앉으면 어김없이 사형들의 질책과 함께 주먹이 날아왔다. 아무리 힘들어도 견딜 수밖에 없었다.

겨우 마치면 저녁 시간이었다. 푸성귀만 가득한 저녁밥이지만 하루종일 시달린 그에겐 진수성찬이었다. 적어도 무당산에선 고향 집처럼 굶을 염려가 없어 좋았다. 배가 빵빵하게 식사를 마치고 찻물까지 언제든 마음껏 마실 수 있다는 것이 그나마 열 살 소년이 누리는 호강이었다.

저녁을 마치고 잠시 쉬고 나면 다시 스승에게 가야 했다. 스승 청진자는 그에게 생전 처음 보는 이상한 움직임을 보여주고 그것을 기억하라 했다. 그래서 따라 했다. 그러나 보기에는 좋던 그 유려(流麗)한 움직임이 직접 해보니 너무나 어려웠다. 스승은 그것이 무당의 무공이라 했다. 저녁 내내 그렇게 진을 빼면 어느새 한밤이었다.

그러나 밤에도 마음껏 잠들 수 없었다. 한 방을 쓰는 스승은 밤에 잠도 자지 않고 반듯이 앉아서 숨 쉬기를 했다. 스승은 그렇게 해야 제대로 된 도사가 될 수 있다고 했다. 스승의 옆자리에 나란히 푹신한 방석을 깔고 앉아 좌선(坐禪)을 해야 했다.

처음엔 너무 잠이 왔다. 숨 쉬기를 하다 앉은 채 잠들곤 했다. 그러나 귀신같은 스승은 그럴 때마다 그의 잠든 뒤통수를 손바닥으로 후려쳤다. 할 수 없이 눌러오는 눈꺼풀 사이 아래위로 작은 나뭇조각을 받치고 눈꺼풀이 닫히지 않게 한 후 잠들지 않게 됐다.

힘들던 숨 쉬기가 갈수록 쉬워졌다. 스승의 말대로 조금씩 기운이 일어나 단전에서 시작해 전신 사지백해로 움직이기 시작했다.

따스한 기운들이 온몸의 혈도들을 조금씩 깨우며 점점 커지기 시작했다. 그제야 아침이 되어도 하루종일 피곤함을 느끼지 않게 되었다. 스승이 껄껄 웃으며 그의 성취가 빠르다고 칭찬했다. 나중에 알고 보니 무당파에 입문하면 누구나 제일 먼저 배우는 삼재기공(三才奇功)이었다.

이후 삼 년 동안 이 삼재기공으로 기초를 잡아야 했다. 장권(長拳)과 칠성권(七成拳)도 배웠다. 사부에게 소청검법(小淸劍法) 삼초식도 전수받았다.

그렇게 밤낮없이 이십여 년이 흘러갔다. 그동안 그의 무공도 다양해졌다. 심법은 삼재기공에 이어 소청진기(小淸眞氣), 상청진기(上淸眞氣), 태청신공(太淸神功)까지 익힐 수 있었다. 조법으로 호조수(虎爪手)와 호조절호수(虎爪絶戶手)도 배웠다. 경공은 호종보(虎縱步)에 이어 유운신법(流雲身法)까지 능숙하게 펼칠 수 있었다.

그러나 그가 제일 뛰어나게 펼칠 수 있는 것은 검법이었다. 소청검법 전(前) 삼초식에 이어 후(後) 삼초식에 해당하는 태청검법(太淸劍法)도 누구보다 빠르게 십이성 전력으로 익혔다. 이어 청운검(淸雲劍), 대환검(大幻劍), 유운검(流雲劍)까지 익혔다.

그때가 되자 무당산에서 절대기재가 나타났다는 소리들이 들려왔다. 평소 산속에 숨어 얼굴로 보지 못하던 장로들이 다투어 그의 앞에 나타났다. 장로들은 태극검(太極劍)과 대라검(大羅劍), 대환검(大幻劍) 등 함부로 전수하지 않은 무당의 비기절초(秘技絶秒)들을 아낌없이 그에게 가르쳤다.

마침내 무당 장문인까지 그에게 나타났다. 장문인은 직전제자들에게만 비밀리에 전하는 태극검과 대라검, 양의문검(兩儀紋劍)과 태극혜검의 숨겨진 오의(奧義)를 전수하곤 사라졌다.

다시 이십 년 뒤 그는 무당파의 대장로 자리에 올랐다.

무공도 어느새 끝이 보이지 않을 만큼 높은 곳에 닿았다. 이제 무당파 내에선 그의 눈치를 보지 않는 이가 없을 만큼 그의 위치도 확고하게 자리잡혔다. 모든 것이 그에겐 흡족했다.

그런데 하필이면 이때, 벌써 세상을 뜬 줄 알았던 스승 청진자가 또다시 그에게 나타났다. 청진자는 사십여 년 전(前) 어린 그를 처음 만나던 날 그의 고향 집 앞에서 한 약속을 들먹이며 그의 소매를 끌었다.

할 수 없이 스승에게 끌려가 도착한 곳이 전기봉 속에 숨겨져 있던 청심동이었다.

무당산에 무당파가 생기기 이전부터 일인전승(一人傳承)으로 내려온 도가 계열 문파였다. 정기신(精氣神) 삼보(三寶)를 갈고닦아 우주의 비밀을 풀어 우화등선한다는 목표가 이어지고 있었다.

사부 청진자는 그를 청심동에 데려온 후 십 년 만에 저 세상으로 떠났다. 좌선 도중 잠자는 듯 고요히 속세를 등졌던 것이다.

그것이 우화등선한 것인지는 그도 알 수는 없었다. 스승의 유해를 화장하고 전기봉 폭포 속으로 흘려보냈다. 그 후 그는 사십여 년을 홀로 청심동 동굴 속에서 기거했다. 그런데 오늘 고기 굽는 냄새와 향긋한 술 냄새에 이끌려 비몽사몽간 동굴에서 내려왔던 것이다.

그리곤 고기 굽는 불가의 아이들과 짐승들을 여우의 화신(化身)으로 착각하고 때려잡으려 했다. 너무나 오래 산속에서 적적하게 살다 그만 환청과 환상을 본 것이었다. 도인으로서 참으로 부끄러운 일이었다.

풀숲 속에서 아이들을 훔쳐보던 중에 갑자기 돌멩이에 턱을 맞아 쓰러지지 않았다면 그야말로 크나큰 죄를 저질렀을 것이다. 그렇지 않았다면 허상(虛像)에 빠졌던 그는 아이들에게 반드시 손을 썼으리라. 혼몽(昏懵) 중에 지난날을 한꺼번에 떠올렸던 고학 도장 얼굴에 참담한 그늘이 지나갔다.

　고학 도장의 시선에 새파란 하늘 위로 떼 지어 날아가는 학들이 보였다. 그것들이 끼룩끼룩 하는 울음소리를 내지르며 그의 눈 위 푸른 하늘을 날아가고 있었다. 고학 도장은 방금 꿈 속에 나타났던 학들의 모습을 생각하며 힘을 주어 여러 번 눈꺼풀을 껌뻑였다. 느껴지는 감각으로 볼 때 분명 꿈은 아니었다. 그때 그의 얼굴에 무언가 갑자기 떨어졌다.

　철벅.

　차갑고 냄새 나는 무엇이었다. 냄새가 아주 고약했다. 맡아보니 학의 배설물이었다. 날아가는 학들 중 무엄한 어느 놈이 공중에서 꽁무니로 쏟아낸 것이었다. 그때 힘없이 누워 있던 그의 옆에서 앳된 계집애가 쫑알거리는 소리가 들렸다. 그리곤 하늘로 무언가 쏜살같이 날아갔다.

　"아유, 더러워. 이것들이 그냥 날아가지, 줄똥을 찔끔하곤 확 뿌리고 가네. 에잇, 이거나 맞아랏."

　어린 계집애가 던진 돌멩이 하나가 엄청난 속도로 학 떼 속으로 날아갔다. 계집애의 팔 힘이 보통이 아니었다. 높은 하늘은 아니었지만 대략 예닐곱 장은 되는 거리를 날아간 돌멩이는 마침 운 나쁜 학 한 마리의 옆구리를 정통으로 갈겨 버렸다.

　끼룩.

　돌멩이에 맞은 학이 비명을 지르며 날개를 퍼득퍼득했다. 그러나 비틀대며 아래로 추락하던 학은 허공 중에서 간신히 힘을 회복해 아슬아

슬하게 땅을 벗어나 하늘로 다시 올라갔다. 어린 사내아이가 안도의 한숨을 내쉬며 계집애를 타박했다.

"상아야, 학에게 돌팔매 날리지 마. 저놈들이 그래도 무당산 신물들인데 어른들 보시면 너 되게 혼난다."

"히히, 상공아, 지금 어른들 어딨냐? 없는데 어째 보냐? 근데 저 호랑말코 같은 놈들은 뭘 먹기에 똥 냄새도 이리 지독하냐? 고고한 것 좋아하네. 시끄럽고 지저분하고 재수없다. 도토리 파먹는 날다람쥐처럼 주둥아리만 나불대는 무당산 도사들하고 똑같다. 하릴없이 날아다니면서 입만 살아 찍찍댄다."

고고한 학처럼 무당산을 노니는 도사들이 계집애 말에 의하면 저잣거리 한량들이었다. 하는 일도 없이 무위도식(無爲徒食)하며 입만 살아 떠드는 식충이들이었다. 식충이들 속에 자신도 포함돼 있는 것을 느낀 고학 도장이 변명하려 몸을 꿈틀댔다. 그때 남자 아이가 이런 그를 보고 말했다.

"어, 거지 할아버지 깨났다. 눈 뜨고 있네. 할아버지, 이제 정신 좀 들어요?"

"무, 물 조옴."

고학 도장이 나오지 않는 말을 힘겹게 뱉어냈다. 그러자 잘생긴 사내아이가 방금 학 떼를 향해 돌멩이를 날린 계집애에게 말했다.

"거지 할아버지가 목마른가 보다. 상아야, 물 좀 떠와라."

"알았다, 상공아."

계집애가 폭포수 아래로 아장아장 걸어가 작은 호리병에 물을 담아 왔다. 학 떼에게 돌멩이를 던졌고 얼마 전 숲 속에 숨어 있던 그의 턱에도 돌멩이를 던졌던 맹랑한 그 계집애였다. 계집애가 호리병 목을 기울여 고학 도장 입에 가져다 대며 말했다.

"거지 할아버지야, 숲 속에서 뭐 했어? 왜 상아가 던진 돌멩이에 팍 맞았어?"

고학 도장이 호리병 속의 물을 걸신들린 듯 꿀꺽꿀꺽 들이켰다. 한참 목젖을 꿀떡이며 갈증을 푼 그가 속으로 생각했다.

너희를 천 년 묵은 여우의 화신으로 알고 면장으로 쳐 죽이려 했다고는 차마 말할 순 없었다. 오십여 년 만에 고기 굽는 냄새와 술 냄새를 맡아 미칠 듯 먹고 싶어 내려왔다고는 더 더욱 말할 순 없었다.

그런데 그 계집애는 또랑또랑한 눈망울을 굴리며 그의 눈앞에서 대답을 재촉하고 있었다. 워낙 오랫동안 사람들과 말하지 못했던 고학 도장이 대꾸할 말이 생각나지 않아 한순간 움찔했다. 그런데 계집애가 쫑알대며 상처 난 그의 양심을 살살 간질거렸다.

"히히, 할아버지 무당산 속에 숨어 사는 도사 맞지? 아까 똥 싼 학한테 상아가 돌멩이 던질 때 몸 부들부들 떨데? 산속에서 엄청 굶고 살다가 상아 음식 훔쳐 먹으러 왔지? 맞지, 응?"

눈썰미가 귀신같은 계집애였다. 진짜 천 년 묵은 여우 같았다. 자신의 속을 속속들이 꿰뚫고 비웃는 것 같았다. 고학 도장이 눈썹을 꿈쩍하며 호통 쳤다.

"아니다. 그, 그게. 사실은 술 냄새 나서 왔다."

계집애가 잠시 눈을 굴렸다. 늙은 거지 차림새의 노도사가 생각보다 큰 소리를 냈기 때문이었다. 귀가 멍멍한 것이 공력이 보통이 아닌 것 같았다. 무당산 도사들이 대단한 능력을 감추고 있다는 것은 익히 알고 있었다. 계집애가 생글생글 웃으며 말했다.

"거지 도사 할아버지야, 술 고팠어? 그럼 술 훔쳐 먹으러 왔던 거구나. 에이, 그럼 진작 말하지, 상아한테. 그럼 쬐끔 나눠 줬을 텐데."

계집애가 쫄쫄 걸어가 불가에 놓여 있던 산서 서봉주가 든 술병을 들고 왔다. 그리고 그것을 다짜고짜 고학 도장 입에 갖다 댔다. 향긋한 술 냄새를 맡은 고학 도장 위장 속에서 무려 오십여 년을 굶은 술 벌레들이 요동치기 시작했다. 참을 수 없는 냄새에 취한 고학 도장이 입으로 술을 받아 꿀꺽꿀꺽 마시기 시작했다.

"어, 상아야, 안 돼. 굶주린 도사 할아버지 같은데 갑자기 빈속에 술 드리면 큰일나."

옆에 있던 사내아이가 놀라 술병을 빼앗으려 했다. 그러나 이미 술병 안에 든 술들은 반 이상 고학 도장의 뱃속으로 사라진 후였다. 오십여 년 만에 들이킨 술은 과연 황홀한 맛 그대로였다.

게다가 독하기로 유명한 산서산 서봉주였다. 독한 술기운이 순식간에 고학 도장의 위를 알싸하게 흔들었다.

고학 도장은 또다시 세상이 빙글빙글 도는 것처럼 느껴졌다. 그러나 이번엔 얼마 전처럼 돌멩이에 맞아서 그런 것은 아니었다. 하늘을 둥실둥실 떠가는 기분이었다. 자신이 학을 타고 선계(仙界)의 문을 향해 구름 속을 훨훨 날아가는 것처럼 느껴졌다. 그가 누운 채 흐느적거리며 중얼거렸다.

"꺼어억, 조옷타. 이 좋은 걸 두고 내가 미쳤지. 어이구, 억울해라. 꺼어억."

                    *   *   *

　대청각 앞마당엔 아이들을 산에 보낸 것을 후회하며 안절부절못하는 남궁대부인 남궁정과 무당 장문인 진휘소 부부가 서성대고 있었다. 벌써 저녁 식사 시간도 지났지만 그들 중 차려진 음식에 손댄 이는 아무도 없었다.

　벌써 제자들을 산으로 보냈지만 아이들을 찾았다는 기별은 어디에서도 들려오지 않았다. 대청각 앞을 지키고 있던 호위원 제자들이 그런 그들을 지켜보며 손에 땀을 쥐고 있었다. 장문인 진휘소가 턱수염을 만지며 혼잣말로 투덜거렸다.

　"아무리 어머님께서 허락하셨다지만 지금 시각이 얼마인데? 이것들이 도대체?"

　진휘소의 말이 끝나자마자 입술을 한껏 깨문 당약란이 나섰다.

　"그러하옵니다, 상공. 오늘만은 소매가 기어이 회초리를 들어야겠습니다."

　그러자 남궁정이 머리를 좌우로 설레설레 흔들었다. 그러지 말라는 듯 아들과 며느리를 달랬다.

　"저번처럼 아이들이 또 산속으로 달아나면 어미, 아비가 감당할 수 있겠느냐? 아서라, 아서. 오늘은 이 어미가 허락했다. 아이들이 무사히만 돌아오면 되느니. 그런데 애들이 어쩐 일로 이리 늦을꼬?"

　그때 대청각 앞마당으로 희미한 노랫소리가 들려왔다. 아이들의 목소리도 그 속에서 들려왔다. 그런데 이상했다. 누군가 술에 취해 술주정을 부리는 것도 같았다. 여기가 어디인가? 저녁 시간 무당 장문인이 기거하는 대청각 마당 가까운 곳에서 술에 취해 주정을 부릴 사람은 아무도 없었다. 설사 무당 장문인의 스승인 전대 장문인 경허 도장이라고 해도 그럴 순 없었다.

그런데 그 소리들은 점점 가까워지고 있었다. 몸을 움직여 경위를 파악하려는 호위원 제자들을 장문인 진휘소가 손으로 제지했다. 어스름 땅거미가 진 대청각 앞마당으로 소리 내며 다가오던 그 그림자들이 길게 휘어져 비틀대고 있었다.

"껄껄, 도 닦은 지 백 년 세월에 오늘에야 진정한 도를 얻었도다. 딸꾹."

"헤헤, 거지 도사 할아버지야, 도가 뭐 별건가? 기분 좋으면 그게 다 도 아냐? 딸꾸욱."

"히히, 상아 너 오늘 너무 무리한다. 무당산에 술 한 잔 먹고 취한 여선(女仙) 났네. 야, 상아야. 근데 너 원숭이 금아한테 술 먹이고 엉덩이춤 따라 할 때 되게 웃겼다. 딸국."

"히히, 그거 말야. 할머님아하고 어머님아한테 야단맞을 때 써먹으려고 그런 거다. 근데 술 한잔 하니깐 기분 무지 좋은데 이상하게 엉덩이는 되게 안 돌아간다. 히꾹."

"허허, 진정 여신선(女神仙)이로다. 게다가 시선 이백의 산중답속인에 맞춰 그런 괴상한 춤이라니. 클클클, 노도가 백 년 넘게 무당산에서 살았건만 그런 절창(絶唱)에 절묘한 춤은 생전 처음이로다. 딸꾹."

모양새가 잔뜩 술에 취해 서로 어깨 짚고 주정꾼들이 나누는 얘기였다. 늙은 노인의 목소리는 낯설었다. 그러나 노인의 말에 대답하는 목소리는 분명 진연명과 연추상이었다. 아이들 목소리에도 술기운이 짙게 배어 있었다.

듣고 있던 진휘소의 미간에 은은한 노기가 피어났다. 당약란은 어이가 없어 멍하니 입만 벌리고 앞을 보고 있었다. 남궁정은 아이들이 이제나마 별 탈 없이 나타난 것이 다행이라는 표정을 지었다. 그러나 잠시 후 술 먹고 해롱대는 목소리가 들려오자 아연한 표정이었다.

참다못한 남궁정이 횃불을 들고 서 있던 호위원 제자들을 재촉했다. 횃불 든 제자를 앞세워 아이들 목소리가 들려오는 곳으로 걸어갔다. 대청각 앞마당을 가로질러 은행나무와 매화나무들이 늘어선 길이었다. 진휘소와 당약란도 허겁지겁 그 뒤를 따랐다.

그들 앞에 감히 상상치도 못했던 해괴한 광경이 펼쳐지고 있었다.

"헤헤. 문여하의서벽산하니, 소이부답심자한이라. 조옷고."

갸갹, 갸갹.

찢고 까부는 목소리는 연추상이었다. 연추상이 소맷자락을 팔랑거리며 은행나무와 매화나무 사이에서 엉덩이를 씰룩대고 있었다. 그녀의 옆에는 금빛 원숭이도 술에 취한 듯 그녀와 같은 모양새로 엉덩이를 돌리고 있었다. 똑같이 쌍으로 씰룩이는 엉덩이가 길게 그림자를 드리우며 나무들 속으로 비쳐지고 있었다.

"그으럼, 도화유수묘연거(桃花流水杳然去)에 별유천지비인간(別有天地非人間)이지, 딸꾹."

깨깽. 깨깽.

연추상에 목소리에 진연명이 비틀대며 낄낄거렸다. 진연명도 연추상을 흉내 내며 어설프게 몸을 흔들고 있었다. 진연명의 손에는 술병까지 들려 있었다. 하얀 여우 새끼가 진연명의 앞뒤를 강아지처럼 살

랑대며 폴짝폴짝 뛰었다.

진연명과 연추상의 뒤에 웬 늙은 노인 하나가 덩실덩실 춤을 추고 있었다. 낡아 빠져 다 해어진 청색 도복에 일자건을 삐딱하게 머리에 걸친 늙은 도인이었다. 그 도인 또한 손에 술병을 들고 나발을 불고 있었다. 그 도인이 길가에 늘어진 가는 나뭇가지 위에 깃털처럼 뛰어올라 흔들리고 있었다.

"허허, 그렇지, 그렇지. 별유천지비인간(別有天地非人間)이라. 바로 이것이 인간 세상 아닌 별천지가 맞지. 암암. 딸꾹."

횃불을 들고 지켜보던 무당 제자들의 턱이 빠져 버렸다. 남궁정과 진휘소 부부 또한 눈동자가 튀어나와 옷자락에 걸릴 지경이었다. 산행을 내보냈던 어린아이들이 어디서 술을 구했는지 만취해서 해롱대고 있었다. 그리고 어디서 배웠는지 출처불명의 괴상망측한 춤까지 추고 있었다.

그런데 가는 나뭇가지 위에서 대롱대롱 흔들리며 웃고 있는 늙은 도인 행색이 예사롭지 않았다. 술에 잔뜩 취한 모습인데도 나뭇가지 위에서 떨어지지 않았다.

무공을 극한으로 수련하지 않으면 흉내조차 낼 수 없는 상승의 몸놀림이었다. 당금 무당의 장문인인 진휘소조차 흉내 낼 수 없는 드높은 경지의 상승 공부였다.

진휘소의 머릿속에 그의 스승 경허 도장이 가끔 한탄하던 말이 떠올랐다. 수십 년 전 무당에 절세의 기재가 세 명 있었다는 말이었다. 특히 그중 한 명은 검법과 장법, 신법에 무당산 개파 이래 최고의 경지를 보여줘 무당파의 기대를 한 몸에 받았다는 전설 같은 얘기였다.

　무당의 몇 대 전 대장로였던 그가 어느 날 홀연히 사라졌다는 말과 함께 그 이후 무당산 무당파에 진정한 태극검과 대라검, 양의문검과 태극혜검의 오의가 실전되고 말았다는 안타까움 서린 탄식이었다.

　당약란이 엄청나게 화난 얼굴로 아이들에게 달려갔다. 평소 좀처럼 무공을 드러내지 않던 당약란이었다. 그러나 아이들이 술에 취한 모습에 이성을 잃고 소리쳤다.

　"네 이노옴들, 이게 무슨 짓들이냐?"

　당약란이 소리치자 주위의 공기가 웅웅거렸다. 무심코 공력을 발휘한 당약란의 음성엔 커다란 힘이 실려 있었다. 헤헤거리며 춤추고 놀던 아이들이 귀를 잡고 웅크렸다.

　"아쿠, 시끄러. 누구야? 씨이."

　"에에, 엄마잖아. 엄마, 시끄러 죽겠어. 소리치지 좀 마."

　스승 경허 도장의 말을 떠올렸던 진휘소가 황급히 신법을 발휘해 달려갔다. 그가 당장 폭발하려는 당약란의 어깨를 잡았다. 남편이 다가와 어깨를 누르자 당황한 당약란이 몸을 비틀며 거칠게 반항했다.

　"상고옹, 소첩을 왜 말리십니까? 이걸 보고도 어찌 참으란 말입니까?"

　"난 매, 잠시만 가만히 있으시오. 저 노도인의 행색이 보통이 아니오. 스승께서 늘 뵙고 싶어하시던 그분인 것 같소. 본산에 마침내 실전되었던 절기들이 되돌아온 모양이오. 그러니 내게 맡기고 일단 물러나시오."

　진휘소가 나무들 속으로 걸어갔다. 노도인은 지금껏 나뭇가지 위에서 손에 든 술병을 입에 대어 마시고 있었다. 진휘소가 노도인이 자리한 나뭇가지 앞에서 그를 올려다보며 정중히 읍했다.

"현임 무당 장문인 진휘소이옵니다. 비록 혼사를 치러 도사의 자리에선 물러났지만 도명은 무운(無雲)이라 하옵니다. 지금 펼치신 무공의 연원(淵源)이 혹여 연청십팔비(燕靑＋八飛)가 아니옵니까? 혹 본 문의 조사님이 아니시옵니까? 그리고 함께 데려온 저 아이들은 이 몸의 아들과 며느리입니다. 하교해 주십시오."

진연명과 연추상에게 술을 먹인 노도인이었다. 자신 또한 고주망태가 돼 나뭇가지 위에서 흔들리던 그 노도인이 진연소의 말에 껄껄거렸다.

"허허, 저 아이들이 자손인가? 부러우이. 노도가 정체를 밝히지 않으려 했으나 오늘 아이들에 의해 크나큰 즐거움을 얻었으니 어찌 그 보답을 하지 않을쏜가? 노도가 바로 오십여 년 전 본 문의 대장로였던 고학일세. 운(雲)자배인 것을 보니 그 윗대가 허(虛)자배인 모양이지? 어찌 세월이 이리도 빠른가? 그럼 경허 그 아이는 지금 살아 있는가?"

"전대 장문인이시자 제 스승이 되시옵니다. 지금 생존해 계시옵니다. 스승께서 가끔 고학 사조님의 말씀을 하셨기에 오늘 모습을 보이신 사조께 이렇게 여쭙게 되었사옵니다."

가지 위에서 낭창낭창 흔들리던 고학 도장의 눈이 과거를 더듬는 듯 아련해졌다.

"그 아이가 지금 아흔은 되었을 터?"

"예."

"허허, 경허 그 아이를 노도가 산으로 데려와 무공을 가르친 것이 벌써 팔십 년 전이로다. 세월이 유수와 같다고 하더니 틀린 말이 아니로

다. 그나저나 노도는 시끄러운 것을 참지 못하니 경허 그 아이 외엔 노
도는 누가 찾더라도 만나지 않을 것이야. 다만 자네 아이들인 저 아이
들은 노도와 인연이 닿았으니 내 직접 가르쳐 볼 생각이야. 아이들에
게 오늘 곡차를 먹인 것은 노도가 오십여 년 만에 산을 내려온 기쁨에
그리한 것이니 나무라지 말게. 다 뜻이 있어 그렇게 된 것이니 허물로
삼지 말란 얘기네. 알겠는가, 장문인?"

"사조의 뜻을 어찌 거역하겠습니까."

"허허, 그럼 가보게. 노도의 거처는 전에 머물던 정동궁(淨東宮) 어
느 한구석에 마련해 주게나. 저 아이들 외엔 어느 누구도 노도의 허락
없인 근접치 말아야 할 것이야."

"명심 봉행하겠나이다, 고학 사조."

『원앙전』 2권에 계속…